# 逆写的文学：布克文学奖的后殖民小说研究

李 奕 著

四川大学出版社
SICHUAN UNIVERSITY PRESS

项目策划：徐　凯
责任编辑：徐　凯
责任校对：毛张琳
封面设计：墨创文化
责任印制：王　炜

**图书在版编目（CIP）数据**

逆写的文学：布克文学奖的后殖民小说研究／李奕著. — 2版. — 成都：四川大学出版社，2021.8
ISBN 978-7-5690-4110-1

Ⅰ. ①逆… Ⅱ. ①李… Ⅲ. ①世界文学－现代文学－文学研究 Ⅳ. ① I106

中国版本图书馆CIP数据核字（2021）第000835号

| | |
|---|---|
| **书名** | 逆写的文学：布克文学奖的后殖民小说研究 |
| 著　者 | 李　奕 |
| 出　版 | 四川大学出版社 |
| 地　址 | 成都市一环路南一段24号（610065） |
| 发　行 | 四川大学出版社 |
| 书　号 | ISBN 978-7-5690-4110-1 |
| 印前制作 | 四川胜翔数码印务设计有限公司 |
| 印　刷 | 四川盛图彩色印刷有限公司 |
| 成品尺寸 | 170mm×240mm |
| 印　张 | 11 |
| 字　数 | 179千字 |
| 版　次 | 2021年8月第2版 |
| 印　次 | 2021年8月第1次印刷 |
| 定　价 | 52.00元 |

**版权所有 ◆ 侵权必究**

◆ 读者邮购本书，请与本社发行科联系。
　　电话：(028)85408408/(028)85401670/(028)86408023　邮政编码：610065
◆ 本社图书如有印装质量问题，请寄回出版社调换。
◆ 网址：http://press.scu.edu.cn

四川大学出版社
微信公众号

# 目 录

**绪 论** ……………………………………………………………（ 1 ）
　第一节　划定研究范围——关于后殖民概念的界定……………（ 1 ）
　第二节　后殖民理论与文学……………………………………（ 10 ）
　第三节　本书的研究思路………………………………………（ 17 ）

**第一章　关于布克文学奖的介绍** ………………………………（ 24 ）
　第一节　布克文学奖的赞助商…………………………………（ 25 ）
　第二节　布克文学奖成立的时代背景…………………………（ 29 ）
　第三节　布克文学奖的评奖范围及评奖规则…………………（ 31 ）
　第四节　布克文学奖获奖作品的出版商………………………（ 35 ）

**第二章　边缘叙事** ………………………………………………（ 46 ）
　第一节　引　言…………………………………………………（ 46 ）
　第二节　沉默的抵抗者…………………………………………（ 50 ）
　第三节　后种族隔离时代的新边缘人…………………………（ 59 ）

**第三章　历史反写** ………………………………………………（ 68 ）
　第一节　引　言…………………………………………………（ 68 ）
　第二节　凯利帮的真实历史……………………………………（ 78 ）

**第四章　语言重置** ………………………………………………（ 91 ）
　第一节　引　言…………………………………………………（ 91 ）
　第二节　主奴语言的倒置………………………………………（ 99 ）
　第三节　凯利帮的丛林英语……………………………………（106）

**第五章　文学实践** ………………………………………………（116）
　第一节　引　言…………………………………………………（116）

第二节　象　征…………………………………………（122）
　　第三节　寓言与互文……………………………………（129）

**结　论**…………………………………………………………（137）

**参考文献**………………………………………………………（141）

**附录一　布克文学奖获奖作家国籍统计**……………………（162）

**附录二　历年布克文学奖获奖作品概览**……………………（166）

# 绪　论

## 第一节　划定研究范围——关于后殖民概念的界定

迄今为止，要给后殖民下一个确切的定义非常困难，许多后殖民批评采用的都是自我定义法，研究者自行划定一个圈子。出现这种困难的原因主要在于如何从时间和空间上划分后殖民的范围。巴特·穆尔—吉尔伯特（Bart Moore-Gilbert）曾说过："这一概念常被变动以适应于不同的历史时刻、地理区域、文化身份、政治境况和从属关系以及阅读实践。结果，就对把某些地区、时期、社会——政治构成和文化实践看作'真正'后殖民是否正确产生了日益热烈甚至是激烈的争论。"[①] 显然，明确界定一下后殖民的概念是非常有必要的。

殖民原来指强国向它所征服的地区移民。《国际社会科学大百科全书》认为，殖民这个概念"最初不仅涉及企图建立或保留正式的主权以施加臣属的政治社会，而且这个概念也经常相应涉及一个政治团体施加于另一个政治团体的政治控制或影响而产生任何形式的行为"[②]。《汉语大词典》将"殖民主义"定义为："在资本主义发展的各个阶段，资本主义强国压迫、奴役和剥削落后国家，把它变成自己的殖民地、半殖民地的一种侵略政策。"[③] 主要表现为奴隶贩卖、资本输出、商品倾销、

---

[①] ［英］巴特·穆尔—吉尔伯特：《后殖民理论——语境、实践、政治》，陈仲丹译，南京大学出版社，2001年版，第9页。

[②] ［英］巴特·穆尔—吉尔伯特等：《后殖民批评》，杨乃乔、毛荣运、刘须明译，北京大学出版社，2001年版，译者序，第4页。

[③] 罗竹风：《汉语大词典》，汉语大词典出版社，1994年版，第5册，第166页。

原料掠夺等。殖民主义往往以武力征服和军事占领作为后盾，对殖民地的政治、经济、外交和文化艺术等所有领域实行殖民统治。

后殖民具体指代哪个时间段？指向哪些国家和地区？对于这两个问题，国内外的学者始终未能达成共识。

在国外学术界，关于后殖民的定义比较有代表性的有：

英国学者艾勒克·博埃默（Elleke Boehmer）认为："'后殖民（的）'文学，它倒并不是仅仅指帝国'之后才来到'的文学，而是指对于殖民关系作批判性的考察的文学。它是以这样或那样的方式抵制殖民主义视角的文字。"① 显然，博埃默的"后殖民"范围包括殖民阶段和殖民统治结束之后这两个时间段。

美国杜克大学教授阿里夫·德里克（Arif Dirlik）梳理了三种后殖民一词的指代范围："（A）如实描述前殖民地社会的状况，在这种情况下它有着具体明确的指称对象，如后殖民社会或后殖民知识分子；（B）描述殖民主义时代以后的全球状态，在这种情况下它的用法比较抽象，缺乏具体的所指，同它企图取而代之的第三世界一样，意义模糊不清；（C）描述一种关于上述全球状态的话语，这种话语的认识论和心理取向正是上述全球状态的产物。"② 他同时指出："有些咬文嚼字的后殖民批评极爱甚至把一些前移民定居地开拓的殖民地，如美国和澳大利亚，也描述为后殖民，全然不顾其第一世界地位以及他们本身即为本土居民的殖民统治者这一事实。"③ 德里克所梳理的三种后殖民的指代范围正是目前学界带有普遍性的对于后殖民指代时间范围的认识，他将美国和澳大利亚排除在后殖民所涵盖的空间范围之外，是基于美国本身第一世界的地位和澳大利亚为白人移民者所统治的现实。

罗伯特·扬（Robert Young）认为："后殖民在其简单的层面上就是人类经历的产物，但是像这样的人类经历并没有在任何制度的层面得到特别的记录和再现。尤其是，它是不同的文化和民族起源之结果，也

---

① ［英］艾勒克·博埃默：《殖民与后殖民文学》，盛宁、韩敏中译，辽宁教育出版社，1998年版，第3页。
② ［美］阿里夫·德里克：《后殖民的气息：全球资本主义时代的第三世界批评》，陈燕谷译，载汪晖、陈燕谷：《文化与公共性》，生活·读书·新知三联书店，2005年版，第446~447页。
③ ［美］阿里夫·德里克：《后殖民的气息：全球资本主义时代的第三世界批评》，陈燕谷译，载汪晖、陈燕谷：《文化与公共性》，生活·读书·新知三联书店，2005年版，第452页。

即你的肤色或所出生的环境足以用来界定你在这个世界上所拥有的这种独特和快乐的,或受压迫和受剥削的生活的方式。后殖民主义所关注的主要是一直在很大程度上不甚明显的地区性紧张,但是这也涉及历史、族裔、复杂的文化身份等问题,以及再现的问题、难民和移民问题、贫富问题等,而且更重要的是,还涉及能源、活力和创造性文化动力,所有这些问题都以十分积极的方式涌现出来需要我们去应对。后殖民主义为那些无家可归、无所归属的人们提供了一种语言,而那些人的知识和历史长期以来都未能得到记录。正是对上述这些受压迫的人、来自底层的阶级、任何社会上的少数人以及生活或来自其他地方的人们的切身利益的关注构成了后殖民政治的基础,并且成为使它得以产生持续不断的力量之核心。"① 罗伯特·扬对后殖民的指代叙述颇为繁复,归纳起来其实与德里克的第三种指代范围相同,都是泛指殖民主义时代结束以来新的全球政治、经济和文化格局,关注的是不公平与不正义的社会现实背景之下在政治、文化和经济上受到压迫和控制的文化群体。

这种观点在目前的西方学术界具有普遍性。艾贾兹·阿赫默德(Aijaz Ahmad)指出:"据说这个词(后殖民)最初指普遍存在于诸如印度这样的前殖民地国家中的状况,但是这同一个词又被用来指存在于西方世界与非西方世界之间的全球性关系状态,无论非西方世界的某一国是否实际上被殖民过。"②

被认为是后殖民文学奠基之作的《逆写帝国:后殖民文学的理论与实践》的三位作者在该书前言部分指出,他们所研究的是"曾被英国殖民的民族的写作","包括自殖民行动开始到今日,所有被帝国化过程影响的文化"。同时列出了后殖民文学的地理涵盖范围:"非洲诸国、澳洲、班格拉德斯、加拿大、加勒比海诸岛、印度、马来西亚、马耳他、纽西兰、巴基斯坦、新加坡、南太平洋岛国及斯里兰卡的文学",并认为"美国的文学作品,亦应包括在内。虽然由于其当前的权力位置,及其扮演的新殖民活动的角色,美国文学的后殖民本质一般不被察觉,但

---

① 转引自王宁:《逆写的文学:后殖民文学的历史意义和当代价值》,载《外国文学研究》,2011年第5期。

② [印度]艾贾兹·阿赫默德:《文学后殖民性的政治》,郭军译,载罗钢、刘象愚:《后殖民主义文化理论》,中国社会科学出版社,1999年版,第263页。

其跟在过去二百年来逐渐出现的大都会中心的关系，却可作为各地后殖民文学的楷模。"① 三位作者关注的是与大英帝国整个殖民过程相关的文学，包括殖民阶段和殖民结束之后两个时间段。从空间范围来看，显然，他们将美国和澳大利亚等发达国家的文学也纳入了后殖民文学的范围，这明显与德里克的划分存在分歧。

在国内学术界，对后殖民的划分标准也有不同程度的分歧。

在王一川看来："从语义学上看，'后殖民主义'应指殖民主义结束以后开展的文化现象，是指被殖民的国家在脱离殖民者的统治、争取独立后的社会及文化境况。从空间上看，'后殖民主义'通常指向第三世界，指这种殖民后遗留下来的创伤、影响和生活。从时间的意识上看，'后殖民主义'是一个'非殖民化'的过程；所谓'非殖民化'，是指对殖民主义的解除，也可视作一种民族觉醒的意识，无论在语言、教育或历史书写上都极力寻求自己的声音，换言之，那是一个反抗外来强权入侵、重新审定一个国家自主的身份和角色的过程。"② 王一川从时间和空间两个维度界定了后殖民的指代，时间上明确指向殖民结束之后，也就是各殖民地获得政治独立之后；空间上则指向第三世界，那么，澳大利亚、新西兰和加拿大这样的发达国家应该是被排除在后殖民国家之列的。

王宁则认为："狭义的后殖民地文学应当包括原先的殖民地的一些作品以及独立后仍具有新殖民或反殖民倾向的作品，它们所具有的共同特征就是所谓的'后殖民性'。"③ 王宁的后殖民时间范围包括殖民之前和殖民地独立之后这两个时间段，与博埃默的所指相同。

国内第一本系统研究后殖民文学的专著《英语后殖民文学研究》的两位作者关于后殖民文学的定义为："凡是曾经遭受过殖民统治而现在又摆脱了此种统治的文学，均可视之为后殖民文学。……它和殖民文学形成鲜明强烈的对比。殖民文学是利用殖民者的语言，站在殖民者的立

---

① ［澳］比尔·阿希克洛夫特、嘉雷斯·格里菲斯、凯伦·蒂芬：《逆写帝国：后殖民文学的理论与实践》，刘自荃译，骆驼出版社，1998年版，前言，第1~2页。
② 王岳川：《本体反思与文化批评》，辽宁人民出版社，2001年版，第241页。
③ 王宁：《逆写的文学：后殖民文学的历史意义和当代价值》，载《外国文学研究》，2011年第5期。

场，将殖民地土著居民的历史、神话、传说、民间故事、现实生活作为素材来创作文学作品。它剥夺了当地土著居民自我阐释的权利，并且站在剥夺者的立场，来篡改被剥夺者的历史。"① 显然，他们的"后殖民"指代的对象是曾经有过被殖民经历的前殖民地国家，时间则指向殖民地政治独立之后。不过，该书的研究集中在侵占式殖民地，并未提及定居者殖民地，他们的后殖民概念的空间范围因此将澳大利亚、新西兰和加拿大等排除在外。

在盛宁看来，"所谓'后殖民'的写作，则应是包括整个以往的和新近的被殖民化的地区非洲国家、澳大利亚、加拿大、加勒比地区、印度、新西兰等向西方文化中心的运动"②，继而，他又补充说明："后殖民主义当然与殖民主义问题有关，而这里的'后'又有两层意思：顾名思义，它是一个在所谓殖民地、殖民主义问题解决以后又产生的新问题，但这里的'新'，似乎有必要稍稍做一点解释。所谓'新'，并不是'新'在问题上，不是指又出现了什么新的'问题'，而是指对于问题有'新'的认识。"③ 盛宁的所谓"整个以往的和新近的被殖民化的地区"无论是在时间指向还是空间指向上都比较含糊，不过他将侵占式殖民地和定居者殖民地一并都纳入了后殖民的范围，而他所理解的"后殖民"更多的是一种思考和认识问题的新的角度和方法。

张京媛在其主编的《后殖民理论与文化批评》一书的前言中写道："后殖民有两种含义：一是时间上的完结：从前的殖民控制已经结束；另一个含义是意义的取代，即殖民主义已经被取代，不再存在。"但她同时又补充道："第二个含义是有争议的。如果说殖民主义是维持不平等的政治和经济权利的话，那么我们所处的时代仍然没有超越殖民主义。"④ 首先，张京媛承认从时间指向来说，后殖民指代的是殖民统治结束之后。但是，后殖民理论并不认为我们所处的时代超越了殖民主义，而是认为殖民主义在改头换面之后，继续以经济和文化的形式对前

---

① 任一鸣、瞿世镜：《英语后殖民文学研究》，上海译文出版社，2003年版，第203页。
② 盛宁：《人文困惑与反思：西方后现代主义思潮批判》，生活·读书·新知三联书店，1997年版，第171页。
③ 盛宁：《人文困惑与反思：西方后现代主义思潮批判》，生活·读书·新知三联书店，1997年版，第172页。
④ 张京媛：《后殖民理论与文化批评》，北京大学出版社，1999年版，前言，第1页。

殖民地国家实施殖民统治。

也有学者将"后殖民"用于描述当今的全球秩序，认为后殖民理论为揭露和纠正西方霸权一手造成的东西方经济和文化的不平等关系以及对社会边缘群体的压迫和控制提供了新的观察和思考的角度。徐贲写于20世纪90年代的《走向后现代与后殖民》一书就代表了这种观点："这个批评角度和视野也使'殖民'这个概念获得了非常广泛的含意（义），被殖民的不只是那些在历史上遭受过西方压迫统治，因取得独立而摆脱被殖民者身份的民族和人民；被殖民成为一种描述被压迫经验的普遍范畴，它包括了所有非西方的人民。""后殖民批判把被殖民者的经验扩展为一切被压迫者的经验范型，它的对抗意义也就不局限于对西方殖民主义的揭露和抵制。后殖民批评并因此而形成了一种更基本、更具有普遍性的批评实践取向，那就是直接或间接介入一切社会中各种次等公民的生存抗争。"①

由此看来，无论是在西方还是在国内，后殖民的概念都有泛化的趋势。后殖民越来越演变成一种解读文化权力关系的普遍模式，用于拆解所有社会结构里中心和边缘之间的关系，适用的范围越来越广。后殖民理论因此变得分支太多、涵盖太宽、边缘过于模糊，反而有损其批判的针对性。就文学批评领域而言，如果把"后殖民"理解为文学所面对的普遍的社会语境的话，那么这无疑是对真实社会语境的误解，其结果将影响到文学批评的有效性。因此，无论是对后殖民理论本身和后殖民文学批评来说，还是对本书的写作来说，界定后殖民的概念都是头等重要的事情。

首先，关于后殖民的时间指代。后殖民理论家阿卜杜尔·简·穆罕默德（Abdul Jan Mohamed）区分了殖民主义的两个不同的阶段：殖民"统治"阶段（从早期欧洲列强对世界的征服开始直到各殖民地独立止）和殖民"霸权"阶段（又叫新殖民主义，也就是从殖民地独立开始的时间段）。他将殖民地独立作为殖民主义由"统治"阶段正式过渡到"霸权"阶段的标志。本书关于后殖民的时间指代认同穆罕默德的观点。英文后殖民（Postcolonial）的前缀 post（后）首先就表明了它的时间意

---

① 徐贲：《走向后现代与后殖民》，中国社会科学出版社，1996年版，第191页。

识，是一个与"殖民"相对的概念。殖民阶段（即穆罕默德所说的"统治"阶段）指的是西方的全球扩张到20世纪中期各殖民地国家纷纷独立之前的这个时期，西方列强凭借军事和经济力量对亚非拉广大第三世界国家和地区进行政治、军事、经济、文化的全面的、直接的殖民侵略和统治。后殖民阶段（即穆罕默德所说的"霸权"阶段）则指的是从殖民体系瓦解，曾经的殖民地国家获得了政治上的独立直至现今这样一个时期。但是，殖民地国家的政治独立并不意味着它们就此彻底摆脱了殖民统治，西方列强变换殖民的方式，以从经济上实行垄断资本、从文化上进行西方价值观念和文化习俗的渗透的新的方式来继续它们的殖民统治。后殖民理论所关注的，就是在这个历史阶段，曾经的殖民地国家如何在文化、知识和精神领域依然受到原宗主国的影响。因此，后殖民理论聚焦的就是殖民这一历史现象本身以及它在殖民统治结束之后的持续性影响，即殖民主义及其遗留问题。正如罗钢、刘象愚所说："所有的后殖民主义话语都基于一个历史事实，即'基于欧洲殖民主义的历史事实以及这一现象所造成的各种后果'。"①

其次，关于后殖民的空间指代。国内外的学者都同意亚非拉广大的前殖民地国家，如印度、巴基斯坦、南非、尼日利亚、墨西哥等属于后殖民国家，这一点，国内外的学者都没有疑义。他们的分歧在于是否应该将美国以及澳大利亚、新西兰和加拿大这样的发达国家纳入后殖民的范围。德里克明确表示反对，而《逆写帝国：后殖民文学的理论与实践》的三位作者则坚持将上述国家的文学列为后殖民文学。对这个问题，国内的学者盛宁与任一鸣、瞿世镜的观点也相左。本书认为，尽管历史上美国也曾经是大英帝国的定居者殖民地，但是无论从美国如今名义上的世界头号大国、实质上的新殖民主义者这一事实本身来说，还是从后殖民研究的中心议题殖民主义及其遗留问题来说，美国都不适宜被纳入后殖民国家的范围。而同属大英帝国的定居者殖民地的澳大利亚、新西兰和加拿大三国，不仅曾经有过被殖民的经历，而且殖民主义的后遗症至今仍残留在社会生活的所有领域，因此，它们理应被视为后殖民国家。

---

① 罗钢、刘象愚：《后殖民主义文化理论》，中国社会科学出版社，1999年版，前言，第2页。

综上所述，本书所说的后殖民，从时间上来说，是指殖民统治结束之后至今这一历史阶段；从空间上来说，是包含曾经有过殖民经历并且至今在政治、经济和文化等诸多领域还依然处于前宗主国的殖民影响之下的国家。

带着这样的后殖民概念来审视文学领域，会发现布克文学奖的获奖小说与后殖民文学之间存在天然的对应关系。布克文学奖的评奖规则明确规定了小说作者必须是英国、爱尔兰或者其他英联邦国家的公民。1969年开始颁奖至2012年的44年间，共有45位作家获得殊荣［1974年和1992年分别有两位作家共同获奖，约翰·马克斯韦尔·库切（John Maxwell Coetzee）、彼得·凯里（Peter Carey）和希拉里·曼特尔（Hilary Mantel）分别获奖两次］。这其中，拥有英国国籍的一共有27位（有些作家同时拥有两国国籍，此处统计包涵此类作家），两名南非作家三次获奖（南非作家库切分别于1983年和1999年两度获奖）；三名澳大利亚或者澳大利亚籍的作家四次获奖［澳大利亚作家彼得·凯里分别于1988年和2001年两度获奖，2004年的获奖者DBC.皮埃尔（DBC Pierre）同时拥有澳大利亚和墨西哥双重国籍］；爱尔兰作家四次获奖［1978年的获奖者艾丽丝·默多克（Iris Murdoch）同时拥有英国和爱尔兰双重国籍］；加拿大作家三次获奖［1992年的获奖者迈克尔·翁达杰（Michael Ondaatje）同时拥有加拿大和斯里兰卡双重国籍］；印度作家四次获奖［1981年的获奖者萨尔曼·拉什迪（Salman Rushdie）同时拥有英国和印度双重国籍］；新西兰作家一次获奖；尼日利亚作家一次获奖。另外，1971年的获奖者维迪亚达·苏莱普拉萨德·奈保尔（Vidiadhar Surajprasad Naipaul）为英国籍特立尼达和多巴哥作家，1989年的获奖者石黑一雄（Kazuo Ishiguro）为英国籍日本作家。暂且不论在英国文学批评史上，英联邦文学的研究曾经是独立学科分支的后殖民文学批评的前身，仅就以上统计就可以看出，后殖民小说占据了布克文学奖不小的份额，委实是一个值得深入研究的领域。

但是，如果仅仅以作家的国籍作为判断后殖民小说的唯一标准显然太过单一和片面，因此，本书将作者的身份和作品的主题以及书写的视角综合起来作为判断后殖民小说的标准。也就是说，作者的祖籍或者国籍之一一定得是有被殖民经历的前殖民地，同时，作品的内容也一定要与殖民历史相关，另外，作品的叙述视角还应该是殖民地本土人的视角。这三个判断标准互相弥补彼此的不足，呼应着后殖民的概念，缺一不可，共同构成了本书划分后殖民小说研究范畴的标准。

按照这个标准来检视布克文学奖历史上的46部作品，毫无疑问，就会有一些作品因为不满足某一条标准而落选。例如，2000年的获奖作品《盲刺客》（The Blind Assassin），作者玛格丽特·阿特伍德（Margaret Atwood）是加拿大人，但是小说的内容与殖民历史没有关系，因此不能入选。同样的例子还有1982年的获奖小说《辛德勒方舟》（Schindler's Ark）、2002年的《少年派的奇幻漂流》（The Life of Pi）、2003年的《弗农小上帝》（Vernon God Little），虽然作者本人的身份符合后殖民小说的标准，但是作品内容与殖民历史没有关联，因而都不能入选。最难以决断的是1975年的获奖作品《炎热与尘土》（Heat and Dust），其作者杰哈布瓦拉（Ruth Prawer Jhabvala）本人是德国人，但是她的夫君是印度人，她于婚后移居德里，在那里生活了24年，并生养了三个女儿，从国籍的角度很难判断她到底是哪国人。但是，她的获奖小说《炎热与尘土》以西方人的视角描写印度，印度人处于被表述的位置，延续了东方主义的书写传统，因此最后也被排除在本书的后殖民小说之列。

经过这样严格的筛选，布克文学奖的后殖民小说包括：1971年的《自由国度》（In a Free State）、1974年的《自然资源保护者》（The Conservationist）、1981年的《午夜之子》（Midnight's Children）、1983年的《迈克尔.K的生活和时代》（Life & Times of Michael K）、1985年的《骨头人》（The Bone People）、1988年的《奥斯卡与露辛达》（Oscar and Lucinda）、1991年的《饥饿的路》（The Famished Road）、1992年的《英国病人》（The English Patient）、1997年的《微物之神》（The God of Small Things）、1999年的《耻》（Disgrace）、2001年的《凯利帮真史》（True History of the Kelly Gang）、2006年的《失落》（The Inheritance of Loss）、2008年的《白老虎》（The White Tiger），共计13部小说。本书的研究焦点聚集在其中具有代表性的几部作品上，它们是《自然资源保护者》《迈克尔.K的生活和时代》《奥斯卡与露辛达》《耻》和《凯利帮真史》。

## 第二节 后殖民理论与文学

如果说，在殖民阶段，帝国主义国家对殖民地的统治主要以武装占领、海盗式掠夺、欺诈式贸易和血腥的奴隶买卖等军事、政治和经济形式为主，使殖民地沦为其商品倾销市场、原材料提供地以及廉价劳动力和雇佣兵的来源地；那么，摆脱了殖民统治的前殖民地国家在获得政治独立之后就进入了后殖民时期，然而，政治独立却并不代表从此就彻底摆脱帝国主义的控制，西方列强依然凭借其在世界经济、科技体系中的优势地位，将西方的文化传统和价值观念通过商品、资本和技术等渗透到前殖民地国家。就像罗伯特·扬所说的："独立在很多方面代表的仅仅是一个开端，仅仅是从直接统治到间接统治的相对微小的一步，是一种从殖民统治和管辖到非完全独立的转变。"① 因此，后殖民阶段前殖民地国家和其宗主国之间的矛盾，就主要表现为以宗教和文化传统为根基的文化冲突，后殖民理论就致力于从文化角度探讨后殖民时期宗主国与前殖民地之间的文化话语权力关系，其将殖民阶段做殖民和后殖民的区分是为了突出和强调后殖民阶段的主要殖民形式——文化殖民。爱德华·萨义德（Edward Wadie Said）明确表示，他写作《东方学》一书的目的就是"对作为文化力量的具体运用的东方学进行揭示、分析与反思"②。

后殖民理论的兴起是以20世纪70年代末美国学者萨义德出版《东方学》一书为标志的，萨义德因此被认为是后殖民理论的奠基人。在《东方学》及被视为《东方学》续篇的《文化与帝国主义》两本书中，萨义德从文化的角度分析了东西方之间殖民与被殖民的关系，使得后殖民理论从一开始就被规约成文化的批评视角，为后来的后殖民理论确定了批评范式，同时也开启了运用后殖民理论进行文学批评的思路。

---

① [英]罗伯特·J.C.扬：《后殖民主义与世界格局》，容新芳译，译林出版社，2008年版，第3页。

② [美]爱德华·W.萨义德：《文化与帝国主义》，李琨译，生活·读书·新知三联书店，2003年版，第50页。

后殖民理论对东西方文化关系的研究，主要立足于文本分析。因为在后殖民理论家看来，文本的意义依附于、从属于社会政治生活的总体语境，文学文本的分析和批评因此构成了后殖民文化批评的基础。萨义德给文化下的定义是："指的是描述、交流和表达的艺术等等活动。这些活动相对独立于经济、社会和政治领域。同时，它们通常以美学的形式而存在，主要目的之一是娱乐。"① 文学文本就是以美学的形式而存在的重要的文化形态之一，萨义德的后殖民文化批评也就主要由对西方经典文学作品的重读和解构构成。

在萨义德看来，东方主义已经内化为许多西方人的一种思维方式，"有大量的作家，其中包括诗人、小说家、哲学家、政治理论家、经济学家以及帝国的行政官员，接受了这一东方/西方的区分，并将其作为建构与东方、东方的人民、习俗、'心性'（mind）和命运等有关的理论、诗歌、小说、社会分析和政治论说的出发点"②。《东方学》的写作就是要通过对西方文学经典的重读，梳理出西方如何将控制、重建和君临东方的方式构建为一种机制。萨义德想要以《东方学》的写作启示其他人文学科，是否还有其他种类的学术、美学和文化力量参与了东方学的建构？语言学、词汇学、历史学、生物学、政治经济理论等是如何参与构造帝国主义世界观的？他希望："将东方学这一文化和历史现象处理为一种有血有肉的人类产品，而不仅仅是一种冷冰冰的逻辑推理，同时又不至于失去文化产品、政治倾向、国家与具体显示之间的联系。"③

萨义德将西方东方化东方的文学源头追溯到古希腊著名剧作家埃斯库罗斯的《波斯人》和欧里庇得斯的《酒神的女祭司》。《波斯人》描写了波斯国王薛西斯一世率领的军队与希腊人之间的战争，最后以波斯军队的惨败告终。而《酒神的女祭司》则表现了酒神狄奥尼索斯与亚洲诸神之间的联系。萨义德认为，这两部戏剧奠定了欧洲想象和叙述东方的基本主题，"首先，两个大陆被分开。欧洲是强大的，有自我表述能力

---

① ［美］爱德华·W.萨义德：《文化与帝国主义》，李琨译，生活·读书·新知三联书店，2003年版，第2页。
② ［美］爱德华·W.萨义德：《东方学》，王宇根译，生活·读书·新知三联书店，1999年版，绪论，第4页。
③ ［美］爱德华·W.萨义德：《东方学》，王宇根译，生活·读书·新知三联书店，1999年版，绪论，第20页。

的；亚洲是战败的，遥远的。埃斯库罗斯表述了亚洲，让她以年迈的波斯王后、薛西斯母亲的口吻说话，是欧洲表述了东方；行使这一表述特权的不是一个傀儡的主人，而是一个大权在握的创造者，这一创造者所具有的生死予夺的权力表述，激活并建构了自己熟悉的边界之外的另一个地域，如果没有这种表述、激活和建构，这一地域便会永远处于静寂和危险的状态"①。

　　萨义德接下来重点论述的是一部欧洲人文主义的名著——但丁的《神曲》。在《神曲》中，但丁将伊斯兰教的圣人穆罕默德安排在了九层地狱的第八层，是环绕在撒旦老巢外面的一圈阴暗的壕沟。众所周知，《神曲》是严格按照基督教的普遍永恒的价值体系安排框架的，所处的层级越低代表所犯的罪孽越深。但丁的安排既是历史上东方主义影响的结果，同时又有力地强化了这一想象模式，"但丁诗歌对伊斯兰的表现和修正，代表了一种先验的、几乎具有宇宙论色彩的必然性：伊斯兰及其指定代理人是西方对东方所做的地理的、历史的，最重要的是，道德的理解的产物。关于东方或东方任何一个部分的经验事实几乎毫不重要；重要的、起决定作用的是我一直在说的那种东方学的想象视野，这一想象视野绝不仅仅限于专业的学者，而是所有曾经思考过东方的西方人的普遍看法。作为诗人的但丁具有某种力量，这一力量强化了东方学的视角，增加而不是减少了其表现力"②。

　　对于19世纪西方有关东方的文学作品，萨义德花了较大的篇幅予以论述。由于在19世纪的殖民统治上，英国强大而法国没落，因此，表现在文学的处理方式上就会有很大的不同。法国作家的做法是寻找迷恋的神话和记忆，随心所欲地想象编排东方，比较典型的有以《包法利夫人》著名的福楼拜。萨义德分析了福楼拜的《萨朗波》和《布瓦尔和白居谢》等作品，发现福楼拜对克里奥佩特拉、莎乐美和伊希斯等东方传奇女性具有特殊的喜好，尤其是在东方之行的旅途中，他邂逅了一个名叫库楚克的埃及舞女，其在为他跳了一段舞蹈之后就和他发生了性关

---

① ［美］爱德华·W.萨义德：《东方学》，王宇根译，生活·读书·新知三联书店，1999年版，第71页。

② ［美］爱德华·W.萨义德：《东方学》，王宇根译，生活·读书·新知三联书店，1999年版，第89页。

系。最令福楼拜满意的是，她对他完全没有任何过分的要求，一切都听从他的安排。在福楼拜看来，这个"满含风情、感觉细腻、粗俗得可爱"①的埃及舞女不仅是所有东方女子的代表，更是象征着东方文明的情欲、腐败与不孕。通过埃及舞女库楚克，福楼拜完成了他对东方的幻想，重复了东方主义将西方作为主体对东方这个客体的操纵。因此，萨义德认为："福楼拜试图在一个孕育了众多宗教、想象和古典文化的地方寻找自己的'家园'……（对福楼拜而言）东方是一个已经经历过的地方，一个实际旅行结束后经常回想的地方，它具有所有重要的审美想象所共有的那种典型结构。……东方的丰富性是取之不尽，用之不竭的。"②

除了以上提到的作家和作品之外，在《东方学》一书中，萨义德批评分析过的作家还有乔叟、曼德维尔、莎士比亚、德莱顿、蒲柏、拜伦、雨果、歌德、菲茨杰拉德、夏多布里昂以及内瓦尔等。

也许是感觉到《东方学》一书并未完整地表达自己关于帝国主义与文化之间关系的思考，萨义德在1993年又出版了《文化与帝国主义》一书，这一次，小说成为他唯一的研究对象。他集中分析了19世纪至20世纪之间的帝国小说，揭示了作为一种重要美学形式的小说在帝国主义霸权态度、霸权参照系以及霸权经验的形成中所起到的重要作用。

"维系帝国的存在取决于'建立帝国'这样一个概念。一切准备工作都是在文化中做的。反之，帝国主义又在文化中获得了一种协调一致，一套经验，还得到了统治者和被统治者。"③文化事业支持、配合和论证了帝国事业的合法性，因此，有必要研究"文化所产生出的帝国主义的中心观念又是如何被文化所记录、所支持，被文化所掩盖又改变的"④。在萨义德看来，"大部分专业人文学者都不能把长期的、残酷的

---

① ［美］爱德华·W.萨义德：《东方学》，王宇根译，生活·读书·新知三联书店，1999年版，第241页。

② ［美］爱德华·W.萨义德：《东方学》，王宇根译，生活·读书·新知三联书店，1999年版，第233~234页。

③ ［美］爱德华·W.萨义德：《文化与帝国主义》，李琨译，生活·读书·新知三联书店，2003年版，第12页。

④ ［美］爱德华·W.萨义德：《文化与帝国主义》，李琨译，生活·读书·新知三联书店，2003年版，第88~89页。

奴隶制度、殖民主义、种族压迫和帝国主义统治与为这些活动服务的诗歌、小说和哲学联系起来"①。因此,萨义德是带着这样的一种问题意识和填补研究空白的使命感继续尝试从文学的角度解读文化与帝国主义之间的关系的,特别关注作为文化形态的帝国的小说,指出小说在本质上与帝国主义霸权态度是一种共谋的关系。之所以选择小说作为分析对象,萨义德在书中一再重申:"小说对于形成帝国主义态度、参照系和生活经验极其重要。我并不是说小说是唯一重要的。但我认为,小说与英国和法国的扩张社会之间的联系是一个有趣的美学课题。"②"没有帝国,就没有我们所知道的欧洲小说……小说从根本上是与资产阶级社会联系在一起的;用查尔斯·莫拉泽(Moraze Charles)的话说,它伴随着他所说的作为征服者的资产阶级对西方社会的征服,并且是征服的一部分。"③

格奥尔格·卢卡奇(Ceorg Lukacs)在他的《小说理论》中提出了著名的小说发生学理论,梳理了一条从史诗到小说的文学发展路径。他这样定义史诗时代:"心灵远行涉险,经历了万般险恶,但它其实并不知道寻觅的真正痛苦和发现后的真正危险。一颗这样的心灵是不会将自己作为赌注孤注一掷的。它既不知道自己会迷失自我,也从未想过要去寻找自我。这样的年代就是史诗时代。"④而小说则是"一个被上帝遗弃的世界的史诗……是内在生活的内在价值的历险形式;小说的内容是心灵出发寻找自我的故事,是心灵为接受检验的,而且由此找到其本质的历险故事"⑤。史诗表现的是完满的整体世界,而小说关注的也是生活的整体性,所以说,在充满冲突的现代工业社会中,小说是史诗的真正继承者。小说的产生具有历史的必然性,重新担负起史诗曾经担负过的任务。

---

① [美]爱德华·W.萨义德:《文化与帝国主义》,李琨译,生活·读书·新知三联书店,2003年版,前言,第4页。
② [美]爱德华·W.萨义德:《文化与帝国主义》,李琨译,生活·读书·新知三联书店,2003年版,前言,第2页。
③ [美]爱德华·W.萨义德:《文化与帝国主义》,李琨译,生活·读书·新知三联书店,2003年版,第95页。
④ [匈]卢卡奇:《卢卡奇早期文选》,张亮、吴勇立译,南京大学出版社,2004年版,第5页。
⑤ [匈]卢卡奇:《卢卡奇早期文选》,张亮、吴勇立译,南京大学出版社,2004年版,第61~62页。

英国小说产生于 18 世纪，由传奇脱胎而来。传奇一般均由英勇无畏的骑士、美丽的贵妇人、邪恶的魔法师和信奉基督的绅士等构成主要人物，以骑士和贵妇之间的理想化的爱情作为故事的主线，是一种非现实主义的、封建阶级的贵族文学形式，其所表现和推崇的都是封建统治阶级的价值观念和人生态度，提倡遵从基督教的忍让信条，维护现存秩序。这对于新兴的资产阶级来说无疑是一个牢笼。他们渴望的是贸易自由、开发新领地的自由、发明创造的自由，以及适合自己阶级审美趣味的文学表现形式。因此，小说的兴起与资本主义的兴起是同步的，小说表现的是资产阶级的利益，适合资产阶级的欣赏趣味。

萨义德的独特之处也正是在于他从西方/海外殖民的维度考察西方小说的起源。在《文化与帝国主义》一书中，进入萨义德研究视野的有狄更斯、简·奥斯汀、福楼拜、巴尔扎克、康拉德、福斯特、吉卜林、加缪、纪德等数十位作家的作品，其中，萨义德对狄更斯、简·奥斯汀、康拉德和吉卜林做了重点分析。因为在他看来，"到 19 世纪 40 年代，英国小说可以说是英国社会中唯一的美学形式，并获得了主要表现者的显著地位。由于小说在'英国事务'问题上占有了如此重要的地位，我们可以认为它也参与了英国的海外帝国"①。

狄更斯的小说《远大前程》的主人公匹普渴望成为一名绅士，但他既不想靠自己努力奋斗，又缺乏必要的经济支撑。他年幼时救助过一个名叫马格维奇的人，这是一个被大英帝国流放到澳大利亚的罪犯。作为回报，马格维奇赠送了年轻的匹普一大笔钱。马格维奇最终设法潜回伦敦，但他浑身都散发着令匹普不快的罪犯的气息，不过最终匹普还是只能向现实妥协：他认马格维奇做了义父，最后成为一名在东方经商的商人。这样一来，"尽管狄更斯解决了澳大利亚的困惑，一个新的观念的结构和指涉又出现了。这就是大英帝国通过贸易和旅行与东方的交流。狄更斯笔下几乎所有的商人、任性妄为的亲戚和令人生畏的外来人，都与帝国有着一种相当正常的、稳定的联系"②。因此，匹普的远大前程

---

① ［美］爱德华·W.萨义德：《文化与帝国主义》，李琨译，生活·读书·新知三联书店，2003 年版，第 98 页。

② ［美］爱德华·W.萨义德：《文化与帝国主义》，李琨译，生活·读书·新知三联书店，2003 年版，前言，第 8 页。

就跟英国的殖民主义息息相关,狄更斯的小说和小说中的人物都与帝国主义密不可分。

与传统的以时间的角度分析小说的情节与结构不同,萨义德从空间和地理的维度来分析简·奥斯汀的小说《曼斯菲尔德庄园》。《曼斯菲尔德庄园》这部关于"等级"的小说是奥斯汀小说中意识形态与道德倾向最明显的一部,它建立了西方社会的道德和价值观念。萨义德分析了殖民地安蒂瓜对宗主国公开的彻底的臣服,指出正是奴隶贸易、食糖和殖民庄园这些海外殖民地及贸易的存在为伯特兰姆一家提供了财富,决定了他们的社会地位,也决定了他们的道德价值观,而支撑这种价值观的,是不为奥斯汀本人所觉察的奴隶制道德。

萨义德对康拉德的小说《黑暗的心》的分析在同行中显示出其与众不同之处是因为在他看来,康拉德既是一个帝国主义者,同时又是一个反帝国主义者。萨义德认为,《黑暗的心》具有双重叙述视角:一方面,"克尔茨伟大的掠夺冒险、马罗逆流而上的旅途以及故事叙述本身,有个共同的主题:欧洲人在非洲,或在非洲问题上表现出来的帝国主义控制力量与意志"[1]。另一方面,由于作者康拉德本人是一个被放逐的波兰人,流亡边缘人的双重意识使得他的小说表现出对殖民主义模棱两可的态度,小说中的叙述者马罗相互矛盾的表述和克尔茨自身矛盾的说话方式就是这种态度的体现。"康拉德证明正统的帝国主义观念和他自己对帝国主义看法之间区别的方式,是继续把人们的注意力吸引到思想和价值观如何通过叙述者的语言错位而构成(与解构)的。"[2]

曾获得诺贝尔文学奖的英国作家吉卜林的作品《吉姆》之所以引起萨义德的兴趣,是因为《吉姆》并非仅仅在于表现主人公孤儿吉姆在印度富于乐趣的游荡经历。萨义德提醒读者注意:"作者在写作时不只是从一位住在殖民地的白人统治者的观点出发,而是从一种其经济、功能与历史已经获得自然的地位的巨大的殖民体系出发的。"[3] 在吉姆的乐

---

[1] [美] 爱德华·W. 萨义德:《文化与帝国主义》,李琨译,生活·读书·新知三联书店,2003年版,第29页。

[2] [美] 爱德华·W. 萨义德:《文化与帝国主义》,李琨译,生活·读书·新知三联书店,2003年版,第37页。

[3] [美] 爱德华·W. 萨义德:《文化与帝国主义》,李琨译,生活·读书·新知三联书店,2003年版,第190页。

趣背后，是有着大英帝国的殖民统治作为支撑的，白人的身份首先就赋予了吉姆在印度逍遥自在的权利。吉姆被克莱顿上校挑中参与所谓的"大游戏"，不自觉地被纳入为殖民侵略服务的英国在印度的特务机构并为其搜罗情报，尽管吉姆本人也许是将它当作一种放大了的游戏来充分享受的，但不可否认的是，他所有孩子般无穷无尽的乐趣都是与英国的海外控制直接联系在一起的。"吉卜林创造的一个英国控制印度的手段（大游戏），与吉姆和印度融为一体以及后来医治它的创伤的幻象是一致的。这种描写手法如果没有帝国主义的存在显然是不可能的。"①

齐亚乌丁·萨达尔（Ziauddin Sardar）认为，萨义德的《东方学》一书的主要特征和理论贡献在于："第一，在标准的学术和历史分析中，萨义德增加了一种新维度：文学批评。""第二，萨义德能够将各类批评置于一个单一的多学科框架之内，这一框架将对东方主义的各学科批评转换成多学科的文化分析。"② 萨义德将各学科批评转换成文化分析，同时又通过分析文学，尤其是小说这种文化的"唯一的美学形式"全面解构了东方学理论的体系，揭露了武力征服与文化侵略之间相互促进的关系。《东方学》和《文化与殖民主义》的写作充分显示了后殖民理论与文学批评之间的有机联系，证明了后殖民理论本身是一种实践性的理论，具有很强的可操作性和实践意义。这不仅为本书提供了理论支持，也成为本书写作时所竭尽所能借鉴的范本。

## 第三节　本书的研究思路

后殖民主义理论是一种多种文化政治理论和批评方法的集合性话语。长期以来，对于殖民主义及其影响，不同的研究视角有着不同的关注点。政治研究关注的是国际政治关系中的殖民侵略，经济研究则从经济的角度揭示发达国家对不发达国家的殖民剥削。而后殖民主义理论的

---

① ［美］爱德华·W. 萨义德：《文化与帝国主义》，李琨译，生活·读书·新知三联书店，2003年版，第229~230页。

② ［英］齐亚乌丁·萨达尔：《东方主义》，马雪峰等译．吉林人民出版社，2005年版，第107~108页。

特别之处在于它从文化的角度运用文化分析范式来解读殖民主义，旨在考察原宗主国与前殖民地国家在文化领域的殖民与被殖民的关系。

萨义德自称："我希望（也许是不切实际的），从文化方面描述帝国风风雨雨的历史能够揭示历史，阻止历史重演。"[1] 对于东西方不平等的权力关系，萨义德建议："我们最好从文化的角度来理解这些问题，这一文化有极好的道德、经济甚至形上学准则作为基础，这样的准则只赞同令人满意的局部的或欧洲的秩序，但不同意海外享有类似的程序。"[2] 萨义德的《东方学》写作正是深受葛兰西文化霸权思想的影响。按照葛兰西的观点，在西方资本主义国家，统治阶级对大众的控制除了依靠强制手段，如军队、暴力等国家权力机关外，更主要的是依靠他们牢牢占有的文化霸权（文化领导权）来实现的。他们通过对意识形态权力的占有，使人民积极或消极地遵循由他们制定的道德观念、价值体系，认同他们的审美趣味、行为准则和思维习惯。萨义德指出："在任何非集权的社会，某些文化形式都可能获得支配另一些文化形式的权力，正如某些观念会比另一些更有影响力；葛兰西将这种起支配作用的文化形式称为文化霸权（hegemony），要理解工业化西方的文化生活，霸权这一概念是必不可少的。正是霸权，或者说文化霸权，赋予东方学以我一直在谈论的那种持久的耐力和力量。"[3]《东方学》借助福柯和葛兰西的理论，对西方在其对东方的文化再现中呈现出来的霸权关系进行了系统而深入的揭露。

由此可见，后殖民主义理论无疑与当代西方社会科学中兴起的"文化研究"学术思潮有着深厚的渊源。文化研究发端于20世纪50年代后期的英国，尔后扩展到美国及其他西方国家。文化研究把文化看作社会过程本身，而把经济、政治仅仅看作这一过程的构成因素，特别强调在社会发展过程中文化所起的关键作用。虽然很难给文化研究下一个确切的、普遍可以接受的定义，但是《文化研究读本》的两位编者仍然尝试

---

[1] [美]爱德华·W.赛义德：《赛义德自选集》，谢少波、韩刚等译．中国社会科学出版社，1999年版，第177页。

[2] [美]爱德华·W.赛义德：《赛义德自选集》，谢少波、韩刚等译．中国社会科学出版社，1999年版，第245页。

[3] [美]爱德华·W.萨义德：《东方学》，王宇根译，生活·读书·新知三联书店，1999年版，第9~10页。

着为文化研究勾勒了它的一些基本倾向:"1. 与传统文学研究注重历史经典不同,文化研究注重研究当代文化;2. 与传统文学研究注重精英文化不同,文化研究注重大众文化,尤其是以影视为媒介的大众文化;3. 与传统文学研究注重主流文化不同,文化研究重视被主流文化排斥的边缘文化和亚文化,如资本主义社会中的工人阶级亚文化,女性文化以及被压迫民族的文化经验和文化身份;4. 与传统文学研究将自身封闭在象牙塔中不同,文化研究注意与社会保持密切的联系,关注文化中蕴含的权力关系及其运作机制,如文化政策的制定和实施;5. 提倡一种跨学科、超学科甚至是反学科的态度与研究方法。"① 文化研究是对整体生活方式中各种因素之间的关系的研究,"分析文化就是去发现作为这些关系复合体的组织的本质"②。

后殖民主义理论正是在文化研究的成果上重读文化形态的文学文本,发现了这些文本中体现出来的根深蒂固的欧洲中心主义的观念。这种欧洲中心主义的观念及其二元对立的思维方式将西方殖民者自己和被殖民者确定为一个固定不变的殖民话语模式,以文明与野蛮、高尚与低贱、先进与落后、强大与弱小、理性与感性、中心与边缘、普遍与个别这样的一组恒久对立的形式出现,殖民者永远代表着前者,而被殖民者则永远代表后者。因此,后殖民主义理论的目的在于挑战这种欧洲中心主义观念、反对单向性的二元思维方式,致力于解构帝国话语、揭穿殖民神话,重新认识和确立边缘的价值,同时提倡一种多元的视角和多元的思维方式,强调差异与偶然,关注边缘性、含混性,突出小型叙事和本土知识,为殖民地民族的文化提供展示的机会。后殖民主义理论所研究的议题和学术旨趣因而与文化研究有着相当程度的重合与交叉,这也就成为本书研究思路的来源。因为历史、弱者、语言既是文化研究的核心关键词,又是后殖民理论关注的重点问题,同时它们也是后殖民理论得以拆解殖民话语和颠覆文化霸权的几条主要路径,这为本书接近研究对象提供了可能。另外,布克文学奖的后殖民小说在艺术手段上所体现出的丰富的后殖民解读质素,也就同时被纳入了本书的整体框架,与历

---

① 罗钢、刘象愚:《文化研究读本》,中国社会科学出版社,2000年版,前言,第1页。
② [英]雷蒙·威廉斯:《文化分析》,载罗钢、刘象愚:《文化研究读本》,中国社会科学出版社,2000年版,第130页。

史、弱者和语言等一起，成为把握布克文学奖的后殖民小说的规律和特征的关键词。

因此，本书的结构安排如下：第一章主要是关于布克文学奖的介绍，包括其赞助商、产生的时代历史背景、评奖范围、评奖规则和出版商等。第二章边缘叙事、第三章历史反写、第四章语言重置、第五章文学实践平行并置，共同勾勒出布克文学奖的后殖民小说逆写后殖民文化关系的整体框架。

如果把文化作为意识形态来分析，"再现"问题就是其核心问题。同时，对于后殖民主义理论来说，"再现"并不是一个语言/表达能力的问题，而是一个权力问题。为谁"再现"、如何"再现"，都是权力运作的产物，"是使世界的意义合乎自己的利益的手段，是赋予抽象的意识形态概念以具体的形式（即不同的能指）的过程。这是一个使意识形态物质化、从而自然化的过程，是一个高度政治性的过程，包含着赋予世界及人在其中的位置以意义的权力"①。因此"再现"在本质上被视为权力斗争的场所，"再现"行为本身就是文化内部权力关系的一种体现。统治阶级及其社会集团因为把持了文化领导权而掌握着再现自身和他人的权力，而那些处于无权地位的被统治阶级不能再现自己，只能听任统治者来再现自己。于是，握有再现权力的一方随意按照自己的意愿和想象来再现另一方：女性被再现为低贱的、工人阶级被再现为粗鲁的、少数民族被再现为愚昧无知的、黑人被再现为懒惰的等。而殖民地国家的历史，也主要是由宗主国首先将其设定为"他者"来进行再现的。后殖民理论家斯皮瓦克将这些被再现的"他者"称为"属下"，并且认为"属下"实际上是一种空寂的空间，或者说是根本无法接触的空白，属下不能说话，也没有权利说话，只能由殖民者代言和表述。因此，那些处于社会边缘的，受压迫、受排斥、受统治的社会群体为了争取对自身及自身与他者关系的更加真实、更加正确的"再现"，以取代统治阶级和主流文化对他们的错误和歪曲的"再现"进行着不懈的斗争。在后殖民的历史语境下，这种斗争主要表现为前殖民地国家试图找回原本属于

---

① ［美］约翰·费斯克：《大众经济》，载陆扬、王毅：《大众文化研究》，生活·读书·新知三联书店，2001年版，第142页。

自己的声音、修正被殖民主义颠倒的历史,重新树立对本民族文化的自信。本书是对布克文学奖的后殖民小说中后殖民他者对重新再现自身的努力所做的研究,因此就分为"边缘叙事"和"历史反写"两个部分。

在"边缘叙事"一章中,以"庶民"(即属下)的概念作为贯穿整章的核心关键词,分别分析了布克文学奖的获奖小说《耻》《迈克尔.K 的生活和时代》对"边缘""他者""属下""少数"等弱者群体的关注,以艺术手段建构了一个后殖民话语空间,让处于边缘文化的弱势群体发出自己的声音,借此突出、强化边缘文化的声音,同时揭露文化霸权主义话语对他们的压制和剥离。"后殖民主义直面西方的权力话语,以向中心话语挑战者的姿态,进入文化中意识形态话语的矛盾交织处,以其'边缘''少数'话语的特殊视角解读'中心''多数'话语掩盖下的话语暴政和文化霸权,展示'弱者'的自我言说与被权力话语所说、自我生命表征与权力话语压抑的命运,重新审视霸权语境中的东西方关系,重新思考西方霸权主义文化的错位和严重的表征危机,从而对西方文化霸权主义行径进行消解。"①

殖民地的历史因受到西方殖民话语认知暴力的挤压而呈现出虚假性:殖民者采取文化渗透的方式削弱或改变被殖民者的文化认同感,淡化殖民地本土的历史、文化和民族意识,力图导致殖民地历史文化记忆的丧失。后殖民主义批评把再现被殖民者被压抑的历史作为重要任务。"历史作为一种阐释实践同时也产生了一种不加批判的相对主义的后殖民撰史学,它专注于解构权威,既包括概念的权威,同时也使人无法认可权力与主宰并与之进行斗争。"② 他们或通过致力于发掘民间的声音,通过寻找未受到殖民者污染的民间观点来重新书写历史或是借助于解构西方殖民话语中的中心论,就整个西方话语和政治体制进行意义深远的论战和观念的全新调整,以此来修正殖民化的历史记忆。"历史反写"一章即以布克文学奖的后殖民小说中最具代表性的"历史反写"文本——《凯利帮真史》作为分析对象,总结了后殖民历史反写的模式:竭力将自己的历史书写塑造成真正真实的历史,瓦解殖民当局所谓的正

---

① 杨耕:《为马克思辩护:对马克思哲学的一种新解读》,中国人民大学出版社,2010 年版,第 405 页。
② [美]阿里夫·德里克:《再论后殖民问题》,王宁译,载《文艺报》,1999 年 4 月 13 日。

史叙述。

对于独立后的殖民地来说，殖民历史导致的最直接的后果之一就是他们的人民依然使用着殖民者的语言。语言既是传承文化的工具，又是一种特殊的文化形式。法农就认为："讲一种语言是自觉地接受一个世界，一种文化。"[①]英国从建立第一个海外殖民地纽芬兰开始，就持续不断地通过英语语言，将西方的意识形态、价值观念、生活方式和文化习俗渗透到殖民地本土的社会和文化中，以瓦解殖民地人们的民族意识，实现民族同化。殖民地人民只能以殖民者的语言和文化来塑造自己的身份，他们对自身独特性的意识也只能以殖民者的语言系统来形成，无法摆脱对殖民者的语言及其文化价值观的依赖。对解殖之后的后殖民国家及其人民来说，是否应该继续使用英语、如何继续使用英语成为他们必须要面对和解决的问题。对后殖民文学中英语的使用情况，最早予以专门论述的是后殖民文学的奠基之作——《逆写帝国：后殖民文学的理论与实践》一书。三位作者认为："语言成为一种媒介，透过它，等级性的权力结构得以恒久；透过它，'真理''秩序'及'现实'等概念，得以建立。"他们的论述揭示了"大部分有关语言（包括其权力）及写作（包括其表达的权威），如何跟主导的欧洲文化抗衡的过程"[②]。本书"语言重置"一章通过对《耻》和《凯利帮真史》中英语语言使用情况的详细考察，指出这些用英语写成的后殖民文本成功地进入了殖民者的文化体系，使殖民者的语言和文化因为这种侵入而呈现出一种杂交的状态，从而瓦解和颠覆了殖民者的文化体系。

如果说"边缘叙事""历史反写""语言重置"都是从文化的角度来分析后殖民文本的抵抗策略的话，那么最后一章"文学实践"则回归文学本身，从艺术手段的角度寻找后殖民抵抗殖民话语的蛛丝马迹。这需要追溯文学实践的理论渊源。本章的理论源于文化研究的反本质主义立场，这种立场对文学理论有着重大的影响，象征、寓言和互文等文学创作手段就体现了这一点。"反本质主义描述的是一个偶然的历史，一切都无法预先保证，没有任何关系（对应）是必然的，没有任何特性是内

---

[①]〔法〕弗朗兹·法农：《黑皮肤，白面具》，万冰译，译林出版社，2005年版，第25页。
[②]〔澳〕比尔·阿希克洛夫特、嘉雷斯·格里菲斯、凯伦·蒂芬：《逆写帝国：后殖民文学的理论与实践》，刘自荃译，骆驼出版社，1998年版，第8页。

在固有的。那些'本质'可以是历史的真实的，但并非必然的。我们能当然地认定的任何一个故事的开头总是另一个要讲的故事的结尾。历史在不断地锻造联系和发布实践，把这个文本与那个意义、这段经验与那一政治立场联结起来，产生特定的效果，并以此建构社会和历史生活的结构。"① 象征主义崇拜直觉，反对理性。而产生和发展于西方特定历史社会环境的科学理性被尊奉为唯一能把握真理的绝对理性。表现为将感官世界和理念世界、现实世界和本体世界、现世界和彼世界、现象世界和本质世界对立起来的二元划分模式。象征的习作旨在否定和取消这种模式，通过肯定个体的生存领悟，重新确认人的直觉在认识世界、探寻真实方面的决定性意义。寓言的核心本质在于言此意彼，在于言意的分离。寓言所蕴藏的多义性、含混性、异质性的精神为后殖民作家所看中，成为比现实主义更为有效的书写后殖民地经验的策略。互文强调文本本身的断裂性和不确定性，以此打破文本中单一的权力支配状况，在文本与文本之间形成一种相互指涉、相互交叉、相互重叠和相互转换的互文性描述，从而在具体的文本内部形成多元文化、多元话语相互交织的局面。

通过各章的详尽分析，本书从文化和文学两个角度共同揭示了布克文学奖的后殖民小说文本中所蕴藏的后殖民解读质素，梳理出后殖民作家通过文本写作对抗欧洲中心主义观念的特殊策略，为后殖民国家的文化在新的历史语境下恢复民族自信，重建民族文化，实现与西方国家的平等交流提供了参考。

---

① ［美］格罗斯伯格：《文化研究的流动》，载罗钢、刘象愚：《文化研究读本》，中国社会科学出版社，2000年版，第72页。

# 第一章 关于布克文学奖的介绍

在当今世界各种名目繁多的文学奖中,诺贝尔文学奖凭借其跨越语言和国界的包容性和开放性,以及上百年历史的权威性和公正性,成为当之无愧的世界第一文学奖。除此之外,法语世界的龚古尔文学奖、英语世界的普利策文学奖和布克文学奖①、西班牙语世界的塞万提斯文学奖、德语世界的毕希纳文学奖在各自的语言领域都拥有相当大的影响力甚至享有国际声誉。在英语文学世界,布克文学奖被公认为当代英语小说界的最高奖项,代表着当代英语小说的最高成就和最新发展。

布克文学奖成立于1968年,其设立的初衷是时任乔纳森·海角出版社主席的汤姆·麦奇勒(Tom Maschler)和布克集团经营委员会主席迈克尔·凯恩(Michael Caine)想要提高文学作品的销售量。其对外宣称成立的目的是"奖励有价值的作品,提高写作者在公众眼中的地位以及增加书籍的销量"(to reward merit; raise the stature of the authors in the eyes of the pubic; and to increase sales of the books)。布克文学奖从1969年开始,每年颁发一次,授予当年出版的优秀长篇英文小说,小说作者必须是英国、爱尔兰或者其他英联邦国家的公民。奖金设立之初为5000英镑,后来涨到21000英镑,现在为50000英镑。

英国的文学传统源远流长,英国也素来就有喜好颁奖的文化。据称,英国大大小小的文学奖多达200个,在当今的英国,比较有影响的除了布克文学奖之外,还包括创立于1919年的号称最古老的文学奖詹姆斯·泰特·布莱克纪念奖,可以由公众参与投票的英国国家图书奖,

---

① 布克文学奖从1968年成立到2002年一直由布克公司赞助,英文名为Booker Prize,即布克文学奖。2002由新的赞助商英仕曼集团冠名之后,改称Man Booker Prize,被众多国内媒体译为"曼布克文学奖"或者"曼氏布克文学奖"。但是英仕曼集团的中文官方网站将此奖项命名为"英仕曼布克文学奖"。本书按照国内学术界的习惯和行文方便,仍称之为布克文学奖。

奖金额高达 5.25 万英镑的最丰厚的文学奖大卫·科恩奖，除了奖金之外还能获得英国女王接见的英联邦作家奖，以及专为女性作家设立的橘子奖。在如此众多的文学奖项中，布克文学奖的影响无疑是最大的。

## 第一节　布克文学奖的赞助商

　　法国社会学家罗贝尔·埃斯卡皮（Robert Escarpit）认为，作家的生存有两种办法，一是依靠版税所得的内部资助；二是外部资助，包括寄食制和自我资助。他这样描述寄食制："就是由某一个人或某一个机构来养活一个作家，他们保荐他，反过来又要求他满足他们的文化需要。这种门客—君主的关系和顾客—老板之间的关系不能说没有共同之处。作为封建组织形式的寄食制，与建立在独立实体基础上的社会结构相适应。没有一个共同的文化阶层（中等阶级的缺乏教养，或者根本不存在中等阶级），缺乏有效的传播手段，财富集中在几个豪门之手，一小撮杰出人物具有极高的文学造诣，等等，所有这一切必然形成几个封闭式的体系。在这种体系里，作家被认为是提供奢侈品的工匠；于是，他也根据物物交换的原则，用自己的产品换取他人对自己的供养。"[①]

　　英国作家与赞助的渊源由来已久。埃斯卡皮所描述的寄食制是这种关系的最佳注脚。

　　英国赞助文学艺术的传统可以追溯到很久以前。在《伊丽莎白女王时期的英国》一书中，作者王春元认为："英国文艺复兴时期的赞助文人制度有二个源头。第一个源头可以追溯到中古时代，当时吟游诗人常常置身于封建庄园中，受到庄主的保护和礼遇，能够专心创作诗词歌赋，使得庄主今生享有风雅的美名，死后又得以流芳千古。第二个源头其实来自第一个源头，由都铎王朝的前二任君主——亨利七世和亨利八世首开其风，他们利用赞助控制大众舆论，鼓励文人学者著书立说，为王室效劳、为国家政令做宣传、为政治利益服务，并且把赞助制推广到

---

① ［法］罗贝尔·埃斯卡皮：《文学社会学——罗·埃斯卡皮文论选》，于沛选编，浙江人民出版社，1987 年版，第 32 页。

# 逆写的文学：
## 布克文学奖的后殖民小说研究

社会各个层面，上行下效，风行草偃，社会位阶从而得以维持，政府运作从而得以顺畅。"① 都铎王朝的建立者亨利七世即位之初，即面临外界质疑其继承英国国王的合法性。为巩固政权，清除异己，亨利七世授意撰写英国历史，任命英籍意大利人波利多尔·维吉尔（Polidore Vergil）负责，最终于1534年出版的《英国史》不仅史料翔实，更重要的是为都铎家族继承王位的合法性和正统性做了正本清源的工作。亨利八世的时候，国王和贵族的赞助更是从文学扩大到艺术、教育、绘画、建筑等领域。伊丽莎白女王登基之后，内外交困，面临着国内外诸多棘手的难题，女王本人和她的幕僚都渴望得到文人的帮助。一时之间，文人的歌功颂德之作空前，为伊丽莎白女王政令的推行和国际国内矛盾的解决营造了良好的政治氛围和社会空气，女王也投桃报李，不顾伦敦地方当局的反对，以支持莎士比亚剧院来表示对文学创作的认同，甚至亲自调演新戏或特别受欢迎的戏。上行下效，宫廷里的官吏也以她为榜样。另外，作家们也寄希望于某个慷慨的赞助人可以给予经济上和政治上的帮助和扶持。这个时期流行的一种习俗是向赞助人题献一本书，例如伊丽莎白统治时期的列斯特伯爵，很多作家都把书题献给他，期待得到他的保护和经济上的回报，他也利用这种赞助制度来达到自己的政治和宗教目的。年轻的作家都希望可以在宫廷圈子里或者能够接近宫廷圈子的人里寻找一个人来支持自己和提高自己的身份。莎士比亚就曾经将自己的《维纳斯与阿多尼斯》题献给南安普敦伯爵。与中国春秋时期各诸侯国的公族子弟豢养门客类似，这一时期的英国贵族中间也流行着一股蓄养门客、赞助文学的风气，据说当时的每个剧团都属于某一个贵族家庭，得到贵族的保护、赞助和支持。王室和贵族的赞助很大程度上促成了英国文艺复兴时期的到来，英国文学艺术空前繁荣，市民、公会、公司行号也加入了赞助的行列。赞助的形式多种多样，除了提供现金之外，馈赠年金、提供吃住和政治上的保护、通过赞助人谋求一官半职也是常见的形式。当时的科技水平虽然可以让更多的文学作品得以付梓，但是经济大环境却使得作者不能以此作为谋生的手段。王春元在分析都铎王朝时期的文人必须依靠赞助时认为，"当时所有未能订定价

---

① 王春元：《伊丽莎白女王时期的英国》，书林出版有限公司，2000年版，第73页。

格、买进卖出的物品,皆落入赞助的行列,三百六十五行,行行都由赞助统领支配","这个时期有许多工作没有薪水可拿,就算有的话,金额也少得可怜。他们工作的回馈来自小费、各种闲差附带的津贴、土地出租的租金、特许状的盈利、执照和专卖权的收益等。文人也在这个行列之一"。[①] 可以说,赞助制度渗透到英国社会的方方面面,无孔不入,一直到17世纪都还十分盛行。生活在这个时期的作家没有一个能避免赞助制的影响,英国文学与赞助之间的这种依附性关系也就一直延续下来。

进入20世纪,企业与文学的联姻更是司空见惯。例如2007年的大英图书奖(British Book Awards)一共颁出12个奖项,每一个奖项都有赞助商冠名,如:史密斯书店年度图书、读者文摘年度作家、亚马逊书店年度传记、红房子年度童书、世界书局年度惊悚小说、鲍德斯书店年度史著、沃特斯通书店年度新人、特易购超市年度体育图书、play.com年度影视图书等。但是与此同时,由于赞助商的签约赞助年限不定,这也使得文学奖项不得不面临随时更名的可能。例如英国另外一个著名的文学奖惠特布莱德奖成立于1971年,由英国的旅游业巨子惠特布莱德公司出资赞助。2007年,惠特布莱德公司终止赞助,由科斯塔连锁咖啡店接手并重新冠名,于是惠特布莱德奖也因此更名为科斯塔奖。

布克文学奖也同样经历过两次冠名。

布克文学奖成立时的赞助商布克集团,原名布克·麦克唐纳公司,成立于1834年,是一家行业内领先的农渔业加工产品综合企业集团,雇佣员工超过两万名,年收入超过50亿英镑。布克·麦克唐纳公司最初在英国殖民地的圭亚那为食糖产业提供分发服务。圭亚那位于非洲东北部,是南美洲唯一一个以英语为官方语言的国家,英联邦成员之一。就像圭亚那国徽上的豹子握着的甘蔗所象征的那样,水稻和甘蔗是圭亚那传统的农作物,产量约占其农业总产量的一半,制糖业因此也成为其主要工业之一,在国民经济中占有举足轻重的地位,产值超过其国内生产总值的20%,食糖出口收入约占其外汇总收入的1/4。布克公司正是

---

[①] 王春元:《伊丽莎白女王时期的英国》,书林出版有限公司,2000年版,第83页。

靠蔗糖生产和加工逐步建立起自己的商业帝国的。

1815年,维也纳会议决定南美洲东北角海岸由大英帝国、荷兰和法国瓜分以后,来自这些国家的商人迅速开始开发各自地区的自然资源。布克兄弟——约西亚、乔治和理查德也在这些商人之列。约西亚是第一个去到海外的。他于1815年抵达英属圭亚那,由棉花种植业起家。之后的20年间,他和他的兄弟们在利物浦设立了几家贸易商行,为日渐繁荣的食糖和朗姆酒贸易做准备。1834年他们在英属圭亚那成立了布克兄弟公司,第二年又获得了第一条运输船的所有权。1838年理查德·布克去世,约西亚和乔治整合公司,通过购买其他经营不善的甘蔗种植园不断扩大规模,到19世纪末,他们几乎买下了英属圭亚那所有的种植园,业务范围也不断拓展,开始涉足食品销售及日用商品的零售和批发,公司名称也改为布克·麦克唐纳公司。20世纪早期发展更为迅速,业务范围进一步扩大,而且开始将触角伸向更多的国家和地区,在特立尼达、巴巴多斯、牙买加、尼日利亚、加拿大、印度、比利时、东非等都拥有大量资产。1920年发行第一支股票,同年在伦敦证券交易所上市。到1950年,圭亚那经济的所有领域都开始出现布克集团公司及其子公司的足迹:食品、家具、家用电器、服装、五金器具、建筑用品、体育用品、农业机械及设备、机动车辆、制售药物、出版印刷、出租汽车服务、广告业、朗姆酒、牲畜饲料、橡胶、木材、成品油的生产和经销、保险、房地产等,除了拥有圭亚那18家蔗糖种植园的15家之外,在阿布里河(Abary River)上游还有一处很大的牲畜养殖场。布克公司在圭亚那积累起的巨额财富以及它最大雇主的身份,使它得以在很长的一段时间内左右着圭亚那的经济政策,甚至对政治也产生重要影响,以至于人们将"英国圭亚那"戏称为"布克圭亚那"。1966年圭亚那宣布政治独立,经济独立却并未跟随而至。许多影响经济的政策的制定都是由国外势力操纵的,因为关系到国民经济命脉的农业和采矿业仍然为国外公司所把持。其中在农业领域占据垄断地位的就是布克·麦克唐纳公司。直到70年代早期,它仍占据着几乎圭亚那全国GDP的1/3。它生产的食糖占圭亚那食糖总产量的85%,雇佣了全国劳动力的13%,圭亚那外汇收入的35%被它收入囊中。

2002年开始,布克文学奖的全称改为"英仕曼布克文学奖"(Man

Booker Prize)。英仕曼集团公司是世界最大的期货交易商，也是世界最大的证券市场公开上市的对冲基金运营商。英仕曼集团成立于1783年，是英国最大的100家上市公司之一。近年来，英仕曼集团将业务从伦敦扩展到了纽约、芝加哥、巴黎、新加坡和悉尼，海外市场不断扩大，使得英仕曼集团寄希望于布克奖提升其国际影响力，布克文学奖也由此开启了配合英仕曼集团公司全球扩张的计划：2004年，布克奖宣布从2005年开始，每两年颁发一次奖金为6万英镑的布克国际奖（Man Booker International Prize），所有作家、无论国别，只要其作品以英文或有英文译本出版，均有资格获得此奖。与布克文学奖不同的是，此奖考量的是作家的全部文学成就，不仅限于小说。另外，布克国际奖的评审系统与布克奖是分开的，两者相互独立。布克文学奖管理委员会的主席也承认此举更多考虑的是让美国作家有参评的资格。2011年进入最终决选名单的有短篇小说作家罗辛顿·米斯特里（Rohinton Mistry）、美国文学巨匠菲利普·罗斯（Philip Roth）、阿拉伯作家阿敏·马洛夫（Amin Maalouf），以及来自中国的作家王安忆和苏童，最终折桂的是菲利普·罗斯。另外，英仕曼集团还于2007年赞助了英仕曼亚洲文学奖（Man Asian Literary Prize），用以奖励"未经出版的英语亚洲小说"，从2010年改为只有已经翻译成英文，并且已经出版了的作品才能申请入选。奖金也从一开始设立时的一万美金增加到三万美金。英仕曼亚洲文学奖仅将获奖范围限定在东亚、东南亚和南亚地区的27个国家与地区，不包括土耳其、伊朗、中东、外高加索和中亚诸国。有三位中国作家获得此奖，分别是第一届的姜戎（《狼图腾》）、第三届的苏童（《河岸》）、第四届的毕飞宇（《玉米》）。

## 第二节　布克文学奖成立的时代背景

1910年，美国开始出现畅销书排行榜，各出版社自此开始了畅销书的追逐战。英国书市在抵制了几十年之后，最终于20世纪70年代被迫引进了畅销书排行榜制度。作为高风险行业的图书出版业，都将希望寄托在有畅销潜力的书上，期望快速获利降低投资风险。卖书，而不是写书或者培育文学奖项,成为此时的头等大事。

早在 20 世纪 50 年代早期,圭亚那的政治动乱就促使时任布克集团主席的约翰·坎贝尔(John Campbell)考虑将公司的业务进行地理位置和商业领域的拓展。这种多样化的渴求在 1966 年圭亚那获得独立并成立了共产党政权以后变得更为迫切。布克公司最终只得将食堂种植园和其他业务卖给了圭亚那政府,被迫退出了圭亚那市场。于是,布克公司积极拓展其在英国、加拿大和中部非洲的投资领域,包括工程建造、超级市场以及农业咨询等。这其中,最不寻常的一个举动就是向作家版权领域的拓展。这一"不务正业"之举钻了英国在税收方面的空子,使得大企业能够买下一位作家的版权,由纳税人部分地支付给作者一笔丰厚的酬金,再将版权积聚起来。这个主意与著名畅销小说作家、詹姆斯·邦德系列的作者伊恩·兰开斯特·弗莱明(Ian Lancaster Fleming)有关。20 世纪 60 年代末期,晚年的伊恩·弗莱明为巨额的税金苦恼,而且被诊断出只能存活不到一年。时任布克集团董事长的坎贝尔是弗莱明的老朋友和高尔夫球球友,对文学一直抱有浓厚的兴趣。在一次高尔夫球比赛时,弗莱明征求坎贝尔的意见,咨询如何合理避税为家人留下遗产。坎贝尔一开始是建议他咨询会计师和商业银行,后来想出一个主意:由布克集团充当弗莱明的银行,这样对双方都有好处。具体的做法是布克集团以十万英镑买下弗莱明名下的葛里洛斯出版社(Glidrose)51%的股权。葛里洛斯出版社拥有弗莱明在全球范围内的书籍版权,以及除了电影之外所有相应的商品的权利。1964 年弗莱明去世,他的小说《金手指》(*Gold Finger*)和《霹雳弹》(*Thunderball*)因为电影的空前卖座而在短时间内卖出 2700 万册,并被翻译成 18 种文字,葛里洛斯的股份因此暴涨。布克集团这个原来主要经营兴趣在食糖、朗姆酒生产和工程技术维护的大型企业集团因为出版事业而净赚了 25 万英镑,激发了坎贝尔对小说创作的投资信心,布克集团的作家部门(Author Division)由此产生,还附带有如下规定:一定要赢利,娱乐性就更不用说了。另外,还要保证为我们自己的公司赢得广告商的瞩目(It should make money, not to mention being entertaining, and there could be advertising interest in it for some of our companies. )。布克集团的作家部门随后获得了更多知名作家的版权,其中包括阿加莎·克里斯蒂、丹尼斯·惠特利、乔吉特·海尔以及剧作家罗伯特·鲍特和哈罗德·品特。当然，阿加莎·克里斯蒂的小说版权为作家部门带来的利润最为丰厚。

布克文学奖得以成立还与另外一个重要人物密不可分，那就是时任乔纳森·海角出版社主席的汤姆·麦奇勒（Tom Maschler）。麦奇勒作为20世纪60年代到80年代英国备受瞩目的文学书籍出版商，其为人称道之处除了将乔纳森·海角出版社重新打造成第一流的文学出版社，出版了一系列诺贝尔文学奖获奖作家的作品之外，就是极力促成布克文学奖的成立。麦奇勒少年的时候在法国亲身感受过龚古尔文学奖带来的激动人心的魅力，一直憧憬能在英国复制一种类似的文学奖。布克集团正从设立作家部门中获益良多，想要拓展谋利的方式，时任布克集团经营委员会主席的迈克尔·凯恩开始酝酿一个想法：为那些勤奋写作的作家提供赞助金。麦奇勒和凯恩的碰面最终促成了布克文学奖的诞生。

## 第三节　布克文学奖的评奖范围及评奖规则

关于布克文学奖的评奖范围，一是指作家的国籍范围，二是指所限定的文学的种类范围。

从布克文学奖成立的那天开始，就明确提出，小说作者必须是英国、爱尔兰或者其他英联邦国家的公民，排除美国公民。这被很多媒体和评论家解读为抵制新型的娱乐形式，诸如电视对文学的蚕食。

布克文学奖将爱尔兰作家纳入颁奖范围缘于爱尔兰与英国在历史和现实上千丝万缕的联系。

所谓英联邦国家，是指以英国为主导的国家联合体，由54个主权国家（含属地）组成，成员大多为英国的前殖民地或附属国，它们共同的元首是英国女王伊丽莎白二世。20世纪上半叶，英国的殖民政策经历了由帝国向联邦的转化。首先是在第一次世界大战中，英国的各个自治领派军队参战并且获得了胜利。战后各个自治领参加巴黎和会并成为国际联盟的成员，更希望获得独立的国际地位，于是1926年召开的帝国会议对自治领的地位重新加以界定，会议指定的委员会起草了一份

《贝尔福报告》，规定今后各自治领和英国在法律地位上将彼此平等，互不隶属，各地区都只以对英王的共同效忠为纽带结合在一起，形成一个"英联邦"。

1931年，英国议会正式颁布《威斯敏斯特法案》，宣告英联邦正式形成。

截止到2012年，布克文学奖共颁发44届，有45位作家获得殊荣（1974年和1992年分别有两位作家共同获奖，库切、彼得·凯里和希拉里·曼特尔分别获奖两次，参见附录一）。这其中，拥有英国国籍的一共有27位，占获奖人数的绝大多数（有些作家同时拥有两国国籍，此处统计包涵此类作家）。两名南非作家三次获奖（南非作家库切分别于1983年和1999年两度获奖）。三名澳大利亚或者澳大利亚籍的作家四次获奖（澳大利亚彼得·凯里分别于1988年和2001年两度获奖，2004年的获奖者DBC.皮埃尔同时拥有澳大利亚和墨西哥双重国籍）。爱尔兰作家四次获奖（1978年的获奖者艾丽丝·默多克同时拥有英国和爱尔兰双重国籍）。加拿大作家三次获奖（1992年的获奖者迈克尔·翁达杰同时拥有加拿大和斯里兰卡双重国籍）。印度作家四次获奖（1981年的获奖者萨尔曼·拉什迪同时拥有英国和印度双重国籍）。新西兰作家一次获奖。尼日利亚作家一次获奖。另外，1971年的获奖者V.S.奈保尔为英国籍特立尼达和多巴哥作家，1989年的获奖者石黑一雄为英国籍日本作家。

从这个统计数据可以看出，尽管布克文学奖的评奖范围扩大到整个英联邦国家和爱尔兰，但是其获奖席位绝大多数仍然被英国作家所占据。这样的结果自然会招致很多的争议，即便是英国作家占了获奖名单的绝大多数，仍然有评论者质疑布克奖的获得者不成比例的籍贯地区分布是否能够代表英联邦文学的整体水平。2012年7月27日，《卫报》发表了题为《布克奖被忽视的倾向性》的文章，指出，在获奖的英国作家中，仅有一名苏格兰作家詹姆斯·科尔曼凭借《晚了，太晚了》于1994年获奖。据其统计，在历年的布克奖参与者中，仅有3.6%的苏格兰作家进入短名单，3.3%的苏格兰籍评委，以及区区2.9%的苏格兰作家进入长名单。威尔士也只有一名作家获奖，为伯妮丝·鲁本斯（Bernice Rubens）的《获选作品》（*The Elected Member*），不过也要追溯到遥远的1970年。而北爱尔兰到目前为止甚至没有一个作家获奖。作者义愤地列举了很多当代优秀的作家，如苏格兰的埃拉斯代尔·格雷（Alasdair Gray）、艾莉森·露易丝·肯尼迪（Alison Louise Kennedy）、威尔士的阿伦·理查兹（Alun Richards）、罗恩·贝里（Ron Berry）等，甚至从来没有进入过布克奖的长名单。作者认为，布克奖对前大英帝国的殖民地反而更慷慨：澳大利亚和南非分别有四次获奖，加拿大三次，爱尔兰三次，印度两次，新西兰都有一次。最后他激烈地质问，为什么英格兰的人口只占英联邦人口的2.5%，却有超过一半的布克奖得主都是英格兰人？

对于文学种类的范围，布克奖规定的是，参选作品必须是长篇英文小说。

英国18世纪的大文豪塞缪尔·约翰逊在他1755年出版的《英语词典》中将"小说"解释为"一种通常描写爱情的小故事"（a small story, generally of love）。而200年之后，英国著名批评家沃尔特·艾伦（Walter Allen）在他1954年出版的《英国小说》一书中则将"小说"称为"一种富有艺术性并出于某种美学目的有意识地创作与加工而成的文学形式"①。英国的长篇小说创作历史久远，小说的出现时间也许可以追溯到距今超过400年的17世纪，此时清教徒关闭了伊丽莎白时代的剧院。尽管英国小说的出现是在诗歌和戏剧之后，但是英国人对小说有种特殊的感情和偏好。随着具备阅读和书写能力的人的增多，以及图书出版业的扩大，书籍的印刷和传播推动了读者对阅读英文小说的兴趣。在英国文学史上，长篇小说的意义和价值不仅为世界文坛贡献了数不清的优秀作家和优秀作品，而且还承载着英国人的历史记忆和整个民族的阅读习惯。英国小说从17世纪萌芽到18世纪逐步发展，再到19世纪日渐成熟，直至20世纪，成为作者和读者的交流过程中出现得最多的、最突出的文学体裁。长篇小说本身蕴含着巨大的艺术容量，使它甚至可以成为文学体裁的代名词，其不仅包括诗歌、散文、戏剧、音乐以及其他种种文学因素，而且还涉及文学的真实性、典型塑造和文学的形式美等方面。因此，长篇小说很自然地被视作一个国家文学实力的

---

① Walter Allen, *The English Novel: A Short Critical History*. London: Dutton, 1954, p. 16.

标志，也正因此，英国各大知名文学奖纷纷选择将小说，甚至长篇小说设定为颁奖的范围。

布克文学奖没有正式的成文的评奖体例，其评奖规则也是逐步完善的，该奖授予当年出版的最好看的长篇英文小说，小说的作者必须拥有英国、爱尔兰或者其他英联邦国家国籍。在1968年成立的时候，布克文学奖规定评选的是前一年出版的英文小说，可是很快发现这样的做法不能很好地帮助出版商和书店推销，于是在1971年改成评选当年出版的作品，这一原则一直持续到现在。在前一年12月1日到当年11月30日出版（或预计出版而有完整书稿）的书都可报名。布克文学奖设有专门的管理委员会，由作家、出版商、代理商、书商、图书管理员等组成，主席由布克公司指定。担任布克文学奖管理委员会主席时间最长的是马丁·戈夫（Martyn Goff），从1973年一直到2005年。管理委员负责选出五位具有专业背景和社会背景的评审（包括文学评论家、学者、文学编辑、小说家和社会知名人士）对入选的小说进行评审，再著名的学者和文艺评论家也很少有可能多次连续担任布克文学奖的评委。按要求，评委们必须亲自阅读出版商们推荐的所有一百多部作品，从中选出长名单（long list），再从这份名单中选出六本进入决选（short list），最后从短名单的六部作品中选出一位获胜者。曾担任布克奖评审工作的露易丝·多蒂（Louise Doughty）就说过："这样的评选机制着实累坏了评委，但我觉得对作者来说更公平些。我自己也是作家，我非常讨厌自己的作品只交给一个人来评断。"

应该说，评奖规则是否合理在很大程度上取决于评审制度。布克文学奖评选过程的独立性以及评委组成结构的合理性是这个奖项在英国甚至全世界拥有较高声誉的基本保证。地区平衡、性别平衡、种族平衡等因素在组成评选委员会的时候都得到了必要的考虑。例如2012年的评委会主席为《泰晤士报文学增刊》的主编彼得·斯托瑟德（Peter Stothard），另外三位评选委员会成员分别为利物浦大学副校长、英国文学教授黛娜·伯奇（Dinah Birch）、作家和历史学家阿曼达·福曼（Amanda Foreman）以及演员丹·斯蒂文斯（Dan Stevens）。

评选委员会名单包括评委的简历在评选结果出来之前就已经对外公布，接受大众监督。布克文学奖的评审制度一直采用每年一届评选委员会的做法，布克文学奖管理委员会的主席扬·特里温在接受采访时就曾表示："我不想面临这样的局面，评委们说：'某某该得奖了，他都已经三次提名而未获奖了。'评委们要做的只是考虑今年提交的作品，而且应该尽量将某位作家以前的记录从他们的脑海里彻底清除干净。"布克公司充分尊重评委的选择，其遴选评委的标准也就成为其一大特色和权威性的保证。近些年来，为了方便读者，布克奖的评奖规则制定了更多有利于读者的规定，例如：入围长名单的作品，出版商们需于两周之内向皇家盲人协会提交电子版本，以便制作盲文版书籍；对于入围短名单的作品，出版商需于两周内制作电子书，电子书节选应可自由下载。

## 第四节　布克文学奖获奖作品的出版商

英国有着悠久的出版历史，脱胎于传统的家族出版企业的现代出版业开始于 15 世纪。被称为印刷出版业奠基人的威廉·卡克斯顿（William Caxton）最初在德国科隆学习印刷术，1476 年返回英国，同年在威斯敏斯特创办了英国第一家活字印刷厂，从而开创了英国的现代出版业。1534 年，英王亨利八世正式批准建立剑桥大学出版社。1586 年，女王伊丽莎白一世正式批准建立牛津大学出版社。这两家世界文明的大学出版社的诞生，奠定了英国现代出版社的基础。按照伊丽莎白女王于 1559 年发布的命令，除牛津和剑桥两家大学出版社外，其他出版社必须设在首都伦敦。由于这一历史原因，伦敦便成为英国出版业的中心，后来更是发展成为世界出版业的中心。16 世纪末和 17 世纪初，随着人文主义思想的影响，英国已经出现了出版自由、宗教自由和民主政治的要求。1644 年，弥尔顿发表《论出版自由》一文，极大地冲击了特许出版制度的根基。1695 年，英国废除了许可证制度。也是在这个时期，被誉为英国现代出版社之父的雅各布·汤姆逊和伯纳德·林托特两位出版家在伦敦分别创建了自己的出版社，使英国和世界的一些名著能够得以及时出版。莎士比亚的不少诗歌和戏剧作品都是在这一时期出版的。1709 年，英国颁布世界上第一部版权法——《安妮法》，这部版权法明确规定了作者、出版社和书店三者之间的关系，进一步推动了英国印刷出版业的发展。到了18世纪，各种类型的出版社和书店相继出现，为英国图书印刷、出版和发行奠定了坚实的基础。

根据尼尔森BOOKSCAN于2011年2月发布的统计数据，2009年英国新书出版总数为15.7万种，2010年为15.2万种，无论是新书出版种数人均新书比率还是人均购书比例都遥遥领先于其他国家。而根据英国出版商协会2010年发布的《2009年英国出版业统计年鉴》中的统计，2009年英国出版商销售图书为7.63亿册，销售额达到30.53亿英镑。英国现代出版业发展如此迅猛，究其原因，首先，英国是一个喜爱阅读的民族，多年以来，读书已经成为英国人一种近乎本能的文化习惯。赵毅衡在《英国人如何读书》一文中列举了这样的数字："英国有'读书习惯'的，从1977年的54%，升到2002年的65%。"[1] 英国国民的受教育水平普遍很高，英语阅读市场相当成熟。其次，在英国，图书出版业准入门槛较低，任何个人或公司都可以从事出版业，并不需要得到任何政府机构的特别批准，也几乎不需要投资购买昂贵的设备。除了图书出版界和发行界在为推动书业发展而努力之外，英国政府也积极配合和扶持。

在英国，文学和商业的界限很多时候并不是那么泾渭分明的。英国文学史上，不少著名作家都曾经有过出版的从业经历。查理二世统治时期的著名文学出版商和书商弗朗西斯·科克曼同时还是一位作者，与人合著了《英国流浪汉》一书。《英国流浪汉》是早期文学体裁的典型，这种小说式的叙述体散文也是小说的鼻祖。18世纪的著名小说家塞缪尔·理查逊16岁就开始做伦敦出版商约翰·魏尔德的学徒，1721年正式自己开办印刷厂，在18世纪30年代，他的印刷厂是伦敦最好的印刷厂之一。理查逊是隶属英国政府的王室印刷人，还做过书商行会的主席。从事写作只不过是他经营出版业之外的第二职业。历史小说家沃尔特·司各特在朋友的帮助下开办了一家出版印刷公司，但因经营不善于1826年破产，司各特为此承担了全部债务，并日夜笔耕不辍，终于积劳成疾去世。现代著名作家弗吉尼亚·伍尔夫与其夫婿于1917年共同创建和经营霍加斯出版社（The Hogarth Press），并且一直坚持运营到1938年。

---

[1] 赵毅衡：《英国人如何读书》，载《文景》，2009年第4期。

## 关于布克文学奖的介绍

埃斯卡皮将出版商的作用比喻为助产医生:"并不是他赋予作品以生命,也不是他把自己的一部分血肉给作品并养育它。但是,如果没有他,被构想出来的并且已临近创造的临界点的作品就不会脱颖而出。"①人类的知识、思想、观念想要得到传播,并最终被大众接受,需要一些中介。作家的作品想要发表,出版就是这个重要的中介。出版之于作品,扮演的是思想守门人的角色:由出版商来对作品进行衡量和筛选,牢牢把握作品出版与否的决定权。出版为作品的问世提供中介和首要手段,是文学和社会最直接的联系方式。进入20世纪和21世纪以后,现代出版更是为文学的生存提供了巨大的支援和扶持。文学体裁的转变,使小说从边缘文学走向中心文学,甚至英国现代主义文学的进程,背后都有着出版那一双看不见的手在推动。梳理一下英国现当代文学史上文学与出版的关系,对此会有更深刻的理解。

弗吉尼亚·伍尔夫与其夫婿创立的霍加斯出版社在前30年中,出版了弗吉尼亚·伍尔夫、托马斯·艾略特、罗杰·弗莱、克莱夫·贝尔等英国作家的作品,引进了弗洛伊德、琼斯等心理学家的系列作品,翻译了陀思妥耶夫斯基、托尔斯泰、契诃夫等俄国小说家的作品。艾略特的《诗作》是伍尔夫夫妇用手工印制的限量版,而《荒原》的单行本甚至是弗吉尼亚·伍尔夫亲自动手排版的。直到1946年,他们将霍加斯出版社的股份卖给查特与温达斯出版社(Chatto & Windus)。新的出版社继承了他们的传统,该社出版的艾丽丝·默多克的作品《大海,大海》(The Sea, the Sea)荣获1978年度布克文学奖,A. S. 拜厄特(A. S. Byatt)的作品《占有》(Possession: A Romance)荣获1990年度布克文学奖。两位获奖者都是英国现当代文坛极有分量的女作家,在某种意义上可以说,作为后起之秀,她们传承着弗吉尼亚·伍尔夫未竟的文学事业。

创立于1929年的费伯出版社(Faber&Faber),其出版的作品分别于1969年、1980年、1988年、1989年、2001年、2003年六次获得布克文学奖。1925年,曾在牛津大学出版社就职的弗里·费伯与科学出

---

① [法]罗贝尔·埃斯卡皮:《文学社会学——罗·埃斯卡皮文论选》,于沛选编,浙江人民出版社,1987年版,第37页。

版社的股东莱迪·吉耶共同创立了费伯·吉耶出版社（Faber&Gwyer）。创立之初，出版社的大部分收入来源于《护理手册》和《医院来信》这两本医学期刊。1929年，费伯和吉耶决定将出版社一分为二，新的费伯出版社旨在拓展纯科学读物之外的出版领域，包括小说和大众文学。早在1925年，费伯在朋友的推介下认识了当时在劳埃德银行（Lloyd's Bank）担任评估员的诗人和评论家托马斯·艾略特。费伯不仅非常欣赏艾略特的诗歌，而且还邀请他加入刚成立不久的费伯出版社。艾略特的职位逐渐从文学顾问变为文学主编，直到他去世。他不仅带来了其原来主编的诗歌杂志《标准》并且继续出版，而且还出版了奥登（W. H. Auden）的第一本诗集，斯蒂芬·斯彭德（Stephen Spender）的诗集，以及庞德（Ezra Pound）的几本长诗和艾略特自己的新作《灰色星期三》和《大教堂谋杀案》。费伯出版社为英国现代主义诗歌提供了最宽广的舞台，也奠定了自己在英国文学史和出版史上的地位。其后，费伯出版社出版了包括詹姆斯·乔伊斯的《芬尼根守灵夜》（*Finnegans Wake*）、西尔维亚·普拉斯的自传体小说《瓶中美人》（*The Bell Jar*）、威廉·戈尔丁的《蝇王》（*Lord of the Flies*）、萨缪尔·贝克特的《等待戈多》（*Waiting for Godot*）等著名作品。另外还有现代文学名著奥尔罕·帕慕克（Orhan Pamuk）的《我的名字叫红》、米兰·昆德拉（Milan Kundera）的《生命中不能承受之轻》、保罗·奥斯特（Paul Auster）的《纽约三部曲》等。

筹划建立布克文学奖的乔纳森·海角出版社（Jonathan Cape）一共获奖8次。1921年，赫伯特·乔纳森·凯普（Herbert Jonathan Cape）与乔治·雷恩·霍华德（George Wren Howard）一起创建了乔纳森·海角出版社，并以自己的名字命名。凯普从16岁开始就跟随伦敦的书商当学徒，1921年创办出版社的第一件事就是将英国作家、旅行家查尔斯·蒙塔古·道迪（Charles Montagu Doughty）于1888年创作的文学经典《阿拉伯沙漠游》（*Travels in Arabia Deserta*）进行再版，并成功游说《智慧七柱》的作者"阿拉伯的劳伦斯"为该书的再版作序，一下为新出版社打开了局面。他们请来当时著名的作家和评论家爱德华·加内特（Edward Garnett）做首席文学顾问，凯普还亲自到美国去遍访名家，当时美国的许多杰出文学家诸如辛克莱·刘易斯、欧内斯特·海明威、尤金·奥尼尔以及罗伯特·弗罗斯特的作品也因此交由海角出版社出版。另外，凭借出版托马斯·爱德华·劳伦斯的作品《沙漠革命记》（Revolt in the Desert）和玛丽·韦布（Mary Webb）的作品《十足的恶毒》（Precious Bane），海角出版社进一步扩大了知名度。1928年7月，《亚当的种子》（Adam's Breed）一书的作者瑞克里夫·霍尔（Radclyffe Hall）的经纪人找到凯普，希望对方能为霍尔出版其新书《寂寞之井》（The Well of Loneliness）。凯普虽然对这本饱受争议的女同性恋题材作品态度谨慎，但是寄希望于其潜在的商业价值，还是决定试着少量发行1500本。《寂寞之井》一出版，旋即引来种种争议，同性恋在一夜之间成为人们茶余饭后的谈资，当时许多的政界、文学界名人都加入了对此书的讨论，评价也呈现出毁誉参半的态势。该书出版后一度遭到英国内政部的查封，小说家E. M. 福斯特（E. M. Forster）与弗吉尼亚·伍尔夫带头抗议查禁侵犯了创作自由，并联名在《国家与图书》杂志上发表著名的抗议信，捍卫言论自由。凯普本人和作者也卷入针对该作品的诉讼案之中。庭审将《寂寞之井》判定为淫秽作品，并处以销毁和禁止出版的惩罚。尽管如此，在从作品出版的1928年到1969年"石墙"暴动的40多年里，《寂寞之井》成为每个女同性恋者的必读之物，甚至被称为"女同性恋圣经"。而作为推出《寂寞之井》的出版社，海角出版社在这次沸沸扬扬的事件过后，知名度和影响力得到了进一步的提升。这之后，海角出版社还陆续出版了畅销书如英籍华人作家韩素音的《瑰宝》（A Many-splendoured Thing）、海明威的《老人与海》等作品。从1953年出版007系列的第一部《皇家赌场》（Casino Royale）直到1964年其作者伊恩·弗莱明患心脏病去世，007系列作品成为海角出版社的主要收入来源。1960年，创始人乔纳森·凯普去世，年仅27岁的汤姆·麦奇勒成为出版社的高级编辑，直到后来升任董事长，一直工作了将近40年，为海角出版社开创了新的局面。2000年，麦奇勒被英国《书商》杂志评选为20世纪最有影响力的十大人物之一，并被称为"英国最重要的出版人；最有创意、最富冒险精神，也最有新闻价值"，称赞他"使出版业充满魅力，他为这一行业所创造的光环，至今未曾泯灭"。麦奇勒上任之后的第一件事就是购买美国作家约瑟夫·海勒的《第二十二条军规》的版权并在英国出

# 逆写的文学：
## 布克文学奖的后殖民小说研究

版，销售额甚至超过了美国本土。接着又陆续出版了美国著名小说家、普利策奖获得者威廉·斯泰伦（William Styron）的《纳特·透纳的自白》，以及被称为20世纪百部最佳英语小说之一、1980年美国国家图书奖获奖作品《苏菲的选择》，诺贝尔文学奖获得者多丽丝·莱辛的代表作《金色笔记本》，萨尔曼·拉什迪的布克奖获奖作品《午夜之子》，托马斯·品钦的美国国家图书奖获奖作品《万有引力之虹》，约翰·福尔斯的《法国尉的女人》，冯尼古特的《猫的摇篮》。另外，麦奇勒还是第一个将一大批拉丁美洲作家引进英语世界的出版人，包括诺贝尔文学奖获得者、哥伦比亚作家加西亚·马尔克斯，秘鲁作家马里奥·巴尔加斯·略萨，阿根廷伟大作家博尔赫斯，墨西哥作家卡洛斯·富恩特斯以及小说家阿斯图里亚斯（获1967年诺贝尔文学奖），随笔作家奥克塔维奥·帕斯（获1990年诺贝尔文学奖），诗人巴勃罗·聂鲁达（获1971年诺贝尔文学奖）。多年来，麦奇勒与作家们建立起了相互信任的合作关系，业界公认20世纪60年代至80年代早期的乔纳森·海角出版社是英国最好的文学出版社，用独立出版人安东尼·布朗德的话来说就是："不用雇专人负责图书制作，只需把一本海角出版的书寄给印刷厂，说'按这个做'就行了。"除了文学作品之外，海角出版社凭借麦奇勒独到的眼光，在其他出版领域也获得了商业和名誉的双重成功：甲壳虫乐队成员约翰·列侬的《约翰·列侬自己的写作》一出版就成为超级畅销书，动物学家戴思蒙德·莫里斯的《裸猿》一书出版后"裸猿"一词即被收录进《牛津大词典》，并且被认为"向大众普及动物行为学，对科学做出了重大贡献"。另外，儿童文学作家罗尔德·达尔、画家吕西安·弗洛伊德、插画家昆廷·弗莱克、摄影家亨利·卡蒂埃—布列松等的大量作品也极大地拓宽了海角出版社的出版领域，提升了出版社的实力。

作为唯一一个印刷术发明以来才出现的文学体裁，小说的历史与出版的历史是不可分割的。现代出版业系统更是以小说为中心的出版业系统。自18世纪以来，小说这种娱乐形式的流行，对图书贸易来说一直具有巨大的经济意义。出版业本质上属于经济活动，追求经济利益的最大化，同时也受制于社会政治、法制和市场规律等的影响，对文学的发生和发展自然也就存在相当程度的制约，甚至在某些时候，会被批评为过分媚俗和迎合大众。对于布克文学奖获奖作品的出版商而言，诸如此类的疑虑可以概括为以下三大类。

第一，包括埃斯卡皮在内的批评家都有的疑虑：一个成功作家的出版商是不是会促使他无限制地去重复一种成功的尝试，用同样的主题或同样的风格去写出几部系列作品？出版社（出版商）对提交评奖的小说的选择是不是也体现出对某种文学风格的偏爱，同时也是对另外的风格的贬低？获奖作品的发行量、销售额等是否会成为出版社（出版商）下一次提交评奖小说时权衡的重要因素？考察一下数次获得布克文学奖的出版社的作品，可能有助于消除这样的疑虑。筹划建立布克文学奖的乔纳森·海角出版社（Jonathan Cape）出版的作品一共获奖 8 次，分别是 1974 年纳丁·戈迪默的《自然资源保护者》、1976 年戴维·斯托里（David Storey）的《萨维尔》（*Saville*）、1981 年萨尔曼·拉什迪的《午夜之子》、1984 年安妮塔·布鲁克娜（Anita Brookner）的《杜兰葛山庄》（*Hotel du Lac*）、1991 年本·奥克瑞（Ben Okri）的《饥饿的路》、1998 年伊恩·麦克尤恩（Ian McEwan）的《阿姆斯特丹》（*Amsterdam*）、2007 年安妮·恩莱特（Anne Enright）的《聚会》（*The Gathering*）和 2011 年朱利安·巴恩斯（Julian Barnes）的《回忆的余烬》（*The Sense of an Ending*）。《自然资源保护者》聚焦戈迪默长期关注的种族隔离问题；《萨维尔》是作者戴维·斯托里带有明显自传色彩的现实主义作品；《午夜之子》是一部以印度整个家族和国家历史为背景的喜剧史诗；《杜兰葛山庄》采用传统的写实手法描写单身知识女性的个人生活和感情纠葛；《饥饿的路》借助尼日利亚约鲁巴文化中关于"阿彼库"的神话传说展开叙事，象征主义色彩浓重；社会讽刺小说《阿姆斯特丹》充满麦克尤恩一贯的黑色幽默，结局出人意料；《聚会》被称为爱尔兰的"家庭史诗"，现实主义的传统与现代主义的艺术技巧相结合，展示了三代爱尔兰女性的精神世界。乔纳森·海角出版社没有作家重复获奖。

费伯出版社出版的作品 6 次获奖，包括 1969 年 P. H. 纽比（P. H. Newby）的《需要负责的事情》（*Something to Answer For*）、1980 年威廉·戈尔丁（William Golding）的《启蒙之旅》（*Rites of Passage*）、1988 年彼得·凯里的《奥斯卡与露辛达》、1989 年石黑一雄的《长日留

痕》(The Remains of the Day)、2001年彼得·凯里的《凯利帮真史》、2003年DBC.皮埃尔的《弗农小上帝》。《需要负责的事情》以1956年埃及收回苏伊士运河为背景，表现大时代中小人物的经历和感受，主人公困惑于个人犯罪和集体犯罪、忠诚与中立之间的差别；《启蒙之旅》采用日记体裁，记叙了主人公在船上的所见所闻，仍然是戈尔丁小说标志性的封闭自足的故事环境和"人性之恶"的主题；《奥斯卡与露辛达》看似讲述的是一对青年男女离奇的爱情悲剧，实则有着重述帝国远征、回归民族叙事的政治隐喻；《长日留痕》是石黑一雄的第一部英国题材的作品，以独特的视角，从一个典型的英式管家的角度，通过一些琐碎的小事反映"大英帝国"20世纪二三十年代的历史；《凯利帮真史》将一个绿林好汉、亡命匪徒改写成具有民族精神的自由斗士，内德·凯利传奇的个人经历是整个澳大利亚民族历史的缩影；《弗农小上帝》被认为是可以跟《麦田里的守望者》(The Catcher in the Rye)、《在路上》(On the Road)和《猜火车》(Trainspotting)比肩的青春问题小说，寓庄于谐，语言大胆辛辣，笑料百出。作为布克文学奖历史上三位两次获奖的作家之一，彼得·凯里的《奥斯卡与露辛达》和《凯利帮真史》的题材和创作手法均大相径庭。

瑟克·瓦伯格(Secker&Warburg)出版社出版的作品共有4次获奖，分别是1983年J.M.库切的《迈克尔.K的生活和时代》、1993年罗迪·道伊尔(Roddy Doyle)的《童年往事》(Paddy Clarke Ha Ha Ha)、1994年詹姆斯·科尔曼(James Kelman)的《晚了，太晚了》(How Late It Was，How Late)、1999年库切的《耻》。《迈克尔.K的生活和时代》像是一则时代的寓言，主人公迈克尔.K没有具体身份，小说中绝大多数的地点和人物没有明确的名称，可是深陷战争沼泽和种族隔离的南非作为故事背景却依然清晰可辨，无论是选择远离革命洪流或者隐居洞穴，迈克尔.K的行为都带有某种隐喻性，希冀在一个不自由的时代寻找自由；《童年往事》从一个孩童的视角审视世界、描写世界和理解世界，是作者道伊尔一贯擅长的戏谑笔调和非情节化叙述结构；《晚了，太晚了》的主人公塞米·塞穆尔是一个不知道自己身在何处，也不知道自己的过去，以及自己怎么来到这里的"无根"的人，表现现代人的异化感和飘零感；《耻》的故事围绕着主人公戴维·卢里展开，作为开普敦大学的教授，他在事业和家庭生活两方面都很不如意，女儿也遭到黑人的强暴，小说标题"耻"也有多重解读，既可以是南非黑人受白人统治的耻辱，也可以是白人统治在南非的没落以及权力和荣誉丧失的耻辱，甚至可以说成是白人女性在黑人世界被欺凌的耻辱。尽管《迈克尔.K的生活和时代》与《耻》的故事结构都同样精巧，叙述语言都同样冷峻，同样都是以殖民阴影下的南非作为故事背景，却是完全不同的故事，主人公的身份、经历迥异，即使都是现实主义的叙述方式，《迈克尔.K的生活和时代》却更加具有象征性和隐喻性。

除彼得·凯里和库切之外，2012年的布克文学奖诞生了第三位两次获奖的作家，那就是希拉里·曼特尔。继2009年凭借《狼厅》摘得布克文学奖桂冠之后，2012年希拉里·曼特尔以《狼厅》的续篇《死尸示众》再次获奖，不仅成为首位两次获奖的女性作家、英国本土作家，更开创了布克文学奖的一项历史：第一位凭借同类题材两次获奖的作家。《狼厅》和《死尸示众》为曼特尔"都铎王朝三部曲"的第一部和第二部，第三部《镜与光》也在计划出版中，均聚焦英国都铎王朝时期的历史风云。曼特尔是否还将凭借第三部作品第三次获奖，或者是否还有作家步其后尘，凭借同类题材同类风格的作品再次获奖，都是一个未知数。至少截至目前，这是一个孤立的例子，所以要从中得出某种结论似乎为时尚早。

第二，布克文学奖与大出版社之间是否存在某种不为人知的"默契"。众所周知，布克文学奖是乔纳森·海角出版社的董事长汤姆·麦奇勒一手促成的，其设立的部分原因是想帮助出版商推销书籍。这使得人们容易产生一些联想：布克文学奖只会将奖项颁发给大出版社出版的作品。布克文学奖管理委员会主席扬·特里温（Ion Trewin）在接受采访时称："我跟评委们说，你们一定要意识到你们挑选的作品是基于作品本身的特质。"而评委的回答也是他们根本没有考虑过作品属于哪家出版社，而是坚称他们是在选书，而不会去考量他们是否应该从那些大出版商提供的作品中进行挑选。截止到2012年，布克文学奖共颁发44届。44届的获奖作品分属于英国20个出版社（参见附录二）。这其中，既有大出版社如乔纳森·凯普、费伯、瑟克·瓦伯格等，也有不知名的小出版社，例如凭借出版《哈利·波特》系列而名扬天下的布鲁姆斯伯里出版社 1992 年出版迈克尔·翁达杰的《英国病人》首次获得布克文学奖的时候，才不过创立 6 年的时间。

　　第三，新作家、新作品是否完全被出版商忽视，布克文学奖是否是在知名作家间进行奖项分配。对于很多初涉文坛的新作家来说，第一部作品的成功越来越成为一种侥幸。出于经济利益的考虑，出版商会选择出版已经具备一定知名度的作家的作品，尽量将书籍销售的风险降到最低。有些时候，即便是知名作家想要为自己的新作品寻找合适的出版商，也未必就能得偿所愿。英国作家乔治·奥威尔的政治讽喻小说《动物庄园》写成之后被许多出版社拒绝，其中就包括奥威尔自己的签约出版社维克多·兰兹（Victor Gollancz），当时担任费伯出版社文学主编的艾略特也同样表示了对《动物庄园》的冷淡，该书最终由瑟克·瓦伯格出版社出版，现代文学史因此才没有留下遗憾。这样看来，伯乐和千里马之间也未必总是能够互相欣赏，难免会有许多优秀的新作家和优秀的新作品被忽视和埋没。尽管如此，新作家、新作品也并非完全没有崭露头角的机会。在布克文学奖 44 届的获奖作品中，虽然有不少奖项被认为只不过是锦上添花，颁给了那些早有公论的知名作家，例如艾丽丝·默多克、威廉·戈尔丁、A.S. 拜厄特、玛格丽特·阿特伍德、V.S. 奈保尔、J.M. 库切等，但还是有不少名不见经传的新作家、新作品获奖，如：1985 年的获奖作者新西兰女作家克里·休姆（Keri Hulme）经过多年耕耘写出了第一本小说，即获奖作品《骨头人》，一开始被好几家出版社拒绝，最后由新西兰一家名叫螺旋（Spiral Press）的小出版社出版。1997 年的获奖者印度女作家阿兰达蒂·洛伊（Arundhati Roy）在写作获奖作品之前一直为电视剧和电影创作剧本，《微物之神》是她的第一部小说。2003 年的获奖作品《弗农小上帝》也是作者 DBC. 皮埃尔的第一部作品，由知名的费伯出版社出版。作者 DBC. 皮埃尔曾经有长达七年的时间沉迷于吸食可卡因和海洛因，还是一个赌徒和诈骗犯，其获奖作品《弗农小上帝》被评论者批评为"充斥着粗俗不堪的下流词"，引发了许多争议。2008 年的获奖者印度作家阿拉文德·阿迪加（Aravind Adiga）在创作获奖作品《白老虎》之前一直是一位记者，曾先后任职于《金融时报》和《时代周刊》。新人新作进入布克文学奖的长名单和短名单也并不少见，2007 年进入长名单的有四本都是获奖者的第一部作品，2008年进入最后的短名单的五部作品全部都是新人新作。同样，那些功成名就的知名作家也并不总是能笑到最后。知名女作家艾丽丝·默多克创造了布克文学奖的一项纪录，获得过多达六次提名：《好上加好》（*The Nice and the Good*，1969）、《布鲁诺的梦》（*Bruno's Dream*，1970）、《黑王子》（*The Black Prince*，1973）、《好徒弟》（*The Good Apprentice*，1986）和《书籍与兄弟》（*The Book and the Brotherhood*，1987），直到1978年才凭借《大海，大海》获奖。朱利安·巴恩斯（Julian Barnes）早在1984年就凭借《福楼拜的鹦鹉》（*Flaubert's Parrot*）一书在英国现代文学史上留名，曾分别于1984年、1998年、2005年和2011年四次获得布克文学奖提名，最终在2011年获奖。与之相仿的还有伊恩·麦克尤恩，早在1975年他就凭借第一本短篇小说集《先爱后礼》（*First Love，Last Rites*）获得毛姆奖，其作品《阿姆斯特丹》、《赎罪》（*Atonement*，2001）、《星期六》（*Saturday*，2005）和《在瑟切尔海滩上》（*On Chesil Beach*，2007）四次进入决选的短名单，却只在1998年折桂。加拿大著名女作家玛格丽特·阿特伍德曾凭借1985年《女仆的故事》（*The Handmaid's Tale*）、1988年《猫眼》（*Cat's Eye*）、1996年《别名格雷斯》（*Alias Grace*）四次获得布克文学奖提名却未能如愿，最终于2000年凭借《盲刺客》（*The Blind Assassin*）获奖。

# 第二章　边缘叙事

## 第一节　引　言

庶民研究是后殖民研究中一个重要的理论流派。庶民（subaltern），又译为属下，常见的同义词还有臣属者、"边缘群体""弱势群体""非主流阶层"等，现在已经成为学术界在研究边缘群体的文学、文化和历史时必然要使用的一个批评术语与分析范畴。

英语中的 subaltern 一词最开始指农奴与农民，后来用来特指英国军队里的低级军官。20 世纪初，意大利马克思主义思想家安东尼·葛兰西在墨索里尼法西斯统治的监狱里写下的《狱中札记》一书中，频繁使用这个词语，用来指代意大利南部没有组织起来的、处于从属地位的、缺乏阶级意识的农民和农业工人，他们在文化上依附、顺从于统治阶级的观念、文化和领导权。这个生僻词语的使用使得《狱中札记》成功躲过了法西斯监狱的审查制度，得以流传后世。20 世纪 70 年代后期，印度属下研究小组借用了葛兰西的"庶民"概念，对之进行本土化改造，用来描述南亚的，尤其是印度的后殖民社会现实。庶民小组的发起人古哈将"庶民"的概念定义为："用以指称南亚社会中被宰制下层（subordination），不论是以阶级、种姓、年龄、性别和职位的意义表现的，还是以其他任何方式来表现的。"① 佳亚特里·斯皮瓦克（Gayatri C. Spivak）加入庶民小组的研究，发表《属下能说话吗?》等文章，令"庶民"的概念得到更大程度的拓展。正如吉尔伯特所指出的："在她那篇篇幅最长同时也最为雄辩的《非主流阶层有发言权吗?》（*Can the*

---

① 刘健芝、许兆麟：《庶民研究》，中央编译出版社，2005 年版，序言，第 1 页。

*Subaltern Speak?*)论文中,她扩大了这个术语的指代范围至第三世界(特别是印度)语境,包括'自耕农、无组织的农业劳动力、流落于街市或乡村的无社会地位的部落成员或社群',并在她后来的研究工作中进而包括西方社会的下层贫困成分,特别是那些以'城市家庭佣工'为代表的非情愿经济移民。斯皮瓦克的分析特别指向非主流阶层女性的遭遇,说她们不论居于何处,都会由于经济上的相对劣势和性别上的从属地位而双倍地边缘化。"①

1982年,以古哈为首的一群历史学家讨论印度殖民历史的成果,以专辑《庶民研究:关于南亚历史与社会的书写》的形式出版,标志着庶民学派的正式诞生。由于不满殖民精英与本土民族精英的历史书写对庶民历史的遮蔽和扭曲,庶民学派的成员志在重新书写庶民的反抗历史,重构庶民的主体性。《庶民研究》文丛的主编拉纳吉特·古哈(Ranajit Guha)认为:"印度民族主义的史学研究长期被精英主义主宰着,这种精英主义包括殖民主义者的精英主义和资产阶级民族主义者的精英主义。在殖民主义者和新殖民主义者的史学中,这些成就被认为是英国殖民统治者、主管、政策、制度和文化教育的产物;而在民族主义者和新民族主义者的史学著作中,这些成就被认为是印度的精英人物、制度、活动和思想的产物。"② 如果说后殖民批评关注东西方权力等级结构中西方强势的殖民主义文化对殖民地的渗透的话,那么,庶民研究则关注的是在民族国家内部主导群体对从属群体的各种形式的压迫,如性别、阶级、种族、教派、种姓等,以及各个从属群体对主导群体的文化抵抗。早期的庶民学派的研究主要集中在历史领域,后来随着斯皮瓦克将文学研究的方法带入庶民研究中,庶民研究的影响力开始溢出历史学的领域,涉及文学、人类学、政治学和哲学等众多的学科领域。1992年在美国成立的拉丁美洲庶民学派的成员就全部来自文学研究领域。

以妇女与性别作为研究视角的斯皮瓦克在她著名的《属下能说话吗?》一文中,以重读印度19世纪殖民档案的方式致力于发掘庶民在历

---

① [英]巴特·穆尔－吉尔伯特等:《后殖民批评》,杨乃乔、毛荣运、刘须明译,北京大学出版社,2001年版,第82页。

② [印度]拉纳吉特·古哈:《论殖民地印度史编纂的若干问题》,载刘健芝、许兆麟:《庶民研究》,中央编译出版社,2005年版,第4页。

史中消失的声音，聚焦于底层妇女的经验，弥补了庶民学派长期忽略性别和妇女问题的不足。而《色目尔人的王妃》则分析了在印度从东印度公司控制到英国政府直接控制的转变过程中，殖民当局出于政治利益的需要，将高种姓妇女纳入当局的历史档案继而又将之擦除的历史。斯皮瓦克的研究拓展了"庶民"的定义，使得"庶民"的范围第一次涵盖了妇女，包括底层妇女和来自中上层的妇女。"在属下阶级主体被抹去的行动路线内，性别差异的踪迹被加倍地抹去了。问题不在于女性对叛乱的参与，或性别劳动分工的基本规则，这二者都'有据可查'。相反，既作为殖民主义历史编撰的客体，同时又作为叛乱的主体，性别的意识形态建构一直是以男性为主导的。在殖民生产的语境中，如果属下没有历史、不能说话，那么作为女性的属下就被更深地遮盖了。"① 另外，斯皮瓦克的"庶民"定义还具有流动性的特点，可以容纳不同的社会身份，囊括所有无法进入严格的阶级分析领域的、处于弱势地位的边缘群体，尤其是那些"在一个权力体系中处于特权地位的群体，可能在另外一个权力体系却处于从属地位。"② 也就是说，"庶民"的概念同样适用于在西方世界内部受到压迫却无法反抗的从属群体。这使得对肤色不明的弱者和边缘人迈克尔. K、南非后种族隔离时代白人弱势群体的代表卢里和女儿露茜的研究和分析也得以从"庶民"的角度展开。

"庶民学派的任务……将庶民再现为一个有意识的人类主体——行动者。庶民学派以自由主义人文主义的经典方式，将它恢复为名义上的主体，而且更重要的是，将它恢复为一个行动者，而不是无助的受害者，或者是盲目的追随者。这就要让我们认识到他们具备有计划行为的能力：在有利的时机能够具备相当程度的自我决定等能力，而在不利的时候，至少具备自己独特的思考与行为模式。"③ 在本章着重分析的诸多庶民群体中，迈克尔. K、卢里和露茜显然是具备有计划行为能力的行动者，在不利的时候，具备独特的思考与行为模式，他们的主体性随着小说的叙述逐步建立和恢复。

---

① ［印度］斯皮瓦克：《属下能说话吗？》，载罗钢、刘象愚：《后殖民主义文化理论》，中国社会科学出版社，1999年版，第125页。
② 陈义华：《后殖民知识界的起义——庶民学派研究》，中央编译出版社，2009年版，第3页。
③ 陈义华：《后殖民知识界的起义——庶民学派研究》，中央编译出版社，2009年版，第109页。

处于宏大历史变迁和更迭背景下的迈克尔.K天生兔唇，又有些轻微智障，谋生能力差，母亲去世后成为孤儿，无依无靠，没有任何固定的社会关系，周围都是比他强大得多的势力，比如军人、警察、黑人游击队员，甚至维萨基的孙子、医疗官，作为弱者和边缘人，他的庶民性毫无疑问。在颠沛流离的大时代洪流的裹挟之下，他对理想生活的设计一次次遭遇严峻的挑战，但他并没有选择屈服，而是一次次地逃离以或冷酷或"博爱"的面目出现的强权制度和规训。他将沉默作为武器，拒绝按照主流的政治话语来表达，质疑统治者的权力结构，抗拒当权者掌控他的企图。他用他特有的行为模式、看似消极的、小人物的方式，孤身一人与强大的社会体制和战争机器抗衡，几乎是以生命为代价，追求身心的自由宁静。他"心里装着使荒野开满南瓜花的想象，他是另一个太忙碌、太愚蠢又太专心的人，他听不到历史车轮的隆隆声音"①。他对自由的独特的思考与实践，成为他的庶民主体性得以建立的至关重要的因素。

　　在南非黑人当家作主的新的历史语境下，白人的势力渐衰，失去往日的特权，而黑人记忆中的仇恨被诸多因素激活，种族隔离时代的特权群体的白人沦为后种族隔离时代的弱势群体。开普技术大学教授卢里在种族隔离时代拥有的所有的优势话语和权力，与白人殖民时期的霸权话语一起，遭到时代的遗弃。尤其是当女儿露茜遭到三个黑人的袭击和轮奸时，他被反锁在卫生间里无计可施，他深深地感受到他所接受的西方教育、他的种族的优越感此时都无法幻化成拯救女儿的力量，他作为曾经占据支配地位的白人男性的主体性遭到彻底解构和颠覆。经历了重重磨难之后，在女儿直面历史、"向前看"的决心和勇气的感召下，卢里最终走出了巨大的心理失落的阴影，完成了自我主体性在种族矛盾和殖民历史的缠绕下的艰难建构，被边缘化的白人男性在属下的维度上重新获得了主体的位置。卢里的女儿露茜选择生活在远离城市的黑人聚集的偏远农村，白人与黑人主奴关系颠倒之后的政治环境对她的生活似乎没有任何影响，直到她遭到三个黑人的轮奸。黑人对她的袭击在双重意义

---

① ［南非］J.M.库切：《迈克尔.K的生活和时代》，邹海伦译，浙江文艺出版社，2004年版，第194页。

上解构了她的主体性,使她成为双重意义上的弱者和受害者,既是黑人当道下的白人弱者,又是男性话语权威下的女性受害者。当父亲跟她解释,发生在她身上的事情有历史的原因,并不是私怨之后,她以超乎寻常的方式来处理发生的事情:她不仅阻止父亲报警,而且决定将因暴受孕的孩子生下来,以自己的土地做嫁妆嫁给黑人长工佩特鲁斯做第三个"老婆"。她在勇敢承担起为白人祖先赎罪的责任的同时,积极地谋求新的生活模式和新的希望,并付诸实施,她自身的主体性也在这种看似卑微的容忍和宽恕中得以重建。

## 第二节　沉默的抵抗者

约翰·马克斯韦尔·库切是布克文学奖历史上第一位两次获奖的作家。

1983年的获奖作品《迈尔克.K的生活和时代》讲述了一个身体略有残疾的中年园丁迈克尔.K在内战爆发的南非苟且偷生的故事。他与母亲相依为命生活在南非的某大城市,为了躲避纷飞的战火,他带着年老体衰的母亲逃离,希望回到母亲的故乡去生活。颠沛流离的逃亡途中母亲去世,之后他经历被政府军抢劫、被警察抓去做苦工、寄居农场种南瓜、被抓到安置营、逃跑等种种磨难,顽强地存活下来。

正如著名学者多米尼克·海德所说的:"从表面上看,迈克尔.K的名字明显是参考了卡夫卡《诉讼》里面的约瑟夫.K的名字,再结合其他方面的暗示,它显然表现出了一种和卡夫卡共有的异化主题。"[①]《迈克尔.K的生活和时代》与《诉讼》和《城堡》之间的互文关系就像库切与卡夫卡的相似程度一样让人印象深刻。著名现代派文学大师卡夫卡的第一部小说《诉讼》中的主人公银行高级职员约瑟夫.K在30岁生日那天突遭逮捕,不知身犯何罪却要定期接受"审讯";自由不受限制,却又随时感受到被限制;用尽所有方法极力证明自己无罪的努力均告失败之后,被杀死在采石场。卡夫卡最后一部长篇小说《城堡》中的土地

---

① Dominic Head, *J. M. Coetzee*. Cambridge: Cambridge University Press, 1997, p.95.

测量员 K 在一个夜晚踏雪来到神秘、强大的城堡面前，倾尽全力想要进入城堡而最终未能实现；而迈克尔.K 也在竭尽一切可能逃离象征现代社会的"营地"对他的拘禁和看管。卡夫卡和库切都致力于通过 K 们表现现代人的生存困境。

虽然库切在《迈克尔.K 的生活和时代》中始终没有交代故事的具体背景，绝大多数的地点和人物也都没有明确的名称，读者却能很轻易地将 20 世纪 70 年代末 80 年代初面临严峻种族冲突的南非与之对号入座。

南非的种族矛盾由来已久。1948 年南非国民党上台执政后推行更加全面彻底的种族隔离制度，除了把黑人的政治权利几乎剥夺殆尽之外，还通过了法律和一系列相应的行政措施，如：1950 年的《人口登记法》规定每一个南非人必须登记种族身份，不同种族者（包括已结婚组成家庭者）不得在一起居住；1949 年的《禁止跨种族婚姻法》剥夺了跨种族婚姻的合法性；1951 年的《种族集团住区法》将城市按种族划分为不同的居住区；1953 年的《福利事业隔离法》规定白人与非白人乘坐交通工具、使用公共设施及在其他可能接触的场合严格实行隔离；1953 年的《班图教育法》对儿童实行严格的隔离教育，妄图使种族隔离长期延续。这些政策措施的施行，使得南非在很短的时间内成为种族间相互隔绝的社会，种族矛盾更加激化。南非最大的黑人解放组织南非非洲人国民大会（即非国大）从成立之初到 50 年代一直主张以非暴力斗争的形式来摆脱一切形式的歧视和种族压迫，主要采取游行示威、拒绝外出、请愿、诉讼等温和手段。1960 年年初，南非德兰士瓦省沙佩维尔镇的非洲人举行了大规模的示威游行，反对南非白人当局推行的《通行证法》，遭到南非当局的残酷镇压，72 名黑人被枪杀，240 多人被打伤，制造了震惊世界的"沙佩维尔惨案"。当局随即宣布全国进入紧急状态，解散非国大和泛非大等解放组织，在全国展开更大的抓捕行动。沙佩维尔惨案使得非国大的领导人认识到，一切和平抗议的渠道都已经被政府当局堵塞，因而决定开展武装斗争，并于 1961 年年底成立武装组织"民族之矛"。1961 年 12 月 16 日，"民族之矛"在约翰内斯堡和伊丽莎白港各引爆了 10 枚和 5 枚炸弹，毁坏了一些高压电架和政府建筑物，正式开始以破坏活动为主要方式的武装斗争。1976 年 6

月 16 日，约翰内斯堡市郊的黑人城镇索韦托数千名黑人中学生抗议南非阿非利卡人当局强行在黑人学校推行阿非利卡语的教学，再次遭到南非政府的血腥镇压，诉诸暴力反抗形式的黑人斗争逐渐由原来的破坏活动发展为更加激进的游击战争。非国大的军事组织乌姆克宏托在境内外训练南非黑人组织成员，并护送他们返回国内进行游击战。"乌姆克宏托在 1979—1980 年间对政府建筑物、警察局及其他重要设施发动攻击，并炸坏了南非的主要炼油厂——萨索尔堡炼油厂。"[1] 除了反对种族隔离的暴力行动之外，黑人之间的暴力冲突也时有发生，有些地方政府官员指使一些暴徒寻衅滋事，不同部族之间也会因某些争议和纠纷而发生流血冲突，作品的主人公迈克尔.K 就生活在种族战争和冲突阴云笼罩下的 70 年代末 80 年代初的南非。

  小说的扉页引用了诗人赫若克利特斯（Heraclitus）的一首诗："战争是万众之父万种之王。有时他显身为神，有时显身为人。有时他造就奴隶无数，有时却造就自由解放的人群。"[2] 长期遭受殖民压迫和种族隔离之苦的南非人出路何在？是做"奴隶"，还是"追求自由解放"？或者，在这两者之外，还有第三条道路可以选择？这是所有关心南非未来的人们需要思考的问题，当然也是文学创作者需要思考并做出回答的问题。戈迪默选择了激进的左翼政治立场，支持通过暴力革命改变整个社会的权力结构，从而使个体获得自由解放。库切在《迈克尔.K 的生活和时代》中对这个问题给出的答案则是走第三条道路，就像哈罗德·鲁斯曼（Harald Leusmann）所评价的："在写作《迈克尔.K 的生活和时代》的时候，库切有意避免了在南非的种族隔离政权和非国大的武装抵抗之间采取明确的立场。"[3] 库切本人后来在《凶年纪事》中的《论无政府主义》一文中也明确提出："在甘于奴役与奋起抗争之外的第三条路，每天都有成千上万的人选择了这条路。那就是遁世，归隐内心，自我放逐。"[4] 所谓"归隐内心，自我放逐"并不是消极避世，而是另外

---

  [1] 潘兴明、李忠：《南非：在黑白文化的撞击中》，四川人民出版社，2000 年版，198 页。

  [2] [南非] J. M. 库切：《迈克尔.K 的生活和时代》，邹海伦译，浙江文艺出版社，2004 年版，扉页。

  [3] Harald Leusmann, "J. M. Coetzee's Cultural Critique" in *World Literature Today*. Oklahoma University Press，Volume. 78. Sep—Dec 2004.

  [4] J. M. Coetzee, *Dairy of a Bad Year*. London：Harvill Secker, 2007, p.12.

一种个体争取属于自己权利的方式，是迈克尔.K采取的方式：沉默的、但却不屈不挠的方式。

在小说的开始部分，库切明白无误地对黑人的暴力革命提出了批评。在第一章中，黑人游击队在公路上埋设地雷，炸毁铁路和公共设施，袭击艾尔伯特城的供水系统，炸毁水泵站，使得部分水管遭到破坏，人们不得不用井水对付。他们剪断动力电源线，不少小船因而在黑暗中沉没。一家电焊铺子被炸毁，火势蔓延到隔壁的文化史博物馆，"这家有着茅草屋顶，美洲香槐木天花板和地板的博物馆在一小时内便化为灰烬"①。在库切看来，黑人想要通过革命运动建立一种自主的生活的希望是不可能实现的，黑人的暴力革命不过是种族历史的重复："库切的希望并不在革命一边——就是说，他并不把希望寄托在毁灭一切，然后在一个新的、争议的秩序下重组一个国家上。他并不信任那些政治的或军事的解决问题的办法。"②

如果说，位于宏大历史变迁和更迭背景下的个人显得微不足道的话，那么，迈克尔.K的存在更是不值一提。相比较正常人而言，他是一个弱者，是边缘人，是庶民阶层的一员。尽管小说中并未明确地描写他的肤色，但他作为弱者，作为庶民的特性是毫无疑问的：首先，他身体残疾、谋生能力差。他天生兔唇，又有些轻微智障，因此从小就受到别的孩子的嘲笑，上学了也备受歧视。母亲因此不让他和别的孩子来往。他的智力也较一般孩子差，正常的学校短期试读跟不上，于是又被送到一个残疾儿监护学校，学习读书、写字、算术等最基本的文化知识，培养扫地、擦洗地板、收拾床铺、刷碗洗盘子、编篮子篓子、做木工活和挖坑掘地等基本的生活能力。15岁的时候他从监护学校毕业，在一家园林处当了一名低级花匠。后来因母亲生病需要照顾，园林处将他解雇。其次，他几乎是一个孤儿，无依无靠，没有任何固定的社会关系。母亲在世时也只是富裕人家的帮佣，他一年又一年"坐在一条毯子

---

① [南非] J. M. 库切：《迈克尔.K的生活和时代》，邹海伦译，浙江文艺出版社，2004年版，第115页。

② Michael Scrogin, "Apocalypse and Beyond: The Novels of J. M. Coetzee" in *The Christian Century*. Christian Century Foundation, Volume. 105. 1988.

上，看着母亲在擦亮别人家的地板"①。而就是这样的母亲，在小说进行到三分之一处时也离世了。父亲更是从未在小说中正式出场，只是"宿舍门上贴着的那些规定"②。再次，他周围尽是比他强大得多的势力，比如军人、警察、黑人游击队员，甚至维萨基的孙子、医疗官，相比较之下，他的弱者形象更加明显和突出。对于他这样一个弱者，如何能够存活在这个时代是个格外困难的问题。他采取的生存策略是弱者特有的策略：逃离和保持沉默。在这个颠沛流离的大时代洪流的裹挟之下，他对理想生活的设计一次次遭遇严峻挑战，他只能被迫一次次地选择逃离以或冷酷或"博爱"的面目出现的强权制度和规训。对于他遭遇过的、正在遭遇的和可能会遭遇的，他均保持沉默，无论是看着母亲擦亮别人家的地板时默不作声，还是在残疾儿监护学校的老师教育下把双手放在头上，嘴巴、眼睛都统统闭上。沉默成为他生存的方式，是他自我保护的屏障，随着小说情节的推进，更是成为他反抗权威的武器。

第一次逃离，迈克尔.K想要带着生病的母亲远离战火纷飞的大城市，回到她童年时生活过的乡村——艾尔伯特王子城，在乱世之外寻求一片苟且偷生之地。母亲描述的乡村生活瞬间让他在心里勾勒出一幅美妙的图景："一座刷得雪白的农舍，坐落在宽阔的草原上，农舍的烟囱冒着袅袅的炊烟。"③对乡村生活的向往迅速转化成行动的决心，他表现出从来没有过的智慧：他用一对自行车轱辘和一块平板改造成推车来推着母亲上路；他对艾尔伯特王子城检查站的人撒谎说他住在城里，通行证弄丢了。尽管经历了途中母亲去世、全部财产被抢、被警察抓去做苦工等种种磨难，他最终还是到达了心中的乌托邦，在艾尔伯特王子城乡下一处荒凉无主的土地上，开始了他刀耕火种、自给自足的生活，他种植南瓜、玉米和青豆；享受着农场在他的努力之下从荒芜到欣欣向荣的变化："他最大的快乐就是在日落的时候，打开水坝壁上的开关，看着那清清的水流，咕咕地沿着水渠流淌，滋润着那干旱的土地，把它从

---

① [南非] J.M.库切：《迈克尔.K的生活和时代》，邹海伦译，浙江文艺出版社，2004年版，第2页。
② [南非] J.M.库切：《迈克尔.K的生活和时代》，邹海伦译，浙江文艺出版社，2004年版，第129页。
③ [南非] J.M.库切：《迈克尔.K的生活和时代》，邹海伦译，浙江文艺出版社，2004年版，第9页。

黄褐色变成深棕色。"① 这里远离尘世、远离战争,成为他精神世界的避难所。可惜好景不长,一个自称是土地主人维萨基孙子的到来宣称了对这块土地的所有权,并且给了他一些钱,让他去置办物品。迈克尔.K觉得他是想把自己变成一个仆人,于是头也不回地离开了他,在一个山洞里穴居,后来被送进警察局,又被投入监狱,最后被关进安置难民的营地。

他第二次逃离的难民营是个"黄褐色长方形",让人误以为是建筑工地,周围全是三米高的围栏,"上面覆盖着一层蒺藜铁丝网"②。营地的房子由木头和铁皮搭建而成,室内黑暗压抑。营地周围"每隔一两英里就会有一道围栏","一根根木桩钉进地里,竖起一道道围栏,把大地分割成一块块"。③ 劳动营生活环境恶劣,没有医生和护士,痢疾、麻疹、流感等传染病接二连三地发生。政府还安排了带枪的把门人24小时看守,严防任何人逃离。此外,所有的人都必须干活才能换回稍微可以果腹的食物。如果从营地逃跑被抓住之后会被送往一个砖厂里干苦力活,有看守拿着鞭子在旁边监督。除此之外,他们还经常遭到辱骂和呵斥,被骂为"寄生虫、罪犯、怠工者、懒汉、无赖、流氓"。有一次黎明时分,因为怀疑营地的人参与制造了王子城的爆炸事件,一个警察小队来难民营搜查。他们将营地的帐篷弄倒之后,还向裹在帐篷里的、正在挣扎的人们大打出手。营地里的人被驱赶到一个露天空场上,上尉大喊大叫地威胁他们:"我要求每一个人都听我说!你们要求战争,你们就得到战争!""如果我的人看见你们任何人,无论是男人、女人还是小孩,在铁丝网外面,他们已经得到了开枪射击的命令,格杀勿论!"④ 难民营名义上是南非当局仁慈的安排,其实质却与监狱一样,对人进行规训的企图十分明显,体现了一种强加于人的意志。正如福柯所说:

---

① [南非] J.M. 库切:《迈克尔.K 的生活和时代》,邹海伦译,浙江文艺出版社,2004年版,第73页。

② [南非] J.M. 库切:《迈克尔.K 的生活和时代》,邹海伦译,浙江文艺出版社,2004年版,第90页。

③ [南非] J.M. 库切:《迈克尔.K 的生活和时代》,邹海伦译,浙江文艺出版社,2004年版,第120页。

④ [南非] J.M. 库切:《迈克尔.K 的生活和时代》,邹海伦译,浙江文艺出版社,2004年版,第114页。

"随着传统权力向现代权力的转变,权力的控制也越来越向深层挺进,人们生活的方方面面都陷入到权力所编织的网络之中,人们生存的自由是越来越少了。事实上,监狱是现代权力的主要形式,它是规训权力的产物,同时也体现出了规训权力的特质。"① 对于迈克尔.K来说,难民营在提供食物和住处的同时,它的各种规约和制度也束缚了他的自由,令他深感压抑和痛苦,十分想念农场自由自在的生活,想念"奔腾不息的溪流"②,于是他决定逃走,趁着某天晚上有人在打斗,他迅速跨越围栏逃出了难民营。

他又一次逃回了维萨基农场,"在水坝前他感到像在家一样自然亲切",继续种植他的南瓜,跟自己说:"我要永远住在这里。"在他看来,"已经有足够多的人走向战争,这就说明种瓜种菜培植花草的时代是在战争之后,因此必须有人留在后方,使种瓜种菜培植花草继续存在,或者至少使关于种瓜种菜培植花草的想法继续存在"③。他对土地的忠贞和热情源于人类生存的本能,也是他逃离战争、逃离营地的动力。但是很快,政府军发现了他,以向游击队提供粮食的罪名再一次逮捕了他,将他投入安置营。小说由此开始从第一部分的第三人称叙事变成安置营医疗官的第一人称叙事。长期的营养不良使得迈克尔.K瘦得像一副骨头架子,连进食都需要吸管,生命已经到了奄奄一息的程度他还拒绝吃东西。他也尝试着用自己并不流利的言语介绍自己的姓名,表达他的生活境遇,但是安置营的官员和医疗官都无法明白。即使他数次辩解自己的名字是迈克尔,他们仍然把他叫作迈克尔斯,使他被迫处在被他人言说、猜测与判定的位置。因此,当医疗官出于同情和职业道德对他施以照顾和关心,尽可能地为他创造稍好一些的医疗条件,想以此换来他对自己身份和来历的真实表述时,得到的回应却是沉默:"他倔强地闭上了嘴,那张不能完全闭上的嘴,愤怒地注视着我们。""这时出现了一阵深深的沉寂,我能听见它好像一阵铃声在我的耳际鸣响,这是一种人们

---

① [法]米歇尔·福柯:《规训与惩罚》,刘北成、杨远婴译,生活·读书·新知三联书店,2003年版,第224页。

② [南非]J.M.库切:《迈克尔.K的生活和时代》,邹海伦译,浙江文艺出版社,2004年版,第91页。

③ [南非]J.M.库切:《迈克尔.K的生活和时代》,邹海伦译,浙江文艺出版社,2004年版,第135页。

只有在矿井里，在地窖里，在防空隐蔽室里，在没有空气的地方才会体验到的沉寂。"① 他将沉默作为武器，拒绝按照主流的政治话语来表达，质疑统治者的权力结构，抗拒当权者掌控他的企图。这一次，以慈善面目出现的强权制度和规训也并未奏效，他并没有像医疗官和当权者们希望的那样留在营地加强体能训练，为日后充当战争或劳动的工具做准备，这个"了不起的逃跑艺术家、伟大的逃跑者"再一次选择了逃离，人们甚至很难想象他羸弱的身体如何翻越安置营的高墙。

迈克尔.K 就像"一块石头，一块鹅卵石，从盘古开天辟地的时候就躺在那里默默地想着自己的事情……一颗坚硬的小石头，几乎对它周围的事情一无所知，把自己包裹在自己和自己内部的生活之中"②。他是那个大时代里最渺小卑微的小人物，却并没有从对生活的顺从走向灵魂的麻木，从对生活的被动依附走向迷茫和沉沦，而是选择了反抗强加在他身上的种种规训。以他特有的、看似消极的、小人物的方式，孤身一人与强大的社会体制和战争机器抗衡，几乎以生命为代价，追求身心的自由宁静。他"心里装着使荒野开满南瓜花的想象，他是另一个太忙碌、太愚蠢又太专心的人，他听不到历史车轮的隆隆声音"③。他是一个"不属于任何营地"的人，"走出营地，同时走出所有的营地，对于这个时代，也许这足以构成一种成就。现在还剩下多少人没有遭到关押或者软禁？我已经逃离了那些营地；也许，如果我躺得位置很低，我也能逃过人们的博爱"④。在南非的现实语境中，除了强权和规训制度之外，营地还象征着种族隔离制度政策。无论营地以何种态度接纳他，他都选择逃离。两次从营地主动逃离的行为都是一种无声的反抗，无论这种反抗是否有效，反抗的姿态本身"对于这个时代"，也许对于所有的时代，都"足以构成一种成就"。沉默是他的另外一项用来反抗的武器，

---

① ［南非］J. M. 库切：《迈克尔.K 的生活和时代》，邹海伦译，浙江文艺出版社，2004 年版，第171 页。
② ［南非］J. M. 库切：《迈克尔.K 的生活和时代》，邹海伦译，浙江文艺出版社，2004 年版，第164 页。
③ ［南非］J. M. 库切：《迈克尔.K 的生活和时代》，邹海伦译，浙江文艺出版社，2004 年版，第194 页。
④ ［南非］J. M. 库切：《迈克尔.K 的生活和时代》，邹海伦译，浙江文艺出版社，2004 年版，第219 页。

沉默也因此被赋予了抵抗的政治意义。他的沉默是逃避主导话语的策略，是他在各种强权势力的压迫和驱赶下，为争取自由的权利所采取的特殊策略。"一个机警的、不断被边缘化的叙述主体，他灵巧地穿过权利的缝隙，保持了他民族的完整性，但却并没有大声呼吁统治者的包容，也没有夸大他自己的合法性和正统性。"①

同样是出生和成长在南非的白人作家，库切并没有像戈迪默那样以社会现实主义作为创作手段，致力于对种族隔离时期的南非历史事实的真实再现，而是以寓言的形式描写了一个大时代中的小人物的小历史，一个小人物在大时代以自己特有的方式对自己生存方式的选择，以沉默和逃离抵抗强权的历史。所以戈迪默批评道："就南非白人对有色人种的压迫来说，库切写得非常完美——几乎无法超越，但他没有看到那些种族隔离政策的受害者，他们已经不把自己看成受害者，为改变自己的命运已经做的，正在做的和必须做的斗争。"她将库切的写作称为"从所有政治和革命解决方案中的撤退"②。显然，戈迪默并不认可小人物迈克尔.K沉默和逃离的抵抗方式，在她看来，政治斗争和革命斗争的方式更具有有效性。关于抵抗，萨义德认为："抵抗远不只是对帝国主义的一种反动，它是形成人类历史的另一种方式。"③ 但他却得出这样的结论："像许多泛非洲、泛阿拉伯、泛亚大会所证明的那样，反帝斗争被普遍化了，西方的（白人、欧洲人、先进的人）和非西方的（有色人、土著、落后的）文化与人民之间的鸿沟加深了。"④ 也就是说，殖民地的暴力革命不仅不能解决殖民问题，反而加深了西方与非西方之间的矛盾。由此可见，萨义德本人对于殖民地以暴力革命的形式追求独立平等的态度是有所保留的。在这一点上，库切与萨义德的观点是相同的，这也是他之所以选择描写迈克尔.K这样一个卑微渺小的庶民阶层

---

① David Attwell, *J. M. Coetzee: South Africa and the Politics of Writing*. Berkeley: University of California Press, 1993, pp. 25—26.

② Nadine Gordimer, "The Idea of Gardening: Life and Times of Michael K by J. M. Coetzee" in Sue Kossew ed. *Critical Essays on J. M. Coetzee*. G. K. Hall & Company, 1998, pp. 143—144.

③ [美]爱德华·W.萨义德：《文化与帝国主义》，李琨译，生活·读书·新知三联书店，2003年版，第342页。

④ [美]爱德华·W.萨义德：《文化与帝国主义》，李琨译，生活·读书·新知三联书店，2003年版，第318页。

和他特有的抵抗方式的原因所在。也许，相比较之下，卑微的迈克尔.K和他看似消极的抵抗方式更具有震撼人心的力量。

## 第三节　后种族隔离时代的新边缘人

　　1999年，南非作家库切凭借小说《耻》再一次荣获布克文学奖。《耻》讲述了52岁的南非开普技术大学教授卢里在召妓失败之后勾引自己的女学生，事情败露之后他因为拒绝在学校组织的听审会上公开承认自己的错误而被学校解聘，无奈之下，他来到女儿露茜位于东开普的偏僻小镇萨莱姆的农场与她一起生活。一天，三名黑人洗劫了他们居住的小屋，轮奸了露茜，烧伤了卢里，抢走了汽车。露茜因暴受孕却选择以自己的土地做嫁妆嫁给黑人长工佩特鲁斯做第三个"老婆"，将孩子生下来。

　　《耻》的问世，正值南非民主选举的新政府成立五周年之际。跟之前获得布克文学奖的作品《迈克尔.K的生活和时代》所采用的寓言式的表现形式不同，《耻》具有很强的现实指涉性，后种族隔离时代的南非土地所有权变更、高失业率、高犯罪率、黑人的愈加贫困、贫富差距拉大导致的社会阶层产生新的分化、白人和黑人主奴关系颠倒之后引发的新的种族冲突等错综复杂的社会问题和经济问题作品均有涉及，由此引发了各界的激烈讨论："白人认为《耻》揭示了新南非的社会问题，是一部'闪光'之作；黑人指出《耻》表现了新南非冷酷的一面，伤害了他们的感情。英国《经济学家》杂志认为，作品暗含着'非洲人统治南非是走向地狱'这一观点。"[①] 执政的非国大指责这部小说是"种族主义之作"，有意抹黑新南非。小说出版的第二年人权委员会举行"传媒中的种族主义问题"听证会，非国大认为小说《耻》对后种族隔离时代白人眼中的黑人极尽丑化："建议所有白人移居海外，因为后种族隔离制度时代的南非是'他们的地盘'，结果将是白人失去地位、武器、

---

① 李新烽：《新南非背景下阅读库切——他获本年度诺贝尔文学奖的背后》，载《世界知识》，2003年第22期。

财产、权利和尊严。白人女子将不得不与野蛮的黑人男子同床共枕。"①

20世纪80年代中后期,延续了300多年的种族主义制度给南非社会带来的影响全方位地体现出来,各种矛盾集中爆发,黑白种族之间持续对抗,国际社会的抵制与制裁和持续动荡的政局使得财政支出庞大、经济发展停滞。黑人武装力量想要以革命的方式推翻白人专政遥遥无期,同样,白人政府想要继续实施种族隔离制度也困难重重。在革命之外另求解决之道成为黑白双方的共识,1985年南非情报局和非国大在海外的领导人开始秘密谈判,1990年,新总统德克勒克宣布废除种族隔离制度,释放政治犯,非国大领导人曼德拉走出监狱,非国大也立即宣布放弃武装斗争。1991年,曼德拉与德克勒克签署全国和平协定。1993年,非国大与国民党达成权力共享的双边协议,制定临时宪法。1994年4月27日,南非举行第一次全民大选,新南非由此诞生,黑人终于取得了治理国家的权力。新南非的诞生是黑白双方本着建立一个多种族和谐共荣的"彩虹国度"而妥协的产物,种族主义统治的结束是以和平谈判和民主进程转型的方式完成的,双方共同分享和平的成果:新南非的多党议会制度实行比例代表制,在政府内阁的组成上,国民党仍然得到了包括财政部在内的六个重要部门的部长职位,各省和地方政府也沿用此种比例代表制。在关系到各种族生存的土地问题上,为了避免内战的发生,新政府本着协商与和解的精神继承了之前的土地分配模式:白人占有87%的土地,人口占80%的黑人只占有13%的农业用地。1994年制定了将30%的土地重新分配的五年计划,打算通过法律手段和市场机制,采取和平赎买的方式,使黑人重新拥有土地。在其他重要的社会生活领域,例如教育、就业、公共卫生、住房条件等方面也制定了诸多向黑人倾斜的法律法规,保障他们享有平等的权利。到小说《耻》出版的1999年,新政府的一系列政策取得了很大的成效,黑人除政治地位提高之外,生活条件也有了很大改善。仅黑人在公共服务部门管理人员的比例来看,1994年为6%;1997年在中央公共部门占33%,

---

① Rosemary Jolly, "Going to the Dogs: Humanity in J. M. Coetzee's Disgrace, The lives of Animals, and South Africa's Truth and Reconciliation Commission", in Jane Poyner ed. *J. M. Coetzee and the Idea of the Public Intellectual*. Ohio University Press, 2006, p.149.

省级部门占54%；1998年更是分别占到了44%和53%。① 但是，正如新南非副总统姆贝基所说："南非虽然踏上了民族和解之路，但种族歧视的阴影并未彻底消除，根除种族隔离制度的残余思想和行为绝非一朝一夕可以完成。"② 种族隔离的后遗症留给新南非的，依然是充斥于经济和社会领域的矛盾冲突和对抗。在绝大多数的南非黑人看来，政治上的平等并未给他们带来社会地位和经济地位上的平等。对于政府推行民族和解政策，过分照顾白人利益的做法，他们十分不满。新政府的土地重新分配计划到1999年时并未能实现，2001年，南非全国土地委员会主任赫拉奇维约也承认："在南非诞生后7年内，仅有不到2%的土地从白人转移到黑人手中。"③ 另外，黑人普遍受教育水平低，专业技能欠缺，这使得他们即使在新的政治环境下就业也十分困难。生计无着的黑人再次成为社会不稳定因素，以白人为目标的抢劫和凶杀案不断发生，暴力犯罪现象非常严重。1995年《瞭望》新闻周刊驻南非记者刘也刚发回国内的报道显示：南非每10万人口中死于凶杀者达53.5人，比例高居全球之巅，每6分钟一起命案，每54分钟一辆汽车被劫，每天有80多名妇女被强奸，而持枪入室抢劫杀人案在犯罪率中的比例又居世界第一。④ 这些都引起了白人群体的深刻恐惧，大量白人选择离开南非。据统计，仅1994年到1999年年初，就有80万至100万白人移民海外。⑤

白人的恐惧由来已久。早在南非新政府成立之前的1990年，在曼德拉获释后的首次大型集会之后的第五天，有2万白人在比勒陀利亚集会。他们中既有担心被解雇的官员、害怕失去土地的农场主，也有唯恐被剥夺财产的商人。在新南非诞生之后的1995年5月，又有1.5万名荷兰裔白人在约翰内斯堡附近武装集会，并进行了阅兵。在南非黑人当家作主的新的历史语境下，白人的势力渐趋衰微，失去往日的特权，而黑人记忆中的仇恨被诸多因素激活，种族隔离时代的特权群体的白人沦

---

① 转引自杨立华：《新南非十年——多元一体国家的建设》，载《西亚非洲》，2004年第4期。
② 夏吉生：《真相委员会与新南非种族关系》，载《国际政治研究》，2004年第2期。
③ 转引自夏吉生：《新南非十年土改路》，载《西亚非洲》，2004年第6期。
④ 刘也刚：《新南非的新问题》，载《瞭望新闻周刊》，1995年第44期。
⑤ 张欣：《南非黑白》，载《瞭望东方周刊》，2010年第21期。

为后种族隔离时代的弱势群体，正是在这个意义上，从庶民的角度对《耻》中遭受黑人袭击的白人卢里教授和女儿露茜进行分析的合法性才得以确立。

对于新旧两种世界，小说中感受最深的应该是卢里。

在小说开始的部分，种族和文化的优越感在卢里身上体现得非常充分。首先，他是白人，他的肤色赋予他与生俱来的优越感："仗着自己高挑的身材，匀称的骨架，橄榄色的皮肤，飘垂的长发，他总能对女人产生一定程度的吸引力。"① 其次，他的工作体面高尚，他是开普技术大学的一名教授，原来教授现代语言，后来在院系合理化调整中，古典和现代语言系被调整掉了，他成了传播学副教授。他所接受的西方文明的教育巩固了这种优越感：他专治浪漫主义诗歌研究，讲授拜伦和华兹华斯的诗歌，曾经出版过三本著作，第一部是论歌剧的《比奥托与浮士德传奇：梅菲斯托的起源》，第二部是关于性爱与幻想的《圣维克托的理查德之幻想》，第三部是论述华兹华斯与历史的《华兹华斯与过去的包袱》。在小说开始的时候，他正在构思以拜伦的意大利生活为蓝本创作一部歌剧史诗。所有这些共同构成他对自身身份和主体性的认知，他很自然地将自己和女儿称为"我们西方人"②。他给女儿取名露茜，明显受到西方文学的影响。露茜是英国诗人华兹华斯组诗中的理想女性，是"幽居在深谷"的大自然的女儿，坐在炉火旁，手摇纺车，没有受到工业文明的污染。在他被迫前往女儿的农庄之前，在与他有过性经历的女性中，只有两位带给他从生理到心理的满足感和征服感。一个是妓女索拉娅，另外一个是他的学生梅拉妮。这两个女性共同的特征是温顺和服从：第一次见面的时候，索拉娅涂着朱红的唇膏、深色的眼影，卢里不喜欢，让她擦掉，她按他说的做了，而且在后来的见面中再也没有用过化妆品。"真是听话的学生，顺人意，听人劝。"③ 而梅拉妮在与他发生关系的过程中完全听任他的摆布："他跪在她身边，一件一件地脱着她的衣服，而她的双臂像个死人似的直挺挺地伸展着。"④ 在他第一次

---

① ［南非］J. M. 库切：《耻》，张冲译，译林出版社，2010年版，第8页。
② ［南非］J. M. 库切：《耻》，张冲译，译林出版社，2010年版，第233页。
③ ［南非］J. M. 库切：《耻》，张冲译，译林出版社，2010年版，第6页。
④ ［南非］J. M. 库切：《耻》，张冲译，译林出版社，2010年版，第105页。

引诱梅拉妮时,他们之间的对话更是暴露了他情欲伪装下的殖民话语逻辑和男性霸权意识。他说:"别走了,和我过一夜吧。""为什么?""因为你应当这么做。""为什么我应当这么做?""因为女人的美丽并不属于她们自己。女人有责任与别人分享这美丽。"① 在他勾引梅拉妮的事情败露之后,学校要求他在公开的听审会上承认错误,遭到他的拒绝。他拒绝的原因不是因为担心此举会让他身败名裂,而是因为在他看来,追求情欲的满足是一种人的本能,"按自己的本能行事就得受惩罚,这样的正义没有一种动物能接受"②,所以自己追求自由的、热情奔放的性爱没有什么过错,就像他正在创作的歌剧中的拜伦。包括后来在农场他和女儿遭到袭击后,以及在佩特鲁斯家参加晚会时看到轮奸露茜的嫌疑人波勒克斯时,他的第一反应都是通过报警伸张正义,他不同意女儿对此事所采取的隐忍的处理方式,在他看来:"'这可不是我们办事的方式。'我们:他正要说,我们西方人。"③ 当他怀疑露茜的黑人长工佩特鲁斯卷入了袭击他们父女的事件,想要从他口中套取一丁半点的信息未果时,他的白人殖民者男性的思维逻辑顿时显露无遗:"要在过去,早就可以从佩特鲁斯嘴里掏出答案来了。要在过去,早就可以掏出答案,大发一通火,让他卷铺盖滚蛋,然后重新雇个人顶替他。"④ 当他发现强奸露茜的黑人孩子波勒克斯又在偷窥她洗澡时,他对波勒克斯行为的解读也是完全西式的:"过去,对这样的人我们有一个词。缺陷。智力缺陷。道德缺陷。他该进精神病院去。"⑤ 他所有看问题的方式,他的价值观、生活方式,他对性爱的观念以及他的两性经历全部都是西式的,代表了过去被认可的占据统治地位的殖民者的立场。只是,在南非新的历史语境下,他曾经拥有的所有的优势话语和权力,随着种族隔离制度的终结,与白人殖民时期的霸权话语一起,遭到了时代的遗弃。

他在原来的生活中的种族和文化的优越感有多深,新的生活经历所带给他的失落感就有多刻骨铭心。

---

① [南非] J.M.库切:《耻》,张冲译,译林出版社,2010年版,第19页。
② [南非] J.M.库切:《耻》,张冲译,译林出版社,2010年版,第106页。
③ [南非] J.M.库切:《耻》,张冲译,译林出版社,2010年版,第233页。
④ [南非] J.M.库切:《耻》,张冲译,译林出版社,2010年版,第136页。
⑤ [南非] J.M.库切:《耻》,张冲译,译林出版社,2010年版,第240页。

# 逆写的文学：
## 布克文学奖的后殖民小说研究

在来到农庄之前，卢里是自己性爱生活的绝对主导者，他结过两次婚，除了索拉娅和梅拉妮之外，"他和同事的妻子有染，去河边酒店或意大利俱乐部与游客寻欢，他和妓女睡觉"①。"索拉娅身材高挑纤长，一头长长的乌发，一对水汪汪的深色眼睛。"②梅拉妮的"胴体线条清晰明快，自有一番完美之处"③。而来到农庄之后，他性爱的对象变成了一个"五短身材、体形肥胖"，"一脸黑麻子，剪着个平头，头发又直又硬，脑袋似乎就垛在肩膀上"④的黑人妇女贝芙·肖，一个他不喜欢的那种不努力使自己变得有些吸引力的女人。"她根本说不上有乳房。粗壮的躯干，几乎摸不到腰身，活像一段粗短的管道。"⑤"她耳朵上细小的血管清晰可见，就像用红紫两色丝线交织成的镶边。她鼻子上的血管也如此。下巴像球胸鸽那样直接从胸部长出来。整体看来，毫无吸引力。"⑥他跟她之间的第一次性爱也是由她来主导和掌控的："她抓过他的手，塞给他一样东西。是个避孕套。一切都是事先仔细想好的，从头到尾都想好的。"⑦对于他这样一个在两性关系中总是处于主导地位的人来说，在"品味"了索拉娅"蜂蜜色的、未经阳光侵晒的肉体"⑧和梅拉妮线条清晰明快的胴体之后，现在成为一个毫无吸引力的黑人妇女的猎物无疑是一种沦落："品味了梅拉妮·艾萨克斯年轻甜美的胴体之后，这就是我落到的地步。"⑨两性关系中主导地位的颠覆在这里成为一种隐喻，隐喻着后种族隔离时代白人男性主体位置的被消解和边缘化。这第一次性爱之后，贝芙·肖觉得很满足，但是卢里"没有激情但也没有厌恶"⑩。如果说此时的他并未对自身主体性的丧失有什么失落感的话，那么，三个黑人对他和女儿的袭击彻底瓦解了他白人男性的优越感。

露茜的农庄被突如其来的三个黑人袭击了，他们居住的小屋遭到洗

---

① [南非] J. M. 库切:《耻》，张冲译，译林出版社，2010年版，第9页。
② [南非] J. M. 库切:《耻》，张冲译，译林出版社，2010年版，第1页。
③ [南非] J. M. 库切:《耻》，张冲译，译林出版社，2010年版，第22页。
④ [南非] J. M. 库切:《耻》，张冲译，译林出版社，2010年版，第84页。
⑤ [南非] J. M. 库切:《耻》，张冲译，译林出版社，2010年版，第173页。
⑥ [南非] J. M. 库切:《耻》，张冲译，译林出版社，2010年版，第96页。
⑦ [南非] J. M. 库切:《耻》，张冲译，译林出版社，2010年版，第173页。
⑧ [南非] J. M. 库切:《耻》，张冲译，译林出版社，2010年版，第1页。
⑨ [南非] J. M. 库切:《耻》，张冲译，译林出版社，2010年版，第173页。
⑩ [南非] J. M. 库切:《耻》，张冲译，译林出版社，2010年版，第173页。

劫，狗被射杀，卢里被毒打烧伤，露茜惨遭轮奸。当三个黑人带着报复的快感在露茜身上施暴的同时，卢里被反锁在小屋的卫生间里，任凭他如何想尽一切办法也毫无用处："他会说意大利语，他会说西班牙语，可无论是意大利语还是西班牙语，到了非洲这个地方，哪一个都救不了他。一个能帮帮他的人都没有，就像是卡通片里的那个当传教士的萨利大妈，身披法衣，头戴草帽，双手合掌，两眼向天，而那些野蛮人则用怪诞的语言咕噜咕噜地说着什么，就等着把他扔到开水沸腾的大锅里去。传教：那旨在把野蛮人提高一个档次的伟大工程到底留下了什么成果？他是一点也没看出来。"① 象征着西方文明的英语、意大利语和西班牙语以及传教士文化被来自非洲本土的野蛮暴力消解了，他所接受的西方教育、他的种族优越感，此时此刻都无法赋予他拯救女儿的力量。他作为曾经占据支配地位的白人男性的主体性遭到彻底的解构和颠覆，在黑人当家作主的新南非，他沦为新的边缘人，无奈地品尝一个弱者和受害者的滋味。

不仅他的种族优越感遭到颠覆，他的父权话语也遭到挑战。在遭受袭击之后，卢里想寻求警察的帮助，将罪犯绳之以法，用他西式的、文明的方式伸张正义，却遭到女儿的反对；在佩特鲁斯家参加晚会时他看到轮奸露茜的嫌疑人波勒克斯想要告发，也被女儿阻止。不仅如此，当他得知女儿因为被强暴怀孕之后，建议露茜去流产却遭到了拒绝，露茜不仅坚持要把孩子生下来，并且还要以自己的土地做嫁妆嫁给黑人长工佩特鲁斯做第三个"老婆"。他写信给女儿，想要用自己的逻辑说服她："你正处在一个极其危险的错误的边缘。你想在历史面前俯首帖耳。但你选择的道路的确是条错误之路。"② 女儿却回信明确告诉他："我不可能永远是你的孩子。你也不可能永远做父亲。我知道你是一片好意，但你却不是我所需要的领路人，至少现在不是。"③ 传统意义上的父权制下的顺从关系被打破，卢里遭受到种族优越感和父权话语的双重失落，在原来的权力体系中处于特权地位的他，在新的权力体系中被迫处于从属地位。而正是基于此，他才能被纳入庶民阶层的范围进行讨论。

---

① ［南非］J. M. 库切：《耻》，张冲译，译林出版社，2010年版，第112页。
② ［南非］J. M. 库切：《耻》，张冲译，译林出版社，2010年版，第186页。
③ ［南非］J. M. 库切：《耻》，张冲译，译林出版社，2010年版，第187页。

同为新南非时代的庶民阶层,露茜的主体性却经历了拥有—失去—重建的复杂过程。一开始的时候,她的主体性体现在她可以自主地选择自己喜欢的生活方式上。尽管父母都是城市里的白人知识分子,她却选择生活在远离城市的黑人聚集的偏远农村,在父亲眼里,她是一个"返祖的孩子"。"现在,到了二十五六岁上,她开始表现出不同了。护养狗,忙菜园,看星象书,穿没有性别特征的衣服。这每一个现象,他都感觉是一份经过深思熟虑的、有目的的独立宣言。同时也是与男性世界决裂的宣言。过自己的生活。走出他的阴影。"[1]露茜在农场拥有自己的土地,她靠护养狗、种菜种花生活,同时,她还是一个同性恋者。她与周围的黑人邻居和睦相处,在袭击发生之前,白人与黑人主奴关系颠倒之后的政治环境对她的生活似乎没有任何影响。但是三个黑人对她和父亲的袭击改变了这一切,她因暴受孕,身心遭受重创。既是白人又是女性,她注定要成为自己的白人殖民祖先所犯罪孽的替罪羊,黑人对她的袭击在双重意义上解构了她的主体性,使她成为双重意义上的弱者和受害者;既是黑人当道下的白人弱者,又是男性话语权威下的女性受害者。当父亲跟她解释,发生在她身上的事情有历史的原因,并不是私怨之后,她以超乎寻常的方式来处理发生的事情:她阻止父亲报警,阻止父亲告发犯罪嫌疑人之一的波勒克斯。她的忍让和克制既源自对自己祖先所犯罪孽的愧疚感,也来自她对自己目前生存环境的清醒认识:在眼下,在这里,"这也许是新的起点。也许这就是我该学着接受的东西。从起点开始。从一无所有开始。不是从'一无所有,但是……'开始,而是真正的一无所有。没有办法,没有武器,没有财产,没有权利,没有尊严。像狗一样"[2]。她不仅勇敢承担起为白人祖先赎罪的责任,而且积极谋求新的生活模式和新的希望,并付诸实施。当她得知自己因暴受孕之后,并没有听从父亲的建议去流产,而是决定将孩子生下来,并且以自己的土地做嫁妆嫁给黑人长工佩特鲁斯做第三个"老婆":"在你神气活现地对佩特鲁斯说话之前,先客观地考虑考虑我的处境。客观情况就是,我是个单身女人。没有兄弟。有个父亲,可他远在天边,而且

---

[1] [南非] J. M. 库切:《耻》,张冲译,译林出版社,2010年版,第105页。
[2] [南非] J. M. 库切:《耻》,张冲译,译林出版社,2010年版,第237页。

也毫无力量来对付这里的事情。我能求谁来保护我，庇护我呢？……我至少还认识佩特鲁斯。我对他也不会有什么幻想。我明白自己要过的是什么样的生活。"①她把自己的姿态放到最低的同时，她自身的主体性也在这种看似卑微的容忍和宽恕中得以重建。小说的结尾，卢里开车到女儿的农庄，看到的是一幅令他惊叹得大气不敢出的美景："和煦的太阳，静谧的午后，在花丛中忙碌的蜂群；而在这幅画面的中央站着一位年轻的女子，刚刚怀孕，戴着顶草帽。"②

以多种族和谐共荣为目的建立新南非之后，如何面对历史记忆的创伤是所有生活在南非这块土地上的黑人和白人共同面临的问题。"当种族隔离在南非结束，引起了一系列富有挑战性的问题，谁的语言、文化和故事会具有权威，这些问题包括：做一个南非人意味着什么？生活在一个新的南非意味着什么？……当我们清洗过去的历史，以便我们以最惨痛的形式讲述南非的故事时，我们的故事是什么？"③南非人不仅在和平建国上最大限度地发挥了他们的智慧，在如何治愈种族创伤方面也创造性地发明了一种处理问题的办法：1995年11月29日成立"真相与和解委员会"，运用"大赦换真相"的原则致力于解决种族隔离制度遗留下来的历史问题。"真相与和解委员会"不是法庭，而是一个控诉的平台，一个宣泄的渠道，让受害者当众讲出痛苦与屈辱，获得社会的承认与尊敬；让迫害者供出所犯的罪行，得到有条件的赦免，以此推动种族间的宽恕与和解。

小说《耻》所讲述的故事与"真相与和解委员会"的精神是一脉相承的。小说的结尾，在女儿直面历史、"向前看"的决心和勇气的感召下，卢里最终走出了巨大的心理失落的阴影。他去梅拉妮家登门致歉，卖掉开普敦的房子回到农场，一边继续创作歌剧，一边帮助贝芙·肖照看狗。经历了重重磨难之后，后种族隔离时代的白人知识分子终于完成了自我主体性在种族矛盾和殖民历史的缠绕下的艰难建构，被边缘化的白人男性在庶民的维度上重新获得了主体的位置。

---

① ［南非］J. M. 库切：《耻》，张冲译，译林出版社，2010年版，第227页。
② ［南非］J. M. 库切：《耻》，张冲译，译林出版社，2010年版，第251页。
③ ［南非］麦克尔·查普曼：《身份问题：南非、讲述故事与文学史》，载王宁：《新文学史》，清华大学出版社，2001年版，第83页。

# 第三章　历史反写

## 第一节　引　言

　　以历史书写的方式找回、重述或重建过去是被殖民者得以建构主体性的重要凭借，是他们抵制殖民主义、自我再现的重要中介。在对待历史书写的问题上，后殖民理论充分体现了其一贯的批判西方中心主义及其霸权意识形态的立场，反对在西方的历史主义传统支配下的帝国主义关于殖民地的历史书写模式，谋求重新书写和再现西方主导话语表述之外的第三世界长期以来被压抑的历史，将殖民地人民重新置于历史书写的主体位置，再现他们的真实的声音，同时展现第三世界历史与文化的差异性和多样性。"从历史编纂学角度说，后殖民主义一直试图解构常常源于启蒙主义进化观的帝国和民族历史的宏大叙事，以便揭示或指出被压制、打败或被否定的历史和故事。"[①]

　　长期以来，"西方中心论"在历史研究中占据主导地位。这种以理性、进步和目的论为理论基础的历史观将西方的特殊历程予以制度化，认为欧洲社会的发展模式是放之四海而皆准的标准范式，全世界的历史都只能而且必须围绕着欧洲历史观所建构的单一结构展开。

　　欧洲中心主义传统的认识论源自 18 世纪欧洲的启蒙运动所大力推崇的理性和进步的观念。由于启蒙运动的批判矛头直接指向"黑暗的中世纪"，因此启蒙思想家们在此时提出的一整套哲学理论、政治纲领和

---

[①] [美]杜赞奇：《后殖民史学》，金富军译，载刘东：《中国学术》（第九辑），商务印书馆，2002 年版，第 93 页。

社会改革方案旨在引导世界走出这个充满传统教义、非理性、盲目信念以及专制的黑暗时期,理性成为启蒙运动高高擎起的一面旗帜。在康德看来,理性是一种把人类"和其他物件区别开,以至把他们和被对象所作用的自我区别开的能力"①。而黑格尔的观点则为西方中心主义历史观的形成提供了理论支持。"黑格尔的《历史哲学》(1956年版)迄今为止仍是我们了解线性目的论的、进化论的历史的最重要基础。"② 在黑格尔看来:"理性统治了世界,也同样统治了世界历史。"③ 人类社会历史发展的合理性就在于它体现了自由意识的进步。"世界历史无非是'自由'意识的进展;这一种进展是我们必须在它的必然性中加以认识的。"④ 他按照人们关于自由的意识将历史分为呈递进关系的少年时代、青壮年时代和老年时代。这种关于世界历史是自由意识进步的观点其实是在论证人类社会是一个由低级到高级的连续向上的、进步的过程,有其固有的发展规律,也成为根据线性和进步观念来区分不同社会的理论来源。"黑格尔认为历史如此发展,是因为理性的缘故;历史的演变表现为理性的逐渐呈现与升华。在理论上,这一理性带有普遍性,应该为全人类所享有。但在具体的历史过程中,这一理性又表现为西方文化的产品;其他文化只能通过西方文化才能真正认识理性。于是,理性成为衡量文化先进与落后之间的标志,而它之所以能成为标志,首先是因为它是普遍的、放之四海而皆准的。"⑤ 理性成为推动人类社会发展的终极动力,人类在理性的推动之下不断进步,最终迈入完美的理想社会。这种理性与进步的观念逐渐溢出了历史研究的范畴,成为西方世界人所共知的公理:欧洲之外的世界迟早会被整合进以理性把握和理性利用自然为基础的西方文明之中。同时,这也使得在这种观念中成长起来的欧洲人,在所有历史时代直至今天,对自己的文明充满优越感和自豪感。"欧洲人被看作是'历史的创造者'。欧洲永远是先进的、进步的、现代

---

① [德] 康德:《道德形而上学原理》,苗力田译,上海人民出版社,1986年版,第107页。
② [美] 杜赞奇:《从民族国家拯救历史》,王宪明等译. 社会科学文献出版社,2003年版,第3页。
③ [德] 黑格尔:《历史哲学》,王造时译,生活·读书·新知三联书店,1956年版,第64页。
④ [德] 黑格尔:《历史哲学》,王造时译,生活·读书·新知三联书店,1956年版,第57页。
⑤ 王晴佳:《后殖民主义与中国历史学》,载刘东:《中国学术》(第三辑),商务印书馆,2000年版,第264页。

化的。世界其他各地或者进步缓慢，或者停滞不前：属于'传统社会'。……这是一种关于文化作为一个整体在世界流传的理论。其流传的趋势是从欧洲部分流出，流向欧洲以外的地方。……欧洲永远处于内圈，其他部分永远处于外圈。欧洲是传播的渊源，其他部分是接受者。"①

这种历史观很自然地被殖民主义和帝国主义利用为意识形态工具，为他们的对外扩张和武装侵略提供合法性论证和支配性阐释，殖民扩张被粉饰成一种带有"高尚目的"的"拯救行动"和"友情赞助"，他们"有权去征服和拓殖那些十九世纪末二十世纪初在社会达尔文主义的世界里，尚未建立领土主权与历史性民族的关系的地区"②。既然欧洲文明代表着人类文明的最高标准和发展方向，那么，欧洲文明的体现者和继承者自然肩负着将欧洲以外的未开化地区引入文明的发展轨道的"神圣"职责，使土著人文明化既为殖民侵略和帝国主义提供了合理的理由，又成为证明它们合理性的证据。侵略者的主体性得以延伸，而被侵略者的主体性被损害和抹杀，沦为西方眼中的"他者"，没有力量、没有意识、没有思考和统治的能力，当然也就不具备作为历史主体的经验和价值。"'他者'在一种拍摄—倒卷—拍摄的系列启蒙策略中被征引，被引用，被框定，被曝光，被打包。关于差异的叙事和文化政治成了封闭的阐释循环。他者失去了表意、否定、生发自己的历史欲望、建立自己制度性的对立话语的权力。"③ 因此，被侵略者也就没有资格对本民族的文化和传统进行总结和陈述，他们的历史，只能由殖民者来书写："帝国主义把自己认定为世界历史之父。"④

殖民者很早就意识到历史书写在将殖民地人民同化到欧洲文明价值体系中时所发挥的独特作用："殖民地领域是未知的领域或真空的领域，这个真空或蛮荒的土地其历史必须是被开始的，它的档案必须是被填写

---

① [美] J. M. 布劳特：《殖民者的世界模式——地理传播主义和欧洲中心主义史观》，谭荣根译，社会科学文献出版社，2002年版，第1页。
② [美] 杜赞奇：《后殖民史学》，王宪明等译．社会科学文献出版社，2003年版，第96页。
③ [美] 霍米·巴巴：《献身理论》，载罗钢、刘象愚：《后殖民主义文化理论》，中国社会科学出版社，1999年版，第193页。
④ [美] 爱德华·萨义德：《东方主义的再思考》，载 [英] 巴特·穆尔·吉尔伯特等：《后殖民批评》，杨乃乔、毛荣运、刘须明译，北京大学出版社，2001年版，第211页。

的，它未来的发展必须是遮护在现代性中的。"① 通过占领这块领域，通过由他们来书写历史，压制殖民地的历史，压抑殖民地人民的声音，确立帝国存在的合法性。无论是由英国的经济学家詹姆士·密尔撰写的《英属印度史》，抑或是由美国的历史学家威廉·普列斯科特所写的《墨西哥之征服》，都体现了这一点。

  在西方中心主义历史观的支配下，宗主国关于殖民地的历史叙述一般可以分为两种。第一种是否认殖民地在殖民之前的历史，认为那个阶段的殖民地完全处于蒙昧和野蛮状态。这种历史书写鼓吹殖民主义才是殖民地历史的开端，殖民前的过去没有意义。正如法农所描述的："在这个停滞不动的地区，表面十分平静，棕榈树在云前摇曳，海浪击拍着卵石，原材料来来往往，证明殖民者的到来合法，而被殖民者蹲着，半死不活，永远做着始终同一个梦。殖民者谱写历史。他们生平是一部史诗，一部历险记。他是专横的开端：'是我们开垦了这片土地。'他是持续的原由：'如果我们走了，一切就完了，这片土地就回到中世纪。'面对他，一些麻木迟钝的人，内心受渴望和'祖先的习俗'困扰的人，构成一个殖民的、唯利是图的、近乎矿物的创新动力环境。"② 这种充斥着纯粹欧洲中心主义论调的历史书写"把异族人看成没有历史的民族，仿佛野蛮人自古以来有一组共同不变的品质，而把各自不同的历史性完全抹煞"③。甚至于，"十六七世纪西方流行一种派生学（系谱、宗谱索源）的研究，设法发明异族的过去，设法说明人类文化由创世纪开始一连串的派生与让渡，这样做，是要把欧洲中心以外的异族文化纳入基督教论述中世界已有的异教徒的分类里"④。这种历史书写包含着典型的帝国主义立场，充满了欧洲文化至上和殖民有理的观念。在他们看来，对于被殖民者来说，西方文明是通往文明、精神自由和平等的唯一途径。殖民者对殖民地的侵略的历史因此被粉饰为教化荒蛮、传播文明的

---

  ① ［美］霍米·巴巴：《种族、时间与现代性的修订》，载［英］巴特·穆尔·吉尔伯特等：《后殖民批评》，杨乃乔、毛荣运、刘须明译，北京大学出版社，2001年版，第264页。
  ② ［法］弗朗兹·法农：《全世界受苦的人》，万冰译，译林出版社，2005年版，第15页。
  ③ 叶维廉：《殖民主义、文化工业与消费欲望》，载张京媛：《后殖民理论与文化批评》，北京大学出版社，1999年版，第370页。
  ④ 叶维廉：《殖民主义、文化工业与消费欲望》，载张京媛：《后殖民理论与文化批评》，北京大学出版社，1999年版，第370页。

历史。"殖民者谱写历史并知道自己在这么做。而因为他经常参照他宗主国的历史,他明确提出他在这里是延续这个宗主国。因此他所写的历史不是他所掠夺的国家的历史,却是他国家在掠夺、侵犯和使人挨饿方面的历史,并使国家的历史、非殖民化的历史存在时,才可能将被殖民者的静止不动重新提交讨论。"①

第二种是歪曲、篡改、直接抹杀与殖民有关的历史。加拿大学者戴安娜·布莱顿和澳大利亚学者海伦·蒂芬分别考察了加勒比海地区和澳大利亚英语国家文学的特点,他们发现这些前英国殖民地国家无论是在独立之前还是在独立之后,从学校的教科书到官方的历史文献,只要是与英国殖民历史相关的内容都被刻意隐瞒和涂抹,他们对自己祖先的历史一无所知。"在西印度群岛地区大多数国家宣布独立以前,学校的教学内容没有大不列颠蓄奴史。对黑人为什么在加勒比地区存在也是含糊其辞。当今的西印度群岛人被告知,他们的历史与非洲'野蛮'的'丛林人'(junglee)毫无关系。巴巴多斯是英国统治时间最长的,因此被称作'小英格兰'。这块殖民地成了不列颠忠实的儿女。英国的历史就是巴巴多斯的历史,或者说英国重要的历史时期巴巴多斯也有。"② 对于正在学校接受教育的学生来说,想要勾勒自己民族的历史是困难的,他们无从了解自己民族的文化传统,当然也就谈不上继承这种传统。"当被奴役和被贩卖的历史被帝国的健忘症适时地忘掉后,这些孩子必须从那些杂乱无章的材料中勾勒出自己的历史。……学校里的老师对孩子们振振有词,'人们谈论奴隶是很早以前了,跟女王无关,因为她还太年轻,而且这与巴巴多斯人也无关。这儿从没有人做过奴隶。老师如是说。这些事发生在世界上其他的国家。绝对没有发生在小英格兰'。奴隶制历史的详情在这些奴隶们后代的教科书里被删除了。"③ 相反,关于帝国的毁谤和掠夺的作品成为学生的必修课。通过在孩子的记忆中

---

① [法]费朗兹·法农:《全世界受苦的人》,万冰译,译林出版社,2005年版,第15页。
② [加]戴安娜·布莱顿、[澳]海伦·蒂芬:《西印度群岛与澳大利亚文学比较》,载[英]巴特·穆尔·吉尔伯特等:《后殖民批评》,杨乃乔、毛荣运、刘须明译,北京大学出版社,2001年版,第297页。
③ [加]戴安娜·布莱顿、[澳]海伦·蒂芬:《西印度群岛与澳大利亚文学比较》,载[英]巴特·穆尔·吉尔伯特等:《后殖民批评》,杨乃乔、毛荣运、刘须明译,北京大学出版社,2001年版,第298页。

植入大英帝国的历史，殖民主义者想要完全置换掉他们关于本民族的历史记忆，使得他们脱离自己的民族传统，同时掩盖殖民主义的罪恶，继续在前殖民地国家培养一代又一代的顺民。帝国主义的历史书写将殖民地的民族历史拦腰斩断，使得这些民族原本可能按照自己的文化发展模式前进的梦想化为泡影，他们毫无选择，只能用西方的历史发展模式替换自己的模式。

如果说欧洲中心主义是"披在过去身上的一件思想体系的外罩，试图遮掩地方相互作用的复杂情况"的话，那么，后殖民主义则意图"提出一种揭去外罩的方法，还原那个复杂真实的过去"①。有许多的历史学家和学者对于以线性、理性和进步作为理论基础的西方中心主义历史观早就有所警觉并不遗余力地对之加以揭露。他们对"无所不知的现代性主体（无论个人还是民族国家）以理性凌驾于自然与文化，过去与现在的非理性"②都持批判态度。

英国牛津大学教授罗伯特·扬在《白色神话：历史写作与西方》(White Mythologies: Writing History and the West) 一书中，梳理出一条西方学术界在历史书写上所反映出的整体化和单一化的西方中心主义观念以及如何对这一观念进行突破的路径。罗伯特·扬将源头追溯到黑格尔和马克思，在他看来，黑格尔在《历史哲学》中将自己的历史观表露无遗：理性和进步的观念是支撑人类社会发展的动力，同时也是区分不同社会模式自由与否的标志，西方在这种对比区分中脱颖而出，成为理性的集大成者。而马克思将非西方的历史归为"亚细亚生产方式"，同时认为英国在印度的殖民统治会促进印度的发展，其实这仍然继承了黑格尔的思维方式。马克思相信的是一种历史的普遍性，这种大历史的观念仍然有明确的西方与非西方的区分。第一次世界大战以后，德国的法兰克福学派致力于追踪法西斯与启蒙理性传统之间的关系；而法国的学者则将研究的范围拓展得更宽泛一些，他们聚焦于产生法西斯主义症状的文化机制。在马克思之后的西方马克思主义者如萨特和卢卡奇等，仍然延续了马克思的大历史对于单一历史和整体历史的观念。阿尔都塞

---

① [美]阿里夫·德里克：《后革命氛围》，王宁等译. 中国社会科学出版社，1999年版，第157页。

② [美]杜赞奇：《后殖民史学》，王宪明等译. 社会科学文献出版社，2003年版，第93页。

对此提出了批评，他认为历史充满了断裂和突变，是非持续的、彼此区别和非整体化的，在他看来，历史不是总体的，也无所谓中心。

阿尔都塞的学生福柯对理性的批判性反省为后殖民理论建立有关反西方中心主义的历史观提供了理论支持。福柯在《疯癫与文明》等书中，通过近代以来因为理性与非理性的划分导致精神病患者被置于隔离状态，再也无法享受天伦之乐的例子，旨在说明西方人为了突出理性的普遍性，人为地将人类社会中非理性的部分排除在外，由此揭露理性的负面作用。福柯指出："在殖民主义时代结束的今天，启蒙运动让我们质问西方：为什么它的文化、科学、社会组织最终包括它的理性自身能够声称具备普遍的正确性？这是否是一种与经济控制和政治霸权相关的幻象？"[①] 福柯"质疑了启蒙主义所声称的其价值观的普遍性的观念"，揭露了"启蒙主义、宏大叙述以及自诩的普遍真理与欧洲殖民主义历史之间的联系"[②]。而事实上，福柯的追问已经将理性和科学这样的学术概念与权力和压迫联系在一起，揭露了知识与权力之间的关系，这直接启发了后来萨义德的《东方学》的写作。

对于欧洲中心主义的历史编纂观与殖民主义话语和帝国主义话语之间的共谋关系，萨义德指出："就特别意义上的东方主义和一般意义上的欧洲关于其他社会的知识而言，历史主义意味着同人类结合的人的历史要么以欧洲或西方的制高点而告终，要么从欧洲或西方的优越位置加以考察。"[③] 在继《东方学》之后推出的《文化与帝国主义》一书中，萨义德详细论述了殖民者如何通过文化的手段合法化自己的行为，注重历史书写，而且总是将殖民地的历史书写为文明教化的历史。

印度的庶民研究小组是在对西方以人类历史的普遍性和一致性为基础的历史书写模式进行反抗和批判的研究中不能绕过的学术团体。美国知名思想史家和史学专家格奥尔格·伊格尔斯（Georg G. Iggers）在《二十世纪的历史学：从科学的客观性到后现代的挑战》一书的新版后

---

① Robert Young, *White Mythologies*: *Writing History and the West*. London and New York: Routledge, 2004, p. 40.

② Robert Young, *White Mythologies*: *Writing History and the West*. London and New York: Routledge, 2004, p. 41.

③ [美] 萨义德：《东方主义再思考》，曹雷雨译，载罗钢、刘象愚：《后殖民主义文化理论》，中国社会科学出版社，1999年版，第15页。

记"21世纪的回顾"里,称庶民研究是非西方抵制单向流动的西方社会科学的一个"例外",认为它"在后现代主义对于西方现代性的批判中,参与了西方的对话"①。在《庶民研究》第一辑的开篇,主编拉纳吉特·古哈就明确了庶民研究针对的问题是印度近现代历史研究中的两种精英主义:"印度民族主义的史学研究长期被精英主义主宰着,这种精英主义包括殖民主义者的精英主义和资产阶级民族主义者的精英主义。在殖民主义者和新殖民主义者的史学中,这些成就被认为是英国殖民统治者、主管、政策、制度和文化教育的产物;而在民族主义者和新民族主义者的史学著作中,这些成就被认为是印度的精英人物、制度、活动和思想的产物。"②殖民统治者的历史书写源自西方中心主义的历史话语,体现了殖民主义的权力等级结构;而印度本土精英又将这种结构复制到本土的社会制度和国家结构中,他们的历史书写也就不过是重复了这种二元对立模式的历史话语,在某种程度上反而使得这种历史观念更加普遍化,宗教等级观和种族优劣论充斥着他们所编纂的本民族的历史文本,处于社会底层的庶民的历史主体性和历史经验被淹没在精英的叙述结构中。因此,庶民研究小组的工作就是返回到历史档案中,找出矛盾、模糊和出现裂隙之处,寻找重新书写历史的依据,确立庶民作为历史主体的在场,恢复他们的历史主体性和能动性。

作为庶民研究的主编之一,迪普希·查克拉巴蒂(Dipesh Chakrabarty)的研究比较具有代表性。在查克拉巴蒂看来,欧洲在印度殖民统治的结果是使得西方中心主义的历史观念和知识传统成为印度绝大部分甚至可能是全部的历史研究学者研究的材料,而且渗入到日常的实践中,甚至于印度政府的大多数制度性行为都是在践行西方历史主义的观念。"印度宪法明显地以重复某些普遍的启蒙主义主体为开端。"③他进而指出:"就历史的学术话语也即大学机制中产生的'历史'而言,'欧洲'是所有历史——包括我们称之为'印度''中国'

---

① [美]格奥尔格·伊格尔斯:《二十世纪的历史学:从科学的客观性到后现代的挑战》,何兆武译,山东大学出版社,2006年版,第208页。
② [印度]拉纳吉特·古哈:《论殖民地印度史编纂的若干问题》,载刘健芝、许兆麟:《庶民研究》,中央编译出版社,2005年版,第4页。
③ [印度]迪普希·查克巴拉蒂:《边缘化欧洲的构想》,吴晓佳译,载《国外理论动态》,2008年第7期。

'肯尼亚'等在内的历史——的至高无上的理论'母题。'"① 也就是说，欧洲中心主义的历史观使得所有欧洲之外的地方的历史都成为欧洲历史的元叙述变体，只有具备欧洲历史特征的叙述类型才会被认为是高级的。在欧洲历史所设定的标准模式的参照之下，其他任何类型的历史结构都不可避免地沦为低级和平庸。历史主义和历史书写相互勾结，维持着超现实欧洲的支配性地位。因此，他呼吁将欧洲历史边缘化。在他著名的《边缘化欧洲》一书中，他批判了作为一种关于历史的特定思维方式的历史主义。"这是一种关于历史的思维模式，在这种思维模式中，人们假设，任何处于研究之中的客体在其整个存在过程中保持着某种程度的概念统一性，并在长期历史发展中得到全面展开。"② 查克拉巴蒂并不是要反对具有普遍性的历史主义本身，而是想要指出在普遍性之外尚有具体性和特殊性存在的可能，从而将后殖民国家的历史从欧洲历史的话语中解放出来。平等的历史应该是根据自己的标准而对历史时期和历史人物的公正评价，而不是根据普遍的进步叙事的标准，也就是西方的标准。

　　印度裔的美国学者杜赞奇（Prasenjit Duara）是一位研究中国近现代历史的专家，也被称为后殖民史学的代表。在他著名的《从民族国家拯救历史》一书中，杜赞奇首先分析了黑格尔、马克思和韦伯的历史叙述，并对他们的线性的、进步的、因果论的历史观提出批评，继而指出民族——国家的概念不仅是西方启蒙历史观影响之下的结果，而且它们结合起来的主导叙事结构把持着民族历史书写的主导权，压制和遮盖着其他叙事结构的存在，使得历史在权力的管控之下被利用和塑造为一种单一的表达和单一的真相。杜赞奇因此提出了"复线历史"（Bifurcated History）的概念来代替线性历史观。所谓"复线历史"是"一种试图既把握过去的散失又把握其传播的历史"③。这种观念为长期以来由线性史观所把持的历史编纂提供了另外一种解释的可能，一种多元化、多

---

① ［美］杜赞奇：《后殖民史学》，王宪明等译．社会科学文献出版社，2003年版，第95页。
② ［印度］迪普希·查克拉巴蒂：《为〈边缘化欧洲〉而辩——对卡罗拉·迪策的回应》，武锡申译，载《国外理论动态》，2010年第5期。
③ ［美］杜赞奇：《从民族国家拯救历史》，王宪明等译．社会科学文献出版社，2003年版，第39页。

层次的叙述结构，历史由此成为多种观点的竞技场，每一种观点既有可能相互排斥又有可能相互补充，共同书写历史的真实。因此，历史的真相在于其多元性、丰富性和不确定性，在于其接受被解释和被建构的可能性，而不会是由某个权力机构所武断地宣称的对于历史真相的垄断。杜赞奇在该书的前言部分说得很明确："本书的目的不是为了找回未被污染的、原始的中国史，而是为了确定一个场所，在那里，多层次的叙述结构或是在摄取历史之真或是在同历史之真挣扎，而历史之真除了通过叙述象征以外是不可得知的。"[①]

彼得·凯里对凯利帮历史的重写，致力于将自己的历史书写塑造成真正真实的历史，瓦解殖民当局所谓的关于内德·凯利及其凯利帮的正史叙述。

在彼得·凯里的极力营造之下，《凯利帮真史》从形式到内容都与一般的历史文献极其相似，制造了一种几近完美的真实的假象，精心建构了内德·凯利的"真实"历史。内德·凯利及其领导的凯利帮被澳大利亚官方钦定为冷酷嗜血的杀人犯。彼得·凯里的写作无疑是在与官方的历史针锋相对，为历史人物翻案。小说从标题（*True History of Kelly Gang*）开始就强调自己的历史书写才是独一无二的真实历史，主要章节均采用主人公内德·凯利的第一人称叙述，以他本人的十三封手写稿书信串联起整个故事，使得小说更像是一本内德·凯利的个人自传。另外，小说封面的照片、扉页上标明凯利帮生活和活动过的地区的地图，以及每个章节开头部分对手稿纸张状况的详细描述搭建起一份关于凯利帮的真实历史的完美叙述。从形式到内容、从编排到结构，小说处处强调它对真实历史的书写，其目的是对帝国殖民者的历史书写进行反书写，揭示帝国历史书写的欺骗性和虚假性。作者之所以如此强调自己的历史书写才是唯一真实的历史版本，是因为内德·凯利短暂的二十六年人生都是生活在谎言和欺骗中：殖民当局的警察将反抗地主的压迫和剥削的内德·凯利的父亲污蔑为暴徒、一个穿花裙子的同性恋；殖民地的司法机关鼓励伪证、罗织罪名；以报纸为代表的大众传播媒介竭尽

---

① ［美］杜赞奇：《从民族国家拯救历史》，王宪明等译．社会科学文献出版社，2003年版，第14页。

所能丑化和妖魔化内德·凯利和凯利帮。这一切使得内德·凯利决心将自己的经历写下来，书写一份与官方说法不同的历史版本，并渴望他的书写能让澳大利亚公众得知真相，为自己洗脱罪名。只是到他离世，他的愿望也未能实现，他的声音、所有被殖民统治者压制的澳大利亚人的声音，被淹没在帝国历史书写的宏大叙事中。因此，彼得·凯里的历史书写其实是在恢复内德·凯利的声音，恢复历史的真实面目，审视和纠正澳大利亚的殖民历史，解构被官方肆意扭曲的历史文本。

"这些民族主义的文本，作为一个民族的叙述，个人的叙述，社会群体的叙述，以及民族历史的具体素材，个人经历和地方斗争的记录等，它们反过来又能对殖民主义话语的'宏大叙述'（grand recite），对它那大包大揽的修辞形象，起到一种釜底抽薪的颠覆作用。"①

## 第二节　凯利帮的真实历史

在澳大利亚的历史上，内德·凯利是个有争议的人物。从凯利帮与殖民当局对抗以及后来内德·凯利被绞刑处死开始，澳大利亚官方一直将他和他领导的凯利帮盖棺定论为暴徒、强盗、盗马贼和杀人犯，并且通过学校教育试图让这种定论在一代代澳大利亚人心中生根。不过在民间，内德·凯利和凯利帮的故事却是另外一番景象。一百多年来，关于他们的故事频繁地被澳大利亚本土的艺术家征用为主题进行艺术创作。据统计，从1906年拍摄第一部关于凯利帮的电影至今，已经有至少十部相关的电影完成拍摄。另外还有两部芭蕾舞剧、一部音乐剧、一百五十多部传记和小说以及著名画家悉尼·纽伦（Sidney Nolan）的著名风景组画《丛林中的凯利》，凯利帮甚至走上了2000年悉尼奥运会的开幕式，俨然成为澳大利亚民族的象征与荣耀。在第二次世界大战与日本的战争中，澳大利亚军队中曾经出现过关于内德·凯利的打油诗，并且一度十分流行：

---

① ［英］艾勒克·博埃默：《殖民与后殖民文学》，盛宁、韩敏中译，辽宁教育出版社，1998年版，第219页。

Ned Kelly was a gentleman,
Many hardship did he endure.
He battled to deprive the rich,
Then give it to the poor.
But his mode of distribution
Was not acceptable to all,
Through backed by certain gunmen
Known as Gilbert and Ben Hall.

I think it was a pity
They hanged him from a rope.
They made Australian history
But they shattered Kelly's hope.
If they'd sent him into Parliament
His prospects would be bright.
He'd function for the masses
If not for the elite.

在不同的艺术作品中，内德·凯利被塑造成不同的形象：高尚的丛林英雄、冷酷嗜血的杀人犯、善良的亡命匪徒、偷盗成性的盗马贼、劫富济贫的绿林好汉、反对殖民压迫的自由斗士等。而无论是官方还是民间的艺术创作，都宣称自己描述的内德·凯利是最真实的。

艾勒克·博埃默认为："对于殖民地的人民来说，讲述历史就意味着一种掌握和控制——把握过去，把握对自己的界定，或把握自己的政治命运。……有了历史和历史的叙述，他们就获得了进入时间的入口。他们被表现为掌握了自己生命进程的主人。"① 被殖民主体的历史书写是对帝国书写的修正和补充，以一个具有对抗性的书写角度和叙述方式，消解帝国书写的权威性和单一性，重构历史叙述话语。将本土历史人物作为历史书写的主角，强调他们是自己历史的主人，而不是被动的

---

① ［英］艾勒克·博埃默：《殖民与后殖民文学》，盛宁、韩敏中译，辽宁教育出版社，1998年版，第224页。

旁观者和殖民主体的牺牲品,他们所进行的战斗,有成功也有失败。而他们正是在这样艰难的探索中尝试掌控自己民族的命运,重新成为自己土地的主人。《凯利帮真史》的后殖民历史书写,正是作者彼得·凯里"为了取代殖民主义的叙事俗套,从反抗殖民主义势力、取得军事胜利的故事中,从对那些不屈不挠、自主自立的领袖们的描述中,去寻找各种证据"[①]的尝试。

彼得·凯里竭尽所能,使《凯利帮真史》从形式到内容都与一般的历史文献极其相似,一般无二。他故意混淆真实和虚构之间的界限,混淆历史与小说之间的界限,制造了一种几近完美的真实的假象。长期以来,文学与历史之间的界限是泾渭分明的,文学被当作想象力的表述,而历史则是过去发生的事实的权威收集者和记录者,历史文本是过去发生的事实的直接的、真实的呈现。正是这样的区别使得历史作品获得了更多的科学性和客观性的赞誉。美国著名学者海登·怀特(Hayden White)在他的代表作《元历史》中,通过论述所有历史作品的深层结构都是"诗性的",是虚构想象加工的产物,从而使得历史话语与文学话语之间的界限被打通。在《作为文学虚构的历史本文》一文中,他进一步阐述了文学和历史的可通约之处在于它们的叙事模式、它们的解释世界的方式都是一样的。"事件通过压制和贬低一些因素,以及抬高和重视别的因素,通过个性塑造、主题的重复、声音和观点的变化、可供选择的描写策略,等等——总而言之,通过所有我们一般在小说或戏剧中的情节编织的技巧——才变成了故事。"[②] 如此看来,《凯利帮真史》挑战文学与历史的界限就有了理论支撑,也正因如此,彼得·凯里以小说的形式重新书写被殖民话语湮没和阉割的历史,还原被殖民主体的声音的尝试也就更加具有说服力。取材于历史而构造自己的情节,作者精心建构了内德·凯利的"真实"历史。

首先,作者将小说的标题拟定为"True History of the Kelly Gang"。用"true"修饰"history"似乎有些画蛇添足之嫌,却是作者

---

① [英]艾勒克·博埃默:《殖民与后殖民文学》,盛宁、韩敏中译,辽宁教育出版社,1998年版,第221~222页。

② [美]海登·怀特:《作为文学虚构的历史本文》,载张京媛:《新历史主义与文学批评》,北京大学出版社,1993年版,第163页。

刻意为之。取消不定冠词"a"和定冠词"the"的修饰，因为无论是"a true history"，还是"the true history"，都意味着还有另外的凯利帮历史表述的版本，只有"true history"才是真正独一无二的真史，尽管在此之前已经有超过一百多部相同题材的传记和小说作品。

其次，《凯利帮真史》采用了很多后殖民文学反写历史的形式——生活写作（Life Writing）。生活写作是一种兼容了小说的虚构性和传记的真实性的文体，主要以个人生活为题材，涵盖传记、自传、日记、书信、回忆录、家史和小说等元素，以个人或家庭的"小历史"见证人类社会的"大历史"。《凯利帮真史》的主要章节均采用主人公内德·凯利的第一人称叙述，以他本人的十三封手写稿书信串联起整个故事，使得小说更像是一本历史人物自传。内德·凯利所叙述的历史既包括自己的成长经历，也包含凯利帮从成立到最后被殖民当局绞杀的历史，内德·凯利个人的思想观念和感受在小说中处处可见，很难分辨到底是作者的杜撰还是真实的历史，这进一步削弱了小说的虚构性。小说的叙述手法是追溯过去发生的事，也就是说，小说记述的是个人记忆中的历史。个人的生活历史与民族的历史联系在一起，个人的生命历程成为民族历史的典型代表，个人的遭遇"被作为寓言加以展开或加以简化，成为经验教训的实例，这都可以成为解放事业理想的结晶和升华"①。个人的历史由此成为民族历史的一部分，也就是澳大利亚反抗殖民统治的历史的一部分。

最后，小说的英文版封面是一张内德·凯利一家的合影，黑白照片上凯利的母亲怀抱着一个婴儿，围绕在她身边的是个头高低不等的几个孩子，他们都穿着那个时代的衣服，背后是那个时代澳大利亚农家典型的小木屋。照片的内容加上照片本身有几分模糊不清都增加了其可信度。翻开小说的第一页是一张地图，标明了凯利帮生活和活动过的地区。小说的主要部分由"十三本污渍斑斑、折了角的""内德·凯利亲笔书写，字体颇为特殊"②的书信组成。这十三封信构成了小说的十三个章节，每章开头的部分均有关于手稿纸张状况的详细描述，例如第一

---

① ［英］艾勒克·博埃默：《殖民与后殖民文学》，盛宁、韩敏中译，辽宁教育出版社，1998年版，第225页。
② ［澳］彼得·凯里：《凯利帮真史》，李尧译，人民文学出版社，2004年版，第2页。

# 逆写的文学：
## 布克文学奖的后殖民小说研究

章的开头写道："印着国家银行字样的信头。几乎可以肯定，这些信笺是一八七八年十二月从国家银行尤罗阿分行拿来的。共有四十五页，中等大小（大约8英寸×10英寸）。上端有孔，那是当初粗略地装订到一起时留下的。信纸很脏。"① 除了这十三封信之外，在小说的开始和结尾各有一篇凯利帮被歼灭和内德·凯利被俘获及被处决的第三人称记述。开始的那篇为"墨尔本公共图书馆收藏的历史资料（第10453卷）。没有日期，没有签名，均为手书"②。结尾的十二页的小册子收藏在"悉尼米切尔图书馆。它的内容与墨尔本图书馆手写本（第10453卷）一致。作者身份仅根据姓名的首写字母得以确认"③。之后是出版社和出版时间。在书后的感谢词里，作者还特意说明，有关本书的事实来自他本人的调查研究和有关的历史叙述文本。

从形式到内容、从编排到结构，《凯利帮真史》处处强调它对真实历史的书写，其目的是对帝国殖民者的历史书写进行反书写，揭示帝国历史书写的欺骗性和虚假性。

博埃默指出："帝国的文本暗示了这样一种情况，即一个建立在数百万生命代价之上的世界体系，是怎么凭借着神话和喻象使自己合法化，而同时又把其中所包含的苦难掩盖起来。所以，关于殖民活动的文字有其特别的重要性，它揭示了那个世界体系如何把其他民族的沦落视为当然，视为该民族与生俱来的堕落而野蛮的状态的一部分。但由于一切都归于僵化的类型定式，对于本土人的描述往往就掩盖了他们的动因、多样性，他们的抵制、想法和声音。"④ 帝国的历史叙述将殖民前的历史形容为人类最黑暗的长夜，他们关于殖民地的历史书写弱化和贬低了殖民地人民的历史，否定殖民地国家的历史性，将殖民地书写为一个缺乏发展原动力的地方，时间停滞、没有历史前进的轨迹，也没有社会变化。"殖民主义并非仅仅满足于对被统治国家的现在和未来实施统治。仅仅把一个国家的人民握在掌中并把本土人脑中的一切内容掏空，

---

① ［澳］彼得·凯里：《凯利帮真史》，李尧译，人民文学出版社，2004年版，第3页。
② ［澳］彼得·凯里：《凯利帮真史》，李尧译，人民文学出版社，2004年版，第2页。
③ ［澳］彼得·凯里：《凯利帮真史》，李尧译，人民文学出版社，2004年版，第431页。
④ ［英］艾勒克·博埃默：《殖民与后殖民文学》，盛宁、韩敏中译，辽宁教育出版社，1998年版，第22页。

殖民主义并不满足。出于一种邪恶的逻辑，殖民主义转向被压迫人民的过去，歪曲、丑化、毁坏他们的过去。"① 在大英帝国关于澳大利亚的历史书写中，澳大利亚的历史是从库克船长"发现"澳洲开始的，土著人被描写成卑鄙的敌人，被押送到澳洲大陆的爱尔兰人则是英国殖民统治的政治犯，是被英国社会所遗弃的流亡者和囚犯，因此，他们全都无权拥有自己的历史。澳大利亚的历史只不过是英国光荣历史篇章中的一章，是殖民探险者的伟大征服之旅，充满着对英帝国辉煌的殖民开拓史的眷恋。

小说的开篇，内德·凯利在写给从未谋面的女儿的第一封信的开头写道："我十二岁那年，父亲去世。我深知在谎言和沉默中长大是什么滋味儿。……这是我留给你的历史，没有一句谎言。倘若我对你说了假话，我会在地狱里被烈火烧成灰烬。"② 他言之凿凿地强调自己所叙述的内容才是真实的历史，强烈地暗示了帝国历史书写的虚假性。

在"谎言和沉默"中长大的内德·凯利生平遭遇的第一桩谎言是关于自己的父亲。他的父亲是个爱尔兰流放犯，被英国殖民当局关押在澳大利亚的范迪门地（今塔斯马尼亚岛），出狱之后来到澳洲大陆，与凯利的母亲结婚，在一个名叫唐尼布鲁克的小镇安顿下来。在了解凯利父亲经历的当地警察的眼里，"他生来就是个罪犯，职业就是犯罪，婚姻也改变不了他的本性"③。他们想方设法地寻找他犯罪的罪证却一无所获。警官奥尼尔在调戏凯利的母亲被拒绝之后，宣称要给他们讲述一个"胆小鬼的历史"，因为"每个孩子都应该知道自己的历史，这很重要"④。他称凯利的父亲为"某某人"或者"一个我不愿透露姓名的人"，将他描述成一个因为被地主拒绝继续租种土地而聚众谋反的暴徒，残忍地烧死地主一家并出卖同伴、一个穿花裙子的同性恋者。奥尼尔警官的叙述维护和巩固了大英帝国关于爱尔兰流放犯的官方叙述：爱尔兰人不过是二等公民和低级罪犯，他们恶贯满盈、鲁莽愚钝，与文明作

---

① ［法］艾梅·塞萨尔：《关于殖民主义的话语》，载［英］巴特·穆尔·吉尔伯特等：《后殖民批评》，杨乃乔、毛荣运、刘须明译，北京大学出版社，2001年版，第162页。
② ［澳］彼得·凯里：《凯利帮真史》，李尧译，人民文学出版社，2004年版，第3~4页。
③ ［澳］彼得·凯里：《凯利帮真史》，李尧译，人民文学出版社，2004年版，第7页。
④ ［澳］彼得·凯里：《凯利帮真史》，李尧译，人民文学出版社，2004年版，第9页。

对、向法律挑战。直到多年以后，通过爱人凯丽的叙述，内德·凯利才知道在爱尔兰民族的历史上，穿花裙子是爱尔兰人精神反抗的象征，父亲正是以穿花裙子的方式表达他沉默的反抗。谎言给尚处在孩童时代的内德·凯利带来的伤害是永久性的，他从此成为精神上的孤儿："警察的'故事'就像肝吸虫的卵，深深地埋藏在我的记忆之中。随着年龄的增长，这条虫子在我心里越钻越深，越长越大。"①"我戳穿了父亲的秘密，他……永远失去我心目中崇高的地位，甚至连他本该有的位置也不复存在。"②

在成长的过程中，内德·凯利一再遭遇谎言和栽赃陷害。

警察霍尔以欺骗的手段将他骗下马，仗着手里的枪将他捆绑起来，污蔑说他骑的马是偷来的，因此逮捕他。之后在法庭上，警察编造了一个又一个的谎言指控他："霍尔声称，他从《警察通报》上获悉我骑的那匹马是偷来的。可是事实上，直到四月二十五日，警察局才发出这样的通报，比霍尔企图杀死我晚五天。""他们在法庭上指控我盗马。可笑的是，那匹马被盗的时候，我还在比屈沃思监狱服刑。"③ 最后，法庭以窝藏盗马罪判了他三年苦役，而真正偷马的人却只被判了十八个月的监禁，"至于霍尔，虽然法庭认定'蓄意谋杀'，可是他没有受到任何惩罚，只是把他调到了另外一个地区工作"④。

弟弟丹和朋友斯蒂夫·哈特偷了古德曼太太的裙子，这使得内德·凯利非常生气，决定自己亲自送回。在古德曼太太的家里，他遇到警察菲兹帕特里克，警察没有付账就将内德·凯利打算送回的两条裙子带走了，凯利也与他一同离开，将古德曼太太"丢弃"在家里。这次"丢弃"令古德曼太太怀恨在心，随后将凯利帮告上法庭，说他们"夜入民宅，蓄意强奸，偷鸡摸狗"。当地的《比屈沃思广告报》也发表了混淆是非、颠倒黑白的报道："许多年来，格瑞塔附近地区住着一帮小流氓。他们从小就游手好闲，打架斗殴，偷鸡摸狗，在邻里间不断制造麻烦。他们中的某些人虽然因为盗马——对于他们来说这是轻车熟路，小菜一

---

① [澳] 彼得·凯里：《凯利帮真史》，李尧译，人民文学出版社，2004年版，第11页。
② [澳] 彼得·凯里：《凯利帮真史》，李尧译，人民文学出版社，2004年版，第20页。
③ [澳] 彼得·凯里：《凯利帮真史》，李尧译，人民文学出版社，2004年版，第202页。
④ [澳] 彼得·凯里：《凯利帮真史》，李尧译，人民文学出版社，2004年版，第203页。

碟——而被判入狱，刚刚刑满释放，但是星期日又故技重演，为非作歹，扰乱治安。"① 而事实上，被《比屈沃思广告报》形容为"从小就游手好闲，打架斗殴，偷鸡摸狗，在邻里间不断制造麻烦"的内德·凯利在小学的时候，为了当"有史以来最棒的班长"，每天早晨第一个到学校，把所有同学当天要使用的白瓷墨水池刷洗干净，再重新放回每一张课桌放墨水池的槽里。不仅如此，他还奋不顾身跳进冰冷湍急的河水中救起溺水的小伙伴，将他背回家。小伙伴的母亲称他为"上帝派来的天使"，"是世界上最好、最勇敢的孩子"；父亲逢人便夸他的见义勇为，并且为他制作了一条长长的孔雀绿的绶带，上面绣着感谢他的金字。可见，凯利从小是一个善良、正直、勇敢的孩子，是具备优秀品质的爱尔兰男孩的杰出代表。

只有殖民当局才有权力书写澳大利亚的历史，由他们掌控的监狱、法庭、警察和传播媒介全面把持着历史书写的权力。美国学者小约瑟夫·S.奈（Joseph S. Nye Jr.）将权力分为硬权力和软权力两种，并且认为，软权力比硬权力"更少强制性、更趋无形化"②。根据这种划分方式，殖民统治也可以分为硬权力殖民和软权力殖民两种方式：以具有强制力的国家机器为后盾的警察、司法、监狱等器物层面的硬权力的殖民统治和通过媒体、教育、科技、信息等无形资源的具有同化力的意识形态和文化价值观的渗透。英国社会学家约翰·B.汤普森（John B. Thompson）在《意识形态与现代文化》一书中详尽地分析了意识形态与大众传播之间的关系，认为"意识形态被视为一种'社会胶合剂'，而大众传播则被看作一种涂抹黏胶的特别有效的机制"③。大众传播作为社会控制的新机制，统治集团的思想可以通过这种机制得到宣传和扩散，通过它来操纵和控制从属集团的认识。而大众传媒的这种作用早在殖民统治时期就为统治者所利用，成为维持殖民统治的有效系统，以及制造和传播维护殖民统治的象征形式。殖民压迫最重要的特点不是控制被殖民者的生命、财产乃至语言，而是控制传播工具。统治阶级可以利

---

① ［澳］彼得·凯里：《凯利帮真史》，李尧译，人民文学出版社，2004年版，第248页。
② ［美］约瑟夫·S.奈：《硬权力与软权力》，门洪华译，北京大学出版社，2005年版，第107页。
③ ［英］约翰·B.汤普森：《意识形态与现代文化》，高铦译，译林出版社，2005年版，第3页。

用其媒体，如报纸、电台、电视台掩盖其罪恶。澳大利亚殖民当局利用国家机器，尤其是警察、法庭、监狱等任意污蔑诽谤内德·凯利及其家人和凯利帮，剥夺他们言说真实历史的权利。以菲兹帕特里克为代表的殖民警察为非作歹、罗织罪名、陷害无辜，与司法机关沆瀣一气，串通起来维护谎言、鼓励伪证。"整个殖民地将看到，这个社会没有公平可言。这个国家就是由狱吏看守着的一座大监狱；和过去相比，它并没有更多的公平与自由。"① 同时，他们还利用对报纸、杂志、书籍等传播媒介的控制，竭尽所能丑化和妖魔化内德·凯利和凯利帮，向公众传达完全错误的信息。

内德·凯利与爱人凯丽久别重逢，却发现凯丽对他的态度有所改变，追问之下，凯丽拿出了一卷报纸。"报纸上画着一个魔鬼似的人。……这幅画的题目叫《写真》。可是作者并没有'写真'。他不满足于表现我这副尊容天生的缺陷，非要把鼻梁两边的眉毛连到一起，把我的嘴唇扭歪，创造出一个'旷古未有的恶魔'。这些版画的作者都是些胆小鬼。他们的牲畜不曾被政府没收，家人不曾被诬陷入狱。他们唯一的目的就是让那些从来没有见过我的人，把我当成一个可怕、可恨的魔鬼。"② 报纸上还另外有一篇文章，大字标题是"警察在桉树湾惨遭杀害"，作者将凯利帮称为"爱尔兰疯子"，"说我把肯尼迪中尉大卸八块，说我打死他之前割了他的耳朵，还说我强迫三个同伙朝警察的尸体开枪，让他们和我一起分担罪责"。③ 为殖民当局所控制的报纸的报道充满了谎言和欺骗，事实的真相是警察菲兹帕特里克调戏和侮辱内德·凯利的母亲和妹妹，凯利忍无可忍开枪把他打伤，之后他和凯利帮被警察追捕，母亲被捕入狱。为了将他们一网打尽，警察甚至动用了当时最先进的武器——一支口径为0.52英寸的斯宾塞连发步枪。双方在交火中，凯利出于自卫开枪射杀警察，警察肯尼迪受了重伤，"我知道他完了，便想尽量把他弄得舒服一点"④。肯尼迪要求给自己的妻子留下遗言，"我从他的上衣口袋里掏出一个笔记本。本子上沾满鲜血，我设法撕下

---

① ［澳］彼得·凯里：《凯利帮真史》，李尧译，人民文学出版社，2004年版，第379页。
② ［澳］彼得·凯里：《凯利帮真史》，李尧译，人民文学出版社，2004年版，第327页。
③ ［澳］彼得·凯里：《凯利帮真史》，李尧译，人民文学出版社，2004年版，第327~328页。
④ ［澳］彼得·凯里：《凯利帮真史》，李尧译，人民文学出版社，2004年版，第306~307页。

几页干净的纸，连同一支铅笔一起递给他。他写完之后，我对他说，非常抱歉，这种歉意他是无法理解的。'你是个勇敢的人'，我说"①。因为不忍心看他继续在痛苦中煎熬，凯利一枪结束了他的生命。疾恶如仇的内德·凯利不仅爱自己的母亲和兄弟姐妹，爱自己的同胞和伙伴，而且即便是对与自己为敌的殖民警察，他内心的善良本性也并未泯灭。

"桉树湾事件"让内德·凯利认识到澳大利亚公众对他和凯利帮的误解甚深，极度渴望有机会洗脱"罪名"。他非常清楚他的故事正在被那些控制着传媒的人所歪曲，他要为自己寻觅一个申诉的机会，书写一份与官方说法不同的历史版本。他在《墨尔本先驱报》上读到国会议员唐纳德·卡梅伦质问总理是否调查过凯利帮暴动的原因的报道，这看似客观的说法触动了凯利，他寄希望于卡梅伦能设法调查真相，还他们以清白，释放母亲。在爱人凯丽的鼓励之下，他开始将凯利帮如何走上官逼民反的道路如实写来，"漫漫长夜，我一直奋笔疾书"②。信寄出之后，凯利一直焦急地等待着，"一心盼望着卡梅伦议员能对我们的信件做出反应。……那两封信在国会讨论这个议案的时候，一定会帮他的忙。"③。但是残酷的现实很快证明了内德·凯利和他的凯利帮是多么的天真。"打开报纸，我一眼就看到，卡梅伦把我的信都拿给编辑们看了，可是没有一张报纸刊登这封信。相反，他们像傲慢的、令人讨厌的小学老师一样，大谈我写的东西文理不通，错字连篇。《墨尔本守卫者》把我称作'聪明的文盲'。另外一张报纸说我'充满病态的虚荣。'"④殖民者封堵了所有能让凯利申诉权利的渠道，否定了所有让他言说自身的可能性。凯利非常愤怒，他决定自己书写和印刷个人的家族史，"我要抢劫一个印刷所，自个儿印传单"⑤。"我认识到，如果你能把自己的故事如实地讲给澳大利亚人听，他们就会相信你。我似乎从来也没有如此清楚地看到这一事实。"⑥

接下来，他花了五天的时间重新写了一封长达五十八页的信，叙说

---

① ［澳］彼得·凯里：《凯利帮真史》，李尧译，人民文学出版社，2004年版，第307页。
② ［澳］彼得·凯里：《凯利帮真史》，李尧译，人民文学出版社，2004年版，第332页。
③ ［澳］彼得·凯里：《凯利帮真史》，李尧译，人民文学出版社，2004年版，第381页。
④ ［澳］彼得·凯里：《凯利帮真史》，李尧译，人民文学出版社，2004年版，第382页。
⑤ ［澳］彼得·凯里：《凯利帮真史》，李尧译，人民文学出版社，2004年版，第383页。
⑥ ［澳］彼得·凯里：《凯利帮真史》，李尧译，人民文学出版社，2004年版，第376页。

# 逆写<sub>的</sub>文学：
## 布克文学奖的后殖民小说研究

了早年在警察和政府的迫害与虐待下的生活。他把信藏在身上，"万一我被打死，世人也能因此而知道我的冤屈"①。他找到《杰瑞尔德瑞报》的主编盖尔，希望他能帮他印刷五百份他的"真史"，依然怀抱着"把真实真相刊登出来，我的母亲就能走出监狱的大门"②的天真梦想。但是盖尔夫妇出卖了他，把他的五十八页的长信送到了警察局，"从古到今，一个搞印刷出版的人，最神圣的职责就是把事实真相告诉世人。可他竟把这一切交给了真理的敌人"③。内德·凯利想要将真相公之于众的梦想再一次遭遇挫折，但他并未就此妥协。"我是一只蜘蛛，他们不可能阻止我织网"④。

在电闪雷鸣中，用油布雨衣遮住蜡烛和纸，内德·凯利再一次奋笔疾书。小学校长托玛斯·柯诺被凯利帮抓来作为与政府谈判时释放母亲的人质，他"诚恳地"哀求着说想读一读凯利正在书写的手稿。读完之后，他装模作样地夸奖说："非常有吸引力，读了让人振奋。只要做些小小的改动，就是大学教授看了，也会觉得无懈可击。"⑤并主动提出来要帮凯利修改语法错误。也许是柯诺的态度太具有迷惑性，或者是凯利想要将自己的历史公之于众的渴望太强烈，凯利再一次轻信于人，将重新写就的十三卷手稿托付给柯诺，柯诺承诺拿回家去修改凯利书写的个人历史。凯利这一次的轻信于人最终却招来杀身之祸，柯诺表现出的同情和理解不过是为了能让自己安全脱身。在被凯利帮释放之后，他转身向殖民警察供述了凯利帮的藏身之地。"就这样，他改写了历史。"⑥

内德·凯利至死都没有看到真史的公之于众，"我本来只想做一个安分守己的公民，并且希望表达我的这种想法，但我却被那些杂种剥夺了表达的机会。我要求公理和正义，他们却什么也不给"⑦。在短暂的二十六年人生中，他始终都是"谎言和沉默"的受害者，是殖民体制、阶级、司法制度的受害者。他数次以信件的方式想要书写真实的历

---

① ［澳］彼得·凯里：《凯利帮真史》，李尧译，人民文学出版社，2004年版，第386页。
② ［澳］彼得·凯里：《凯利帮真史》，李尧译，人民文学出版社，2004年版，第391页。
③ ［澳］彼得·凯里：《凯利帮真史》，李尧译，人民文学出版社，2004年版，第396页。
④ ［澳］彼得·凯里：《凯利帮真史》，李尧译，人民文学出版社，2004年版，第397页。
⑤ ［澳］彼得·凯里：《凯利帮真史》，李尧译，人民文学出版社，2004年版，第416页。
⑥ ［澳］彼得·凯里：《凯利帮真史》，李尧译，人民文学出版社，2004年版，第423页。
⑦ ［澳］彼得·凯里：《凯利帮真史》，李尧译，人民文学出版社，2004年版，第407页。

史——凯利家族遭受殖民压迫和司法不公的历史,纠正殖民报纸和司法体系对他的歪曲和丑化,揭发他们的谎言和阴谋,但是他的努力每次都以失败告终。真实的历史,在殖民地国家机器和殖民传播工具的共谋之下,被压制、被遮蔽、被掩盖、被贬损。他的声音、穷人的声音、被殖民者的声音,被淹没在帝国历史书写的宏大叙事中。

真实的历史终有得以重见天日的那一天,这是历史和人民做出的选择。告密者柯诺为警察成功剿灭凯利帮提供了重要情报而受到了政府英雄般的款待:"六个警察从家里直接护送到那辆专列,然后送到墨尔本。在那儿,他和他的妻子被政府保护了四个多月。对于一位英雄,这可是少有的待遇。"① 可是,随着时间的流逝,他被称为英雄的次数越来越少,称呼的人也不再满腔热情。更令他困惑不解的是:"为什么老百姓对'凯利帮'的崇拜有增无减?"② 在柯诺去世之后的第二年,内德·凯利的手写稿得以印刷出版并被图书馆收藏。历史和人民最终抛弃了帝国的"英雄"柯诺,也抛弃了充满欺骗性和虚伪性的帝国历史叙述。柯诺所困惑不解的问题的答案其实很简单:内德·凯利是所有澳大利亚的土地上处于殖民统治之下受尽盘剥、凌辱的被压迫的穷苦农民的代表——"我们就是他们,他们就是我们。"③ 当得知他的女儿出生之后,"从早晨到下午,到晚上,沿着丛林小路来向我祝贺的人络绎不绝。……他们都来了。男人女人,怀里抱着婴儿,手里牵着身穿棉大衣冻得瑟瑟发抖的孩子。他们眯着眼睛,迎着凛冽的寒风。他们坐着破旧的大车、双轮板车来向我表示祝贺"④。当看到凯利帮其他成员被警察打死,尸体被烧焦之后,"人们从桉树林里成群结队地涌来。脸上悲伤的表情我这辈子从来没有见过"⑤。也正因如此,内德·凯利和他领导的凯利帮反抗殖民统治的个人和家族的历史才足以成为澳大利亚争取独立自主的民族历史的一部分,内德·凯利所表现出的为争取自由公正不惜牺牲生命的反抗精神也因此成为澳大利亚民族精神的最完美的体现。

---

① [澳]彼得·凯里:《凯利帮真史》,李尧译,人民文学出版社,2004年版,第430页。
② [澳]彼得·凯里:《凯利帮真史》,李尧译,人民文学出版社,2004年版,第430页。
③ [澳]彼得·凯里:《凯利帮真史》,李尧译,人民文学出版社,2004年版,第400页。
④ [澳]彼得·凯里:《凯利帮真史》,李尧译,人民文学出版社,2004年版,第400页。
⑤ [澳]彼得·凯里:《凯利帮真史》,李尧译,人民文学出版社,2004年版,第430页。

内德·凯利的个人历史书写屡屡遭遇殖民当局的扼杀是澳大利亚民族的历史一直遭受殖民中心话语的歪曲与虚构的隐喻。彼得·凯里通过内德·凯利所进行的历史反书写瓦解了居于中心地位的殖民者书写的历史，通过重新书写、审视和纠正澳大利亚的殖民历史，解构了被官方肆意扭曲的历史文本，恢复了历史的真面目。后殖民历史反书写的意义在于"反殖民主义的英雄斗争故事可以进一步地提高、扩展人们的记忆；进一步发扬光大民族解放斗争的胜利"[①]。

---

[①] ［英］艾勒克·博埃默：《殖民与后殖民文学》，盛宁、韩敏中译，辽宁教育出版社，1998年版，第226～227页。

# 第四章 语言重置

## 第一节 引 言

语言问题是后殖民文学批评关注的焦点问题之一。"后殖民认识焦虑首先是语言的焦虑……语言的选择和运用对于人们确定自己在自然和社会环境中,甚至在宇宙中的身份是至关紧要的。"①

语言既是传承文化的工具,全面地储存着文化的整体信息,又是一种特殊的文化形式。美国著名语言学家、观念语言学派的代表萨丕尔在论及语言与文化的关系时指出:"语言也不脱离文化而存在,就是说,不脱离社会流传下来的、决定我们生活面貌的风俗和信仰的总体。"②"文化这名称的定义可以是:一个社会所做的和所想的是什么。语言指的是人具体地怎样思想。"③ 国内学者陶家俊指出:"正是依靠语言,社会共同体的文化、道德、审美等价值才得以维系并延续。语言是文化的载体和民族历史的集体记忆库,语言的产生、发展、储存、代际间传播与民族文化是一种水乳交融的关系。"④ 法农也认为:"讲一种语言是自觉地接受一个世界,一种文化。"⑤ 殖民统治者当然也深知这一点。从17 世纪中期到 19 世纪末,英国以军事占领、经济掠夺、奴隶贩卖、海外移民等形式完成了号称"日不落帝国"的庞大殖民帝国的"圈地运动",亚洲、非洲、美洲、欧洲、大洋洲的众多殖民地沦为大英帝国倾

---

① 徐贲:《走向后现代与后殖民》,中国社会科学出版社,1996 年版,第 176 页。
② [美]爱德华·萨丕尔:《语言论》,陆卓元译,商务印书馆,1985 年版,第 186 页。
③ [美]爱德华·萨丕尔:《语言论》,陆卓元译,商务印书馆,1985 年版,第 195 页。
④ 陶家俊:《语言、艺术与文化政治——论古吉·塞昂哥的反殖民思想》,载《国外文学》,2006年第 4 期。
⑤ [法]弗朗兹·法农:《黑皮肤,白面具》,万冰译,译林出版社,2005 年版,第 25 页。

销商品、掠夺原材料和输出资本的场所。文化作为帝国主义经济掠夺和武力征服的辅助工具，从第一个英国殖民地纽芬兰的建立开始，就持续不断地将西方的意识形态、价值观念、生活方式和文化习俗渗透到殖民地本土的社会和文化中，以瓦解殖民地人们的民族意识，实现民族同化。殖民者的语言和文化对殖民地所进行的播撒和渗透逐渐结出了成果，被殖民者原来表现出来的对殖民者文明的抵抗逐渐转化为认同和内在的自觉性。早在19世纪，黑人传教士亚历山大·克鲁曼尔就宣称掌握英语是殖民地人民通向文明、精神自由和社会平等的唯一途径。在1860年的一次名为《英语在利比里亚》的演讲中，他说："英语的获得是崇高的。它使非英语国家的人超越他的愚昧无知的同胞，并赋予他文明化的尊贵。新的理想观念被迅速采用，新的习惯业已形成，优越感和崇高感在日益增长。"①

语言对于思想的去殖民化具有非同寻常的意义。"最复杂、最隐匿的殖民形式是文化殖民，而文化殖民的核心是欧洲语言殖民。因此，殖民、文化殖民与语言殖民构成一种递进互补的殖民政治。西方国家通过语言殖民将本土人民与本土语言分离，形成独特的殖民文化政治现象——精神殖民。"②殖民地的人民只能以殖民者的语言和文化来塑造自己的身份，他们对自身独特性的意识都是在殖民者的语言系统中形成的，无法摆脱对殖民者的语言及其文化价值观的依赖。语言学和文学领域的学者从各自的角度对英语语言背后所隐藏的意识形态和文化霸权加以讨论和批判。

悉尼技术大学教授阿拉斯泰尔·彭尼库克（Alastair Pennycook）在《英语与殖民主义话语》（*English and the Discourses of Colonialism*）中通过分析印度、马来西亚与香港的英语教学理论与实践，揭示了英语作为殖民权威与文化侵略的工具性以及与殖民主义话语之间共谋与相互促进的复杂关系。丹麦学者罗伯特·菲利浦森（Robert Phillipson）将英语在全世界的传播视为语言帝国主义，经过多年的反

---

① [美]亨利·路易斯·盖茨：《理论权威、（白人）权势、（黑人）批评：我一无所知》，载张京媛：《后殖民理论与文化批评》，北京大学出版社，1999年版，第161～162页。
② 陶家俊：《语言、艺术与文化政治——论古吉·塞昂哥的反殖民思想》，载《国外文学》，2006年第4期。

复修改与完善，最终在著作《语言帝国主义》（*Linguistic Imperialism*）一书中将之定义为："英语的统治地位。这种统治地位的形成与保持建立在英语对其他语言所不断产生的结构和文化的不平等基础之上。"① 日本筑波大学教授津田幸男在1993年首次提出"语言生态学范例"（*Ecology of Language Paradigm*）的概念，并在《英语霸权和语言多元化战略：创导语言生态学范式》（*The Hegemony of English Strategies for Linguistic Pluralism：Proposing the Ecology of Language Paradigm*）一文中将英语霸权所带来的严重后果归纳为："不仅造成交流的不平等和语言歧视的蔓延，而且影响甚至控制了世界上非英语人群生活的许多方面，奴役他们的思想，培植非英语人群对英语语言、文化，甚至对英美人士的语言、文化和心理的依赖。"并且进一步指出："英语语言霸权本质上是殖民主义在新的历史条件下的不同表现，是全球范围内语言文化'英美化'（Anglo-Americanzation）的特征。"②

在文学研究领域，三位澳大利亚学者阿希克洛夫特、格里菲斯和蒂芬在1989年出版的专著《逆写帝国：后殖民文学的理论与实践》（*The Empire Writes Back：Theory and Practice in post-colonial literatures*）一书中，从语言、文本、本土理论、后殖民理论等角度讨论了后殖民文学对帝国主义的反抗和挪用。书中将大英帝国的标准英语以大写 English 来表示，将各种地方英语以小写 english 来表示，辟专章分析后殖民写作中地方英语对标准英语的抵抗和挪用，通过大量的文本分析总结归纳了五种地方英语对标准英语的改造和重塑的策略，包括注解（glossing）、未被翻译的词语（untranslated words）、交互语言（interlanguage）、语法的融合（syntactic fusion）和语码转换及土语音译（code-switching and vernacular transcription）。印度学者高瑞·维什瓦纳森（Gauri Viswanathan）在《征服的面具：文学研究和英国在印度的殖民统治》（*Masks of Conquest：Literary Study and British Rule in India*）一书中，将英语的推广和英国

---

① Robert Phillipson, *Linguistic Imperialism*. London: Oxford University Press, 1992, p.47.
② Yukio Tsuda, "The Hegemony of English Strategies for Linguistic Pluralism: Proposing the Ecology of Language Paradigm" in Molefi Kate Asante, Yoshitaka. Miike, & Jing, Yin eds. *The Global Intercultural Communication Reader*. New York: Routledge, 2008, p.168.

的文学教育并列为英国殖民统治印度时期的两项文化策略,并且剖析了其背后强烈的意识形态色彩。新加坡国立大学教授伊斯迈·S. 塔力布(Ismail S. Talib)在其专著《后殖民文学的语言》(*The Language of Postcolonial Literatures*)中分析了诸多后殖民文本中英语的变形以及与前英国殖民地地方语言的竞争,将语言问题置于后殖民文学的关注焦点。

"被压迫者对压迫者语言的既反抗又依赖的情形,使得冲突的双方陷入一种复杂的充满张力的文化政治胶着状态,大大增加了对抗性批评在主体定位、策略选择等方面的困难。"[①] 本章所涉及的布克文学奖获奖作品《耻》和《凯利帮真史》在英语语言的使用上充分展示了后殖民作家对这种困难的呈现和思考。

荷兰在南非的殖民统治可以追溯到 1652 年,荷兰船长扬·范·里贝克(Jan van Riebeeck)为了给荷兰东印度公司的船只开辟一个往返于欧洲和东南亚航线之间的补给站而带领 180 名荷兰人登陆开普敦。在荷兰殖民时期,殖民者在南非推行荷兰语政策,要求在社会生活的所有领域都必须使用荷兰语。1795 年,英国侵入南非,并因多次英布战争的胜利取代荷兰成为南非新的殖民者,英语也得以取代荷兰语,成为南非土地上的共同交际语。英国殖民者在南非推行的英语化的政策包括规定所有政府职务都为英语使用者保留、荷兰后裔必须接受英语教育等,英国驻开普敦总督查尔斯·萨默赛特(Charles Somerset)甚至于 1822 年颁布公告,要求到 1825 年所有官方文件必须使用英语,到 1822 年所有法庭诉讼必须使用英语。所有官方学校必须使用英语作为授课语言,老师的职责之一就是促使布尔人(南非荷兰后裔)接受英国的统治,而且学校课程的设置大部分是关于大英帝国史的内容。进入 20 世纪,尤其是 1948 年,代表荷兰裔南非人利益的南非国民党上台执政,配合着种族隔离制度的推行,阿非利卡语(即变了音,掺杂了其他语言词汇和语法的南非荷兰语)在南非的社会和政治生活中获得了空前的发展。1976 年,南非执政当局决定将黑人学校的教学语言由原来的英语改为阿非利卡语,此举激起了黑人学生的愤怒和抗议,他们于 6 月 16 日在南非约翰内斯堡附近的黑人城镇索韦托集会游行,遭到政府警察的血腥

---

① 徐贲:《走向后现代与后殖民》,中国社会科学出版社,1996 年版,第 176 页。

## 第四章
### 语言重置

镇压。黑人学生的抗议虽然以失败告终，但是索韦托事件却反映出南非黑人将阿非利卡语与实行种族隔离政策的南非执政当局联系在一起，将它视为种族压迫的象征。在他们看来，英语是他们反抗和脱离种族隔离政府压迫的工具，是进步的语言，是他们与外部世界建立联系的桥梁。正是在这样的历史背景和民族心理的促进下，英语在南非社会反而获得了更大的发展，在1994年南非民主共和国诞生之后，英语与阿非利卡语以及其余的非洲语言一起，成为南非宪法规定的官方语言。尽管宪法提倡多语政策，但是在实际生活中，尤其是公共服务领域，英语的单语化倾向却越来越明显。"虽然南非宪法把当地的民族语言放在了首位，并以此显示南非政府把振兴民族文化和语言放在了重要地位，但是由于漫长的殖民统治造成的实际生活中语言使用的差异，在南非无论是语言的使用人数、在实际生活中的作用以及地位等方面，实际上英语占第一位，而阿非利卡语（即南非荷兰语）占第二位，其次才是科萨语、祖鲁语、索托语等。"① 但是，这样的情况正逐渐有所改观。新南非的诞生使得南非黑人取得了治理国家的权力，民族自豪感空前饱满，表现在语言上必然是要求在经济与政治生活中更多地使用他们自己的语言——南非本地语。南非政府也加紧了保护南非民族语言发展的举措，先后颁布了《国家语言政策框架》《语言教育政策》和《高等教育语言政策》等法案措施。在库切的小说《耻》中，在南非后种族时代的新的历史语境下，白人主人公卢里主体性的逐渐消解和黑人佩特鲁斯主体性的建构映射出英语语言在新南非的逐渐边缘化和南非民族语言的复兴，在殖民时代代表着殖民主义权势和话语的英语逐渐走向衰落。

17世纪的英国在确立了君主立宪制的政治体系之后，开始谋求在全世界大规模的殖民扩张，为资本主义的发展获取原材料、市场和廉价劳动力。在此后的数年间，逐渐建立起遍布全球的英属殖民地。根据殖民地在大英帝国资本主义发展中所发挥的功用的不同，学者将英属殖民地分为侵占式殖民地（colonies of occupation）和定居者殖民地（settler colonies）两种。② 定居者殖民地以美国、加拿大、澳大利亚和新西兰为

---

① 张田勘：《南非的语言》，载《国际展望》，2000年第Z1期。
② Bill Ashcroft, Gareth Griffiths and Helen Tiffine, eds. *Key Concepts in Post-colonial Studies*. London: Routledge. 1998, p.211.

# 逆写的文学：
## 布克文学奖的后殖民小说研究

代表，其建立的目的是为了转移英国国内由于工业革命及各种社会矛盾斗争所剩余的人口。就澳大利亚来说，从1768年皇家海军上尉詹姆斯·库克率领探险船队到达澳大利亚最北角，解开了"未知南方大陆"之谜以后，澳大利亚正式纳入英帝国殖民扩张的版图。随着北美十三个州的相继独立，英国丧失了向海外输送流放犯的主要据点，随即将目光从北美转向了澳大利亚。1784年英国议会通过了在澳大利亚建立流放犯殖民地的法案，1787年5月13日，被任命为新南威尔士殖民地首任总督的海军上校阿瑟·菲利普率领"第一舰队"抵达澳大利亚的植物湾。"在这支舰队中，除去443名水手外，共计人员1030人，其中男犯568人，女犯191人（含13个儿童），4个连队的海军陆战队官兵以及官员、牧师、法官、军医及随行家属。"[①] 在这之后，来自英国的流放犯和自由移民便源源不断地踏上这座世界上最大的岛屿，"从1788—1820年，大约有2.4万多刑期在7~14年的罪犯被运往新南威尔士和范迪门。而在同时，仅有约2000名自由身份的英国人抵达澳洲，其中绝大多数是军官和文职官员。"[②] 这些移民构成了日后澳大利亚人最大的民族群体，他们不仅复制了母国的政治、经贸、科技、教育、文化等方面的制度，而且带去了母国的历史和文化，同样也带去了承载母国历史和文化的语言，英语成为澳大利亚人的母语，成为在澳洲大陆占据统治地位的语言。最初来到澳大利亚的英国移民对自己生活的这片大陆并没有认同感，对新的环境不屑一顾，仍然处处表现出大英帝国臣民的清高和矜持。但是随着时间的推移，原来的"越洋监狱"逐渐发展成社会安宁、政治稳定、经济繁荣的乐土，英语移民和后代对这片土地开始有了感情："渐渐对他们的自然环境感到自豪，并以一个爱慕者的眼光而不是外国人的眼光来看待它。"[③] 澳大利亚民族意识开始萌发并且逐渐强烈，很多原来视自己为正统英国人的民众改称自己是"独立的澳大利亚型英国人"。1824年创刊的《澳大利亚人》第一次提出了"澳大利亚人"这个概念。进入19世纪以后，澳大利亚的民族自治运动进入高潮，

---

[①] 王宇博：《澳大利亚——在移植中再造》，四川人民出版社，2000年版，第19页。
[②] 王宇博：《澳大利亚——在移植中再造》，四川人民出版社，2000年版，第21页。
[③] ［澳］曼宁·克拉克：《澳大利亚简史》（上册），中山大学《澳大利亚简史》翻译小组译，广东人民出版社，1973年版，第71页。

## 第四章
### 语言重置

流放制度的瓦解推动了澳大利亚民族的最终形成。正如 1887 年澳大利亚《飞镖》杂志第 11 号上所言:"我们把过去留在身后,连同它分崩离析的王朝,摇摇欲坠的宝座和昏庸无能的种族,我们面前所展示的是未来的澳大利亚——浑身充满青春和活力的我们的澳大利亚。"[①] 澳大利亚民族意识的萌生表现在语言上就是一种有别于宗主国标准英语的英语变体——澳大利亚英语的逐步形成。宗主国的语言英语在澳大利亚早期的殖民历史上传承了英国的历史、文化和价值观念,记录了澳洲作为英国犯人流放地和殖民地的早期历史。英语在 16 世纪发展成熟之后,英格兰东南部的口音逐渐被人们推崇为英语的标准口音(Received Pronunciation),英国人以模仿标准口音的语音、语调和语法为荣。最初抵达澳大利亚的英国人,无论是自由移民还是流放犯,自然也将这种心理带到了澳大利亚。正如哈马斯特罗姆·戈兰(Hammarstrom Goran)所说:"如果将今天的澳大利亚英语和英国英语的方言的发音做比较,我们可以清晰地分辨出,澳大利亚英语的发音源自伦敦口音,具体说是英国东南部的口音。它们在元音,尤其是辅音上有很多共同之处。"[②] 标准英语在移民澳大利亚的人心中就像母国的尊严威仪一样,象征着高贵和优雅。随着英国移民及其后代与当地土著居民的长期接触和各民族之间的融合,标准英语的语音、语调和语法都发生了改变,形成了独具特色的澳大利亚英语。小说《凯利帮真史》在对标准英语的改造和重塑方面展示了丰富的策略,使得澳大利亚英语的独特性不至于被标准英语的光芒所遮盖。澳大利亚英语也因此得以承载澳大利亚的文化,体现澳大利亚的历史,负荷澳大利亚的民族身份,在澳大利亚民族和国家形成的过程中,起到强化民族意识和增强民族凝聚力的重要作用。正如本尼迪克特·安德森(Benedict Anderson)在《想象的共同体——民族主义的起源与散布》一书中所论述的那样,政治意识推动了民族的形成,但是语言文化的改造为民族国家的兴起奠定了基础,民族

---

[①] 黄源深:《澳大利亚文学史》,上海外语教育出版社,1997 年版,第 70 页。
[②] Hammarstrom Goran: *Australian English: Its Origin and Status*. Hamburg: Buske Helmut Verlag GmbH Press, 1980, p. 4.

才得以真正形成。①

经过诸多后殖民文本中对英语的颠覆、替换、创新和解构,"英国当初认为是自己的文化丰碑之一的英语——那莎士比亚所知道的英语——现在已经四分五裂,并被人随便抛弃,那无数的碎片已难以辨认出是否还是'英语'"②。后殖民作家的写作不仅使得英语本身发生了变化,而且使得英语文学的标准和界限也发生了变化,在某种程度上甚至颠覆了经典文学的定义及其内涵。"这种对英语的滥用和本土化,变成了一种文学大迁移、大移植、交叉施肥和增补营养的过程,这一过程把原先所谓英国文学的本质改变了。"③

---

① 参见［美］本尼迪克特·安德森:《想象的共同体——民族主义的起源于散布》,吴叡人译,上海人民出版社,2011年版。
② ［英］艾勒克·博埃默:《殖民与后殖民文学》,盛宁、韩敏中译,辽宁教育出版社,1998年版,第241页。
③ ［英］艾勒克·博埃默:《殖民与后殖民文学》,盛宁、韩敏中译,辽宁教育出版社,1998年版,第267页。

## 第二节 主奴语言的倒置

  在库切的小说《耻》中，英语语言的边缘化是通过白人主人公卢里主体性的逐渐消解而得以呈现的。
  在小说开始的时候，卢里对自身主体性的确认首先源自他的皮肤相貌："仗着自己高挑的身材，匀称的骨架，橄榄色的皮肤，飘垂的长发，他总能对女人产生一定程度的吸引力。"① 同时也源自他体面高尚的工作和所受的西方文明的教育。他是开普技术大学的一名教授，原来教授现代语言，后来在院系合理化调整中，古典和现代语言系被调整掉了，他成了传播学副教授。所谓的院系合理化调整其实是隐喻殖民统治的终结，古典和现代语言系被调整掉了也就象征着语言殖民的结束。英语是他惯用的语言，作为曾经的现代语言教授，他在英语语言和文学方面的造诣自不待言。他出版过三部以英语写成的著作：第一部是论歌剧的《比奥托与浮士德传奇：梅菲斯托的起源》，第二部是关于性爱与幻想的《圣维克托的理查德之幻想》；第三部是论述华兹华斯与历史的《华兹华斯与过去的包袱》。在小说开始的"今年"，他开设了一门论浪漫主义诗人的课，讲授拜伦和华兹华斯的诗歌，他正在构思以拜伦的意大利生活为蓝本，创作一部歌剧史诗。他给女儿取名露茜，明显受到西方文学的影响。露茜是英国诗人华兹华斯组诗中的理想女性，"幽居在深谷"的大自然的女儿，坐在炉火旁，手摇纺车，没有受到工业文明的污染。除了英语，他还通晓法语、德语、西班牙语和意大利语等西方列强的语言。他在农庄见到多日未见的女儿，第一印象是女儿长胖了，浮现在心里的是一句法语："Quest devenu ce front poli, ces cheveux blonds, sourcils voutes?"（这光滑的前额，金色的头发，弯弯的眉毛，都变成什么样了？）② 他勾引女学生梅拉妮的事情败露之后，同事们风言风语，议论纷纷。他想象着他们如何在背后兴高采烈地窃窃私语，他用了一个

---

① ［南非］J. M. 库切：《耻》，张冲译，译林出版社，2010 年版，第 8 页。
② ［南非］J. M. 库切：《耻》，张冲译，译林出版社，2010 年版，第 76 页。

德语单词"schadenfreude"（假朋友）来称呼这些人。① 小说中还数次出现他为正在创作的歌剧构想拉丁语的唱词，例如，他为即将动身前往希腊的拜伦设计的唱词是："Sunt lacrimae rerum, et mentem mortalia tangent."② 他歌剧中的女主人公特雷莎随着岁月的流逝身材走样，他用意大利语形容为"contadina"（农夫）③。他所熟练掌握和运用的西方语言和文化在小说中明显具有象征意味，象征着曾经在南非和世界上很多国家推行殖民统治的西方列强，在语言和文化领域所拥有的一统天下的霸权地位。只是，在南非新的历史语境下，对于曾经的语言学教授卢里来说，西方语言和文明所赋予他的优越感遭遇到严峻挑战的首当其冲的、也是让他感受最深的领域，同样也来自语言。

在小说的第九章，他已经来到女儿露茜生活的农场。"他正坐在前屋看电视上转播的足球赛。……评论员一会儿用索托语，一会儿用科萨语，两种语言他连一个字都听不懂。他把音量调得尽可能的低。……看着看着他就打起了瞌睡。"④ 索托语是流行于南非北部、莱索托和博茨瓦纳等地的一种语言，而科萨语主要是南非开普省的牧民所使用的一种语言。"南非的星期六下午：那是奉献给男人和男人的乐趣的时间。"⑤ 在白人统治时期，很难想象"男人和男人的乐趣的星期六下午"的足球赛会以南非当地语言来进行解说，英语才是独一无二的选择。然而，随着种族隔离制度的终结，英语的霸权话语跟随白人的霸权统治一起，遭到时代的遗弃。黑人当家作主的新时代，他们的语言必然也要以主人的姿态出现在传播媒体等一切社会生活媒介中。

露茜的农庄被突如其来的三个黑人袭击了，他们居住的小屋遭到洗劫，狗被射杀，卢里被毒打烧伤，露茜惨遭轮奸。当三个黑人带着报复的快感在露茜身上施暴的同时，卢里被反锁在小屋的卫生间里，任凭他如何想尽一切办法也毫无用处："他会说意大利语，他会说西班牙语，可无论是意大利语还是西班牙语，到了非洲这个地方，哪一个都救不了

---

① ［南非］J. M. 库切：《耻》，张冲译，译林出版社，2010年版，第50页。
② ［南非］J. M. 库切：《耻》，张冲译，译林出版社，2010年版，第188页。
③ ［南非］J. M. 库切：《耻》，张冲译，译林出版社，2010年版，第209页。
④ ［南非］J. M. 库切：《耻》，张冲译，译林出版社，2010年版，第88页。
⑤ ［南非］J. M. 库切：《耻》，张冲译，译林出版社，2010年版，第88页。

## 第四章
### 语言重置

他。一个能帮帮他的人都没有，就像是卡通片里的那个当传教士的萨利大妈，身披法衣，头戴草帽，双手合掌，两眼向天，而那些野蛮人则用怪诞的语言咕噜咕噜地说着什么，就等着把他扔到开水沸腾的大锅里去。传教：那旨在把野蛮人提高一个档次的伟大工程到底留下了什么成果？他是一点也没看出来。"①  象征着西方文明的英语、意大利语和西班牙语以及传教士文化被来自非洲本土的野蛮暴力消解了，他所接受的西方教育、他的种族的优越感，此时此刻都无法赋予他力量，将女儿从"野蛮人"手里解救出来。他的英语语言优越感遭到彻底颠覆和瓦解，曾经占据支配地位的白人男性的主体性也被彻底解构。

在袭击事件发生后，随着他白人身份的消解，他对西方文明和殖民文化载体的英语语言本身也产生了怀疑，失落感越来越深。露茜的黑人佃农佩特鲁斯跟他一起去市场卖鲜花和蔬菜，对于佩特鲁斯一直没有解释袭击发生的当天他为什么不在农场，卢里心怀不满，他很想"从他嘴里掏出答案"，但是佩特鲁斯却一直沉默。卢里认为他应该有很多人生经历，他想听听他的故事。"但是，他最好不要用英语讲。他越来越坚信，英语极不适合用作媒介来表达南非的事。那一句句拉得长长的英语代码已经变得十分凝重，从而失去了明晰性，说者说不清楚，听者听不明白。英语像一头陷在泥潭里的垂死的恐龙，渐渐变得僵硬起来。要是把佩特鲁斯的故事硬压进英语的模子，出来的东西一定是关节僵硬，没有生气。"② 他和露茜一起去参加佩特鲁斯家的聚会，带了一条床单做礼物。佩特鲁斯用英语对他们说："Lucy is our benefactor."卢里对"benefactor"这个英语单词感慨良多："这个词真没品位，像一柄双刃剑似的割人，把眼下的好气氛给搅了。他是否明白，他所如此纯熟运用的这种语言，已经被人用得疲乏无力，松碎不堪，像被白蚁蛀了一样从内里空了出来。只有单音节词还尚可一用，而就这样还不是全部可用。"③ 英语的疲乏无力、松碎不堪正象征着新南非建立之后白人失去往日的特权，势力渐衰。曾经被赋予权势和力量的英语也逐渐丧失了主导地位。这个曾经的语言学教授禁不住哀叹："该怎么办？……恐怕只

---

① ［南非］J. M. 库切：《耻》，张冲译，译林出版社，2010年版，第112页。
② ［南非］J. M. 库切：《耻》，张冲译，译林出版社，2010年版书，第136~137页。
③ ［南非］J. M. 库切：《耻》，张冲译，译林出版社，2010年版，第151页。

能打头从 ABC 开始了。可等到那些长长的单词经过重组、提纯，其意义能重新让人觉得可信，他怕是早已死了很久了。"①

尽管现实的遭遇和南非的新的政治语境让卢里白人男性的主体性遭到消解，但是他内心根深蒂固的白人中心主义话语依然会在特定的时刻流露出来。小说第二十三章，曾经轮奸过露茜的三个黑人暴徒中年纪最小的那个黑人男孩波勒克斯，从窗户偷窥露茜洗澡被卢里发现了，"他宽厚的手掌对着男孩的脸就是结结实实的一下。'你这猪猡！'他高声喊着，接着又是狠狠的一下，打得他直踉跄。'你这肮脏猪猡'。"② 此处的英语原文在库切笔下是："You filthy swine!"③ Filthy 和 swine 是白人统治时期对黑人和其他有色人种最常用的充满歧视性的字眼。连卢里自己也对他所使用的这些字眼感到非常意外："那个词依然在耳边回响：猪猡！他从没有感觉到如此发自本能的暴怒。他真想好好教训这孩子一顿：痛痛快快地抽他一顿。他一生都避免说出口的那些话，现在似乎正合时宜，完全正确。"④

到小说结束的时候，在女儿直面历史、"向前看"的决心和勇气的感召下，卢里最终走出了巨大的心理失落的阴影。他也开始学着用科萨语 "Molo"（早上好）与佩特鲁斯的妻子打招呼，以期营造和睦的邻里关系，融入周围的社会环境。因为，以当前的现实来看，黑人的语言最合时宜，使用他们的语言才能拉近与他们之间的距离。不知道卢里自己是否意识到，在这悄无声息的语言转变的背后潜藏的是权力关系的置换。曾经处于次等地位的索托语和科萨语等黑人的语言，随着国家的统治权由白人移交到黑人手中而处于主导地位。

如果说，库切对白人卢里的主体性的消解和边缘化是以英语语言的边缘化作为象征的，同样，在作者笔下，黑人佩特鲁斯主体性的构建也是通过南非本土语言来完成的。

小说开始时，露茜是土地的所有者，拥有整个农场，而佩特鲁斯只是一个佃农，是一个没有土地的农民，他按照不成文的合同为露茜劳动

---

① ［南非］J. M. 库切：《耻》，张冲译，译林出版社，2010 年版，第 151 页。
② ［南非］J. M. 库切：《耻》，张冲译，译林出版社，2010 年版，第 238 页。
③ J. M. Coetzee, *Disgrace*. London: Penguin Books, 2005, p. 245.
④ ［南非］J. M. 库切：《耻》，张冲译，译林出版社，2010 年版，第 238～239 页。

以获得报酬。卢里甚至想不到一个合适的词来定义佩特鲁斯的身份,最后想到的词是"邻居":"佩特鲁斯是一位邻居,只是眼下他正巧愿意出卖自己的劳动,而他这样做,是因为他觉得合适。"① 佩特鲁斯不是一个普通的农民,"要是世上真有诚实的苦工那么回事,佩特鲁斯就是其典型。他极有耐心,精力充沛,不知疲倦。典型的农民,典型的农夫,典型的乡村人。他善于策划,精于算计,而且毫无疑问很会扯谎,像所有农民一样。诚实地做苦工,诚实地狡猾"②。第一次见面卢里就发现他的眼睛透着机敏。卢里来到露茜的农庄想找点事情做,露茜建议他给佩特鲁斯做帮手。"给佩特鲁斯搭帮手。这主意我喜欢。我喜欢带点历史味的刺激。"③ 尽管他们生活在白人统治结束、黑人当家作主的新南非,但是在卢里看来,历史在他自己身上颠倒过来,让他一个堂堂的白人大学教授给黑人做帮手,他还是有些难以接受。

作为黑人,佩特鲁斯主体性的建立在小说中是一步步完成的,以他特有的精明和算计的方式。小说中很有意思的一幕出现在第九章,也就是某个星期六的下午,卢里因为听不懂电视里转播的足球比赛用索托语和科萨语评论而打瞌睡,与之形成鲜明对比的是,佩特鲁斯看得津津有味,兴致盎然:"醒来时,佩特鲁斯坐在他身边,手里拿着瓶啤酒。他已经把音量调高了些。……佩特鲁斯又是喊叫又是拍脑门……'真棒!真棒!'"④ 卢里将音量调得尽可能的低,是因为他听不懂索托语和科萨语的评论,音量高低对他来说完全没有意义。而对于佩特鲁斯来说则不同,索托语和科萨语是他的母语,他调高的,看似只是电视节目的音量,其实这个行为本身的象征意义极其丰富,是在宣告南非黑人语言的崛起,发出自己的声音。

当卢里和女儿露茜遭到三个黑人袭击的当天,佩特鲁斯不在农场。当事后卢里尝试着询问他的去向时,他始终保持沉默。以沉默应对质询,佩特鲁斯的沉默是他们生活的新世界赋予他的权利,是他拒绝合作的委婉表达。因为这不再是过去了,不再是可以轻易"从他嘴里掏出答

---

① [南非] J. M. 库切:《耻》,张冲译,译林出版社,2010年版,第136页。
② [南非] J. M. 库切:《耻》,张冲译,译林出版社,2010年版,第137页。
③ [南非] J. M. 库切:《耻》,张冲译,译林出版社,2010年版,第90页。
④ [南非] J. M. 库切:《耻》,张冲译,译林出版社,2010年版,第88页。

案,大发一通火,让他卷铺盖滚蛋,然后重新雇个人顶替他"①的年代了,对此,卢里只能无奈地承认"佩特鲁斯有权爱来就来,爱走就走;那天他就在行使自己的权利,他也有权保持沉默"②。卢里对他的怀疑丝毫没有减少,找到机会与他单独在一起时,旁敲侧击地想要警告他,佩特鲁斯的反应是避重就轻地应付他,整个过程"脸部表情极其平静"③。对于卢里想尽办法想要他承认对露茜的袭击是一次强暴,佩特鲁斯始终保持沉默,卢里对此十分愤怒却又无可奈何:"要是事情不是发生在我女儿而是你老婆身上,你就没那份心思抽烟枪,没那份心思说话时把每个字都仔细掂量掂量了。强暴,这就是他想迫使佩特鲁斯说出来的字眼。"④ 当卢里和露茜在参加佩特鲁斯的聚会上发现了轮奸露茜的三个黑人中年纪最小的那个黑人男孩波勒克斯想要报警时,佩特鲁斯极力阻挠。一开始他告诉卢里他不认识波勒克斯,后来又说波勒克斯是他的家人,他要保护他。"他是我的亲戚,他说道,把'亲戚'一词中字母 r 的卷舌音发得很重。"⑤ 通过强调自己和强奸犯之一的波勒克斯的关系,佩特鲁斯强硬地表达了袒护他的决心。从将足球比赛中的球队之一的布什巴克称为"我的队",到将强奸犯少年称为"我的家人,我的人"⑥,佩特鲁斯的所有权意识逐渐清晰和强烈,他的主体性也在这种逐渐增强的所有权意识的驱动下构建起来。正如康德所指出的,所有权不是人对物的权利,而是人对人的权利,是物的主人与其他人的权利关系。佩特鲁斯和卢里之间的关系由此彻底改变成为平等的人与人之间的关系,传统的白人为主、黑人为奴的历史得到改写。

佩特鲁斯的所有权意识是在他对土地一步步巧取豪夺的过程中逐渐增强的。小说开始的时候,他只是露茜雇佣的劳工,和妻子住在农场的旧马棚里。尽管1994年新南非的诞生使得黑人获得了治理国家的权力,但是种族和解初期为了避免内战,白人的经济利益受到保护,继续拥有大部分土地和矿产。新政府本着协商与和解的精神继承了之前的土地分

---

① [南非] J. M. 库切:《耻》,张冲译,译林出版社,2010年版,第136页。
② [南非] J. M. 库切:《耻》,张冲译,译林出版社,2010年版,第136页。
③ [南非] J. M. 库切:《耻》,张冲译,译林出版社,2010年版,第138页。
④ [南非] J. M. 库切:《耻》,张冲译,译林出版社,2010年版,第139页。
⑤ [南非] J. M. 库切:《耻》,张冲译,译林出版社,2010年版,第232页。
⑥ [南非] J. M. 库切:《耻》,张冲译,译林出版社,2010年版,第232页。

配模式：白人占有87%的土地，人口占80%的黑人只占有13%的农业用地。随着小说情节的推进，佩特鲁斯从政府获得资助买了一公顷地，又从露茜那里买了半公顷。但是，正如卢里所洞察到的："佩特鲁斯决不会满足于永远耕种自己的那一公顷半的土地。……佩特鲁斯是想把露茜的土地都接过去。"① 虽然小说提供的情节很难判断三个黑人对卢里和露茜的袭击是不是佩特鲁斯计划的一部分，但毫无疑问的是，他是这次袭击最大的受益者。露茜因暴受孕，佩特鲁斯跟卢里建议说由他来娶露茜，对于卢里惊讶和错愕于佩特鲁斯竟然向他们"西方人"提出这样的解决办法，佩特鲁斯咯咯直笑，一副胜券在握的笃定神情："没错，这我看得出，我看得出。可我就这么对你说了，你再去对露茜说。这样，一切都结束了。糟糕的事情就结束了。"② 露茜最终同意以自己的土地做嫁妆嫁给黑人长工佩特鲁斯做第三个"老婆"，以土地作为交换，寻求佩特鲁斯对她的庇护。他们之间原来的雇佣关系彻底颠倒过来，露茜成了佩特鲁斯的佃农。至此，佩特鲁斯黑人主体性的建构得以完成，他彻底翻身成为自己生活和命运的主人，不仅让殖民者的后裔心甘情愿地"归还"被他们"占有"的土地，甚至还能占有殖民者后裔女人的身体，而且还是当他的第三个老婆。这正如法农在《黑皮肤，白面具》中所说的："从历史上看，我们知道黑人犯了同白种女人睡觉的罪是要被阉割的。"③ 而现在的佩特鲁斯则得到了"满足制伏欧洲女人并带有某种骄傲的报复味道的婚姻"，"在一个欧洲女人身上为她的祖先几个世纪以来使我的祖先所遭受的一切雪耻报仇"。④

在小说的第三章，卢里勾引女学生梅拉妮的事情尚未败露之时，他在课堂上给学生分析华兹华斯的诗歌《序曲》的第六部，内容是诗人在阿尔卑斯山的经历。该组诗歌中有一句写道："From a bare ridge we also first beheld unveiled the summit of Mont Blanc, and grieved to have a soulless image on the eye that had usurped upon a living thought that never more could be."为了让学生理解华兹华斯此处使用 usurp upon

---

① [南非] J.M.库切：《耻》，张冲译，译林出版社，2010年版，第137页。
② [南非] J.M.库切：《耻》，张冲译，译林出版社，2010年版，第233页。
③ [法] 弗朗兹·法农：《黑皮肤，白面具》，万冰译，译林出版社，2005年版，第53页。
④ [法] 弗朗兹·法农：《黑皮肤，白面具》，万冰译，译林出版社，2005年版，第52页。

的用意，他解释道："usurp upon means to intrude or encroach upon. Usurp, to take over entirely, is the perfective of usurp upon; usurping completes the act of usurping upon."① 具有讽刺意味的是，卢里一定不会想到，侵犯（usurp）和侵占（usurp upon）其实可以看成是理解小说主题的关键词，他的女儿露茜身体的被侵犯和土地的被侵占其实是南非殖民历史上白人殖民者侵犯黑人女子、侵占南非土地的讽刺性置换。同样经历了被侵犯和被侵占的还有曾经作为西方文明和殖民文化载体的英语语言本身。在殖民时代代表着殖民主义权势和话语的英语，在南非后种族时代的新的历史语境下，日薄西山，逐渐走向衰落。

## 第三节 凯利帮的丛林英语

彼得·凯里2001年布克文学奖的获奖小说《凯利帮真史》以主人公内德·凯利写给女儿的十三个包裹的信件的形式，讲述了这个在澳大利亚历史上极具争议的历史人物的故事。除开篇、结尾、每包信件前对信件纸张状况等的客观描述和对信件内容本身的扼要概括以及小说正文内引用报纸的新闻报道之外，小说的所有章节均采用主人公内德·凯利的第一人称叙述。在《凯利帮真史》的文本里，彼得·凯里采用了特殊的语言策略，与其他的一些特意为之的手段（如内德·凯利的十三封信件被描述成他本人的手写稿，被收藏在墨尔本公立图书馆，编号为"VL10435"）一起，共同完成了凯利帮真实历史的建构，也就是澳大利亚反抗殖民历史的建构，揭示了帝国历史书写的欺骗性和虚假性。

《凯利帮真史》的主人公内德·凯利出生在澳大利亚一个贫穷的爱尔兰移民家庭，父亲早逝，家中兄弟姐妹众多，没有接受过太多正规教育。这反映在小说中就是被作者宣称为内德·凯利手写稿的十三封信件全部使用非标准英语书写：语法错误百出、不符合规则的缩写和简写星罗棋布。在标点符号的使用上更是极具特色：所有信件都只使用句号和问号，句号的使用最为普遍，常常一段就只用一个句号，句子之间没有

---

① J. M. Coetzee, *Disgrace*. London: Penguin Books, 2005, p. 27.

停顿。

例如，在第一封信件的开头，内德·凯利向女儿介绍自己的身世，并信誓旦旦地表示所记述的全部都是事实，"倘若我对你说了假话，我会在地狱里被烈火烧成灰烬"[1]。

> I lost my own father at 12 yr. of age and know what it is to be raised on lies and silences my dear daughter you are presently too young to understand a word I write but this history is for you and will contain no single lie may I burn in Hell if I speak false. [2]

从标准英语语法的角度来说，此段落的错误就有：时态前后不一致、语态误用、句子结构混乱和口语化、year 的不规范缩写以及未用复数形式、表示说话人主观愿望的虚拟语气句式的谓语动词未做相应变化等。

这样的句子在文中俯拾即是。再举一例：

> Do not misunderstand me our lives was far harder for his absence. The landlord provide no decent fences so the mother and her children was obliged to build a dogleg fence 2 mi. long to save our cows from impounding. In any case our stock would still escape the fines was 5/—for a cow 3/—for a pig. This we could ill afford. Our mother were expecting another baby she were always weary yet more tender than before. At night she would gather us about her and tell us stories and poems she never done that when my da were away shearing or contracting but now we discovered this treasure she had committed to her memory. [3]

这段话描写了内德·凯利少年时，父亲被抓走之后，母亲一个人独自抚养他们兄弟姐妹的艰难生活经历。不规范的缩写如：2 mi（两英里），5/—、3/—分别代表五先令和三先令，da（dad）。主谓不一致，

---

[1] [澳] 彼得·凯里：《凯利帮真史》，李尧译，人民文学出版社，2004年版，第4页。
[2] Peter Carey, *True History of the Kelly Gang*, London: Faber & Faber, 2001, p. 7.
[3] Peter Carey, *True History of the Kelly Gang*, London: Faber & Faber, 2001, pp. 28-29.

如:"our lives was""the landlord provide""our mother were""she were"。谓语动词时态不规范,如:"she never done"。另外还有一些形容词、副词的误用,如:"this we could ill afford."以及句子之间衔接不规范等。

小说中出现的不规则书写主要集中在数字、年龄、距离、长短、时间、称呼等上,例如:1st (first)、yr. (year 或者 years)、6 ft (6 feet)、2 in. (2 inches)、20 mi. (20 miles)、ma (mum)、da (dad)、3 wk. (3 weeks)、4 mo. (4 months)、2 hr. (2 hours)。另外还有,比如:Jimmy were already 1/2 (half) mad from his numerous incarcerations.[①] He made a v. (very) amiable impression on his nieces and nephews.[②] 不规则书写的口语化特征非常明显,正好反映了澳大利亚人在日常口语中经常使用缩略语、说话节奏快的特点。

另外一种在小说中出现频率较高的、在标准英语中绝无仅有的缩写形式是"b----d"和"b----r",内德·凯利及其母亲和兄弟姐妹使用较多,大部分时候可以翻译为"杂种""小东西""混蛋"等,可用于侮辱、咒骂等语言环境,也可用于长辈或年长者对晚辈或年幼者的戏谑性称呼,有时候也反过来成为晚辈对长辈的称呼,表达一种无拘无束的个性。小说中首次出现"b-----d"是内德·凯利的母亲给被警察抓走的弟弟送糕饼,可是牢门紧锁,仅有的一条大约两英寸的缝隙怎么都塞不进去。母亲哭喊叫骂着:"I would kill the b-----ds if I were a man God help me."此处的 b-----ds 是母亲咒骂警察的残忍无情,可以翻译为"杂种"。[③] 内德·凯利的姐姐呵斥弟弟丹:"Get off me you little b----r go to bed"。同样,母亲也用了相同的词语制止丹淘气的行为:"Shutup you little b----r"[④]。这两处的"b----r"就只能理解为"小东西""捣蛋鬼"等意思。少年内德·凯利营救了溺水的小伙伴埃沙乌·谢尔顿,埃沙乌的父亲逢人便夸内德·凯利,内德·凯利是这样叙述的:"He had been previously known as a tight lipped b----r not suited to his

---

① Peter Carey, *True History of the Kelly Gang*, London: Faber & Faber, 2001, p. 46.
② Peter Carey, *True History of the Kelly Gang*, London: Faber & Faber, 2001, p. 48.
③ Peter Carey, *True History of the Kelly Gang*, London: Faber & Faber, 2001, p. 9.
④ Peter Carey, *True History of the Kelly Gang*, London: Faber & Faber, 2001, p. 63.

profession but now dear Jesus he could not be shutup and must offer endless accounts of..."① 这里的"b---r"则是对埃沙乌的父亲逢人便夸自己，内德·凯利既有几分腼腆又有一丝得意的孩童心理的表现。

名词往往被认为在所有词类中蕴藏的民族文化特征最为显著。这使得它频繁地被后殖民作家"征召"进入后殖民文本，成为与殖民主义工具的标准英语相抗衡的最重要的一种语言类别。当英国移民和流放犯来到澳大利亚这块陌生的土地时，不可避免地会遇到很多原来熟悉的环境中没有出现过的事物。他们发现，标准英语没有办法指称他们在新的环境中遭遇到的澳洲特有的动物、植物、山川河谷、自然风貌、气候条件等，为它们命名显得迫在眉睫。借用原来生活在澳洲大陆上的土著居民的语言和扩展标准英语词汇的词义成为两种最主要的策略。1788年以来，来到澳洲的英国人通过与当地土著居民的接触，吸收了除地名以外的440个词汇，用以描述生长在澳洲的特有的动植物。

"借词的出现，主要是一个语言所依附的文化氛围中存在缺位，而与之发生接触的文化中存在这个因素，于是前一种语言就借用了所接触到的语言中的表达，来填补自己文化中缺少对应语言词汇要素的部分。"② 借用当地土著的语言主要用来为那些澳大利亚特有的动植物命名。在《凯利帮真史》中，借用土著语言为动植物命名的情况分为两种：一种为将土著语言和英语混合，比如：Kangaroo dog：猎袋鼠犬，澳大利亚一种猎犬，用于猎取袋鼠。Murray cod：墨瑞鳕鱼，一种仅生产于澳大利亚的、世界淡水鱼类行列中体型最大的鱼类，因栖息于澳大利亚东南部的墨瑞河而得名，其族群数量受到澳大利亚政府严密保护，素有澳洲国宝鱼的美称。另外一种情况是完全借用土著语言，如：Currawong：噪钟鹊，即澳洲喜鹊，一种澳大利亚鸣禽，体型大，叫声洪亮。Kangaroo：袋鼠，澳大利亚特有的动物，是澳大利亚国家的象征，出现在其国徽和一些货币图案中。Kookaburra：笑翠鸟，澳洲特有的捕鱼鸟，栖息在树上，叫声清脆。Cockatoo：凤头鹦鹉，一种头顶长有冠羽的鸟类，自然状态下仅见于澳大利亚及其附近岛屿。Possum：

---

① Peter Carey, *True History of the Kelly Gang*, London: Faber & Faber, 2001, p.37.
② 方欣欣：《语言接触与双语研究的经典著作——Weinrich〈语言接触：已发现的与待解决的问题〉》，载《国外汉语教学动态》，2004年第3期。

袋貂，以食用植物为主的大型树栖动物，是澳大利亚常见的哺乳动物。Eucalyptus：桉树，常绿植物，树形高大，原产地绝大多数在澳大利亚。Waler：一种起源于澳大利亚新南威尔士的驯马。Lory：吸蜜小鹦鹉，喜欢成对或集群活动，活泼好动，叫声嘈杂，在澳大利亚分布广泛。Galah：粉红凤头鹦鹉，澳大利亚分布最广的鹦鹉之一，羽毛粉红色，杂食动物。Bandicoot：袋狸，产于澳大利亚的一种动物，形似鼠，育幼于腹囊。Wombat：袋熊，体型粗壮似熊，眼睛小，脸似鼠，腹部有育儿袋，广泛分布在澳大利亚南部。

另外还有一种情况是英语词义的扩充，或者是原来词义的扩充，或者在原来的英语词汇中找不到合适的词，将两个英语单词合并在一起组成新词。前者比较有代表性的是 wattle。Wattle 原来指"篱笆、围墙和屋顶的编条"，在小说中的意思已经扩展为指一种金合欢树，其枝条用作编条，树皮用来鞣皮，金黄色花朵被选为澳大利亚的国花，澳大利亚因此得名"the land of Wattle"，澳大利亚国徽的周围也都饰以金合欢花。后者如：Tiger snake：盾鳞脊背蛇，一种见于澳洲南部、塔斯马尼亚岛和巴斯海峡诸岛的剧毒蛇类。Bush fly：灌木蝇，澳大利亚丛林中成群地附在人或动物身上的小黑蝇。Whip bird：鞭鸟，澳大利亚一种鸣声如响鞭的鸟。Apple gum：苹果桉，原产于澳大利亚的一种树木，树形高大，枝繁叶茂，全株散发出苹果味的香气。

另外，bush 这个英语名词在《凯利帮真史》中的频繁出现和诸多扩展义非常具有代表意义。"bush（丛林）一词源于荷兰语 bosch。它最早出现在 1800 年前后，本义指森林，和英国英语里的 woods，forest 的意思差不多。到 1820 年左右，这个词便用来指代殖民地未被开垦或尚无人居住的土地。"[①] 澳大利亚物产丰富，资源充沛，森林覆盖率高，初到澳大利亚的英国流放犯和移民一方面既要面对险恶的自然环境，另一方面又以丛林为生，狩猎、伐木等成为他们生活资料的主要来源。对于内德·凯利和他的凯利帮来说，丛林是他们的栖息地，是他们劫富济贫、反抗殖民者的据点。因此，bush 一词在小说中多次出现，并且引

---

① 曲卫国：《世界文化史故事大系》（澳大利亚卷），上海外语教育出版社，2003 年版，第 118~119 页。

申出许多有关澳洲丛林环境的新词汇，如 bushranger（原指澳大利亚以丛林为藏身之地的逃犯，后引申为丛林居民）、bushman（原指澳大利亚森林地带的居民，后引申为林区居民、开拓者、垦荒者）、bushfire（尤指澳大利亚的丛林大火）、bushmanship（丛林谋生知识及技能）、bushland（未开垦的森林地带；原始林区）等。

除动植物之外，《凯利帮真史》中还出现了许多澳大利亚的河流、山川、峡谷、城市等的专有名词。比如峡谷类：Woolshed Valley（伍尔赛德峡谷）、the King Valley（金谷）等。山川类：Mount Buffalo（布法罗山），the Great Dividing Range（大分水岭山脉：澳大利亚东部新南威尔士州以北山脉和高原的总称）、贝瓦山（Warby Ranges）、Bald Hills（秃山）、Mount Egerton（埃戈顿山）、Mount Srirling（斯特林山）等。河流类：Overns River（欧文斯河）、Murray River（墨瑞河，位于澳大利亚东南部，澳大利亚最长、流域面积最大的河流）、Broken River（布罗肯河）、Faithfull's Creek（忠诚湾）、Boggy Creek（簸箕湾）、Bullock Creek（小公牛湾）、Eleven Mile Creek（十一里湾）、Stringybark（桉树湾）、Reid's Creek（里德湾）、Hodgson's Creek（霍奇森湾）等。地名类：Echua（伊楚加）、Seymour（塞默尔）、Van Diemen（范迪门，澳大利亚塔斯马尼亚岛的旧称）、Winton（温屯城）、Everton（埃沃顿）、Wangaratta（贝加拉塔）、Tarrawingee（塔拉文吉）、New South Wales（新南威尔士）、Gippsland（吉普斯兰）、Bernlla（贝纳拉）、Kyneton（肯尼顿）、Melbourne（墨尔本）等。

富有澳大利亚本土特色的语言和词汇理所当然要用来描写澳大利亚独特的美丽的自然景观："… when we came out by Merrijig on the Delatite River the south wind were in our faces we looked upon the waving meadows of Kangaroo grass and the high wild country and Mount Buller waiting like a scaly beast kneeling on the earth. …it were like a fairy story landscape the clear and windy skies was filled with diamonds the jagged black outlines of the ranges were a panorama."①

除此之外，小说中还有许多与爱尔兰有关的专有名词。

---

① Peter Carey, *True History of the Kelly Gang*. London: Faber & Faber, 2001, p.151.

# 逆写的文学：
## 布克文学奖的后殖民小说研究

"如果澳大利亚没有爱尔兰人，那澳大利亚社会简直无法想象。没有任何一块英国殖民地的爱尔兰人像在这里那样集中，爱尔兰人对澳大利亚这个新的国家的形成和发展，对澳大利亚社会的特征起着极其重要的影响。在澳大利亚现有的 1500 万人口中，几乎三分之一的属爱尔兰血统。"① 内德·凯利的父母都来自爱尔兰，父亲是个流放犯，从家乡爱尔兰中南部城市提波拉瑞（Tipperary）流放到澳大利亚的范迪门地。由于这样的文化背景，内德·凯利的叙述中多次出现爱尔兰民间传说中的人物和民族英雄，充满了浓郁的爱尔兰民间色彩。

少年时的内德·凯利奋不顾身跳入冰冷的河水中救助溺水的小伙伴时，他感觉到："the water so fast and cold it would take your breath like a pooka steals your very soul."② pooka 是爱尔兰民间传说中经常变成动物出现的鬼怪。他满怀深情地回忆舅舅们在爱尔兰时候的生活："Wild Pat the Dubliner played the accordion at my ma's shebeen that Uncle Jimmy had a beautiful voice it would make you cry to hear him sing the *Shan Van Voght*."③ 舅舅唱的 *Shan Van Voght* 被爱尔兰人视作他们自己的《马赛曲》。他形容看到的个子矮小的人是 "a leprechaun could be no smaller"。Leprechaun 是爱尔兰民间传说中的妖精，将其捉住后，可令其指点宝藏所在地。

在父亲被捕之后的晚上，内德·凯利的母亲把他们兄弟姐妹集中起来讲述爱尔兰民间故事："She Knew the stories of Conchobor and Dedriu and Mebd the tale of Cuchulainn I still see him stepping into his war chariot it bristles with points of iron and narrow blades with hooks and hard prongs and straps and loops and cords."④ 母亲讲述的 Conchobor 是爱尔兰传说中公元初期的厄尔斯特国王，Cuchulainn 则是爱尔兰民间传说中独身保卫祖国抵抗侵略者的英雄。正是这些英雄人物和故事的熏陶培养了内德·凯利疾恶如仇、勇敢忠诚的性格。

内德·凯利还借爱尔兰民间传说中象征死亡的女鬼班西

---

① 帕特里克·奥法雷尔：《澳大利亚的爱尔兰人》，王宜贵译，载《民族译丛》，1987 年第 6 期。
② Peter Carey, *True History of the Kelly Gang*. London: Faber & Faber, 2001, p. 33.
③ Peter Carey, *True History of the Kelly Gang*. London: Faber & Faber, 2001, p. 181.
④ Peter Carey, *True History of the Kelly Gang*. London: Faber & Faber, 2001, p. 29.

(Banshee)，控诉了英国殖民统治者全球扩张的殖民主张对爱尔兰人及其后裔造成的伤害："When our brave parents was ripped from Ireland like teeth from the mouth of their own history and every dear familiar thing had been abandoned on the docks of Cork or Galway or Dublin then the Banshee come on board the cursed convict ships the ROLLA and the TELICHERRY and the RODNEY and the PHOEBE DUNBAR and there were not an English eye could see her no more than an English eye can picture the fire that will descend upon that race in time to come. The Banshee sat herself at the bow and combed her hair all the way from Cork to Botany Bay she took passage amongst our parents beneath that foreign flag 3 crosses nailed one atop the other."[1]

爱尔兰地名和运送流放犯的船名的并置展示了背井离乡的爱尔兰人的身份丧失和历史断裂的痛苦。作为大英帝国殖民地的爱尔兰的人名、地名在小说中多次出现，是爱尔兰人反抗大英帝国殖民统治在语言上的再现。这些人名和地名与带有强烈澳大利亚本土特色的词汇一起，在以英语书写的后殖民文本中呈现了鲜明的民族文化特征，建构了各自的民族文化身份。

《凯利帮真史》中令人印象深刻的语言策略还有许多入木三分的比喻修辞手法的运用。内德·凯利及其一家和同伴的生活内容绝大部分以狩猎、伐木、牧羊、开山、劈石、扎篱笆、搭帐篷等构成，长期的生活观察所得，使得他们都非常擅长以自然界各种常见的动物、植物以及自然景色来做比喻。他们的比喻往往新奇独特、诙谐幽默、形象逼真，同时又一针见血，充满辛辣的嘲讽，令人感受到一股扑面而来的、质朴生动的生活气息。有些比喻甚至显得甚为粗俗，与优雅高贵的标准英语形成鲜明的对比。例如，内德·凯利救了溺水的小伙伴埃沙乌之后，他的父亲为了表达自己的感激之情，告诉内德·凯利的母亲他可以帮忙把被捕的内德·凯利的父亲营救出来，母亲非常激动："Though I couldn't see my mother's face I did see her back shiver like a cat with

---

[1] Peter Carey, *True History of the Kelly Gang*. London: Faber & Faber, 2001, p. 108.

ringworm."① 姐姐安妮的丈夫顶风冒雨骑着马奔驰了两个小时给生病的宝宝取药，回来的路上遇到冰雹，"…his arms his broad back bruised blue to yellow like a lady's dress."② 警察以抢劫罪的罪名逮捕了内德·凯利并对他拳打脚踢，"the yellow bruises surface slowly on my sallow Irish skin. I watched them like clouds changing in the spring sky…"③ 十五岁的内德·凯利在"师傅"哈里·鲍威尔的蒙骗下认定自己杀了人，却突然在无意中得知那个被他"杀死"的人并没有死，"Thus did the truth appear but in a lighting flash like a fish jumping at the evening rise and by the time I saw it there were nothing left but ripples."④ 内德·凯利因为帮助哈里·鲍威尔抢了警察署长朋友的马和表被韦兰警长再次逮捕，韦兰甚至冒着瓢泼大雨把他押解到监狱。对于警察表现出的这股想要置他于死地的力量，十六岁的内德·凯利非常忐忑："I were a plump witchetty grub beneath the bark not knowing that the kookaburra exists unable to imagine that fierce beak or the punishment in that wild and angry eye."⑤ 警察以协助谋杀的罪名逮捕了内德·凯利的母亲，"…the police took her and the baby as easy as plucking mush-rooms in a cow paddock. …and there Sir Redmond Barry waited for her like a great fat leech hiding in the bracken its only purpose to suck the living blood…"⑥

在《凯利帮真史》中，除了以上所运用的用以瓦解殖民者语言中心的策略之外，还有对英语本身直接的戏谑性嘲讽。小说第三章，十五岁的内德·凯利与"师傅"哈里·鲍威尔一起抢劫路人，其中一个衣着很漂亮的年轻女人骑着一匹好马，说着一口标准的英式英语而显得有点拿腔拿调："Her voice were different her accent were all Englishified in other words she took a certain tone."⑦ 与她一起的屠夫介绍说她是波伊

---

① Peter Carey, *True History of the Kelly Gang*. London: Faber & Faber, 2001, p.39.
② Peter Carey, *True History of the Kelly Gang*. London: Faber & Faber, 2001, p.116.
③ Peter Carey, *True History of the Kelly Gang*. London: Faber & Faber, 2001, p.121.
④ Peter Carey, *True History of the Kelly Gang*. London: Faber & Faber, 2001, p.148.
⑤ Peter Carey, *True History of the Kelly Gang*. London: Faber & Faber, 2001, p.164.
⑥ Peter Carey, *True History of the Kelly Gang*. London: Faber & Faber, 2001, p.276.
⑦ Peter Carey, *True History of the Kelly Gang*. London: Faber & Faber, 2001, p.98.

德小姐,"一个穷教师,穷得想找两枚硬币在一起擦着玩儿都没有"①。听说她是个穷教师,哈里·鲍威尔放弃了抢劫她的念头,只让她留下了她骑的那匹马。波伊德小姐也迫不及待地对天发誓说自己的的确确是个穷教师。可是事后证明,她说的都是假话。"后来《旗报》报道说,她是福比·马丁·波伊德小姐,一位富有的牧场主之女,是屠夫阿兰·乔伊斯生意场上不可多得的顾客。"② 波伊德小姐遭遇澳大利亚"匪帮"的抢劫,象征着标准英语遭到澳大利亚英语的消解。不仅波伊德小姐的标准英语发音被贴上了矫揉造作的标签,而且连同她所代表的帝国文化和帝国权威都充满了欺骗性和虚伪性。

后殖民文本《凯利帮真史》在对标准英语的改造和重塑方面展示了丰富的策略,使得澳大利亚英语的独特性不至于被标准英语的光芒所遮盖。澳大利亚英语也因此得以承载澳大利亚的文化,体现澳大利亚的历史,负荷澳大利亚的民族身份,在澳大利亚民族和国家形成的过程中,起到强化民族意识和增强民族凝聚力的重要作用。

---

① Peter Carey, *True History of the Kelly Gang*. London: Faber & Faber, 2001, pp. 99—100.
② Peter Carey, *True History of the Kelly Gang*. London: Faber & Faber, 2001, p. 101.

# 第五章 文学实践

## 第一节 引 言

哲学对文学创作的影响是深刻的,也是显而易见的,哲学思想的变化必然会引起文学思想和文学形式的变化。在西方文学史上,文学思潮的更替和演变除了经济、政治等社会历史原因之外,与当时的哲学思想的引导直接相关,一种新的哲学思潮的出现往往会冲击或否定固有的文学观念。韦勒克在论述文学与思想和哲学的关系时认为:"文学可以看作思想史和哲学史的一种纪录,因为文学史与人类的理智史是平行的,并反映了理智史。不论是清晰的陈述,还是间接的暗喻,都往往表明一个诗人忠于某种哲学,或者表明他对某种著名的哲学有直接的知识,至少说明他了解该哲学的一般观点。"[1] 象征、寓言、互文等文学创作的手段也与特定的哲学思想的影响相关。追溯起来,它们都源于后殖民主义的反本质主义特征。

要说清楚什么是后殖民主义的反本质主义特征,需要先弄清楚本质、本质主义和反本质主义这些概念。

所谓本质,是一事物之所以为该事物的决定性因素,是隐藏在现象背后的绝对存在。一般认为,本质主义这股在西方绵延了两千多年的思维活动源于古希腊哲学家关于万物的来源和基础的论述。他们众说纷纭,既有将具体的水、火、土认定为起源的,也有将抽象的"无限者"奉为本原的。而柏拉图的"理念"、亚里士多德的"本体"的论述开始

---

[1] [美] 勒内·韦勒克、奥斯汀·沃伦:《文学理论》,刘象愚、邢培明、陈圣生、李哲明译,江苏教育出版社,2005年版,第123页。

触及关于本质的认定。亚里士多德认为，事物的特性中表现为本质的那一部分就是一事物区别于其他事物的特殊规定性。因此，关于本质主义的学说就是认为"在一事物 X 所具有的那些性质中，我们能够区分出它的本质属性和它的偶然属性。根据这种观点，X 的某些性质构成它的本质，而余下的性质则是它偶有的。在不同类型的本质主义看来，本质属性使得 X 成为它所是的那个个体，它所是的事物类型，或者它的类型的一个元素"①。

历史进入中世纪以后，神学占据了主导地位，哲学沦为神学的婢女，关于本质的探究就此中断。文艺复兴掀起的启蒙运动高擎理性主义的大旗，全面收复了曾经为神学所占领的社会科学和自然科学等诸多学科领域，也为人们对本质的继续探究扫清了障碍。洛克、霍布斯、斯宾诺莎等思想家继承了亚里士多德关于"实体"的概念，从不同的角度提出了关于"实体"的构想。尽管他们在究竟何为"实体"的看法上观点并不一致，但他们都承认并且确信实体的存在，将哲学的任务或者目的确定为认识事物的本质。其中，黑格尔的论述具有代表性："我们常认为哲学的任务或目的在于认识事物的本质，这意思只是说，不应当让事物停留在它的直接性里，而须指出它是以别的事物为中介或根据的。事物的直接存在，依次说来，就好像是一个表皮或一个帷幕，在这里面或后面，还蕴藏着本质……事物中有其永久的东西，这就是事物的本质。"②

近代哲学家卡尔·波普尔（Karl Popper）从"方法论"角度界定了何为本质主义及其追随者的主张："我用方法论本质主义这个名称来表示柏拉图和许多他的后继者所主张的观点。这种观点认为，纯粹知识和'科学'的任务是去发现和描述事物的真正本性，及隐藏在它们背后的那个实在或本质。柏拉图尤其相信，可感知事物的本质可以在较真实的其他事物中找到，即在它们的始祖或形式中找到。其后有许多方法论本质主义者，例如亚里士多德，在这一点上虽然和他并非完全相同，但是他们都和他一样都认定纯粹知识的任务是要发现事物的隐藏本性、形

---

① ［英］尼古拉斯·布宁、余纪元：《西方哲学英汉对照辞典》，人民出版社，2001 年版，第 322 页。

② ［德］黑格尔：《小逻辑》，贺麟译，商务印书馆，2003 年版，第 242 页。

式或本质。……根据方法论本质主义，可以有三个方法来确认事物：'我的意思是，我们能够认识事物的不变实在或本质；我们能够知道本质的定义；我们也能够知道它的名称。'"①

随着本质主义逐渐发展成为西方思想界占据统治地位的思维方式，其特征也越来越明显。由于本质主义普遍相信事物具有本身所固有的属性，而这种属性往往隐藏在事物的现象背后，等待人们去发掘和呈现。因此，他们将事物唯一不变的属性视作中心，将本质的存在视作真实的独立的本真存在。这就必然带来本质和现象、普遍和特殊、一般和个别、必然和偶然等之间的相互对立，由此引发人类社会普遍的二元分立：人和自然、肉体和灵魂、物质和精神。而人类的任务就是通过不断的努力，消解和取代后者，从而确认前者的支配和主宰地位，最终确立一元中心的价值体系的。

本质主义的思维方式使得人类扩大了对自然界的认识深度和广度，而在这个过程中，人的主体性也不断增强，推动了人类文明和历史进程的快速发展。但是也是在这个过程中，本质主义对思维的钳制和社会发展的负面影响表现得越来越多并且引起人们的怀疑，一股反本质主义的思潮开始出现。

波普尔并不将这股思潮定义为"反本质主义"，他称之为"方法论唯名论"，"它不会认为'能是什么'或'运动是什么'或'原子是什么'这类问题是物理学的重要问题；而认为'怎样利用太阳能'或'某个行星是怎样运行的'或'在什么条件下原子会辐射光'等问题才是重要的问题。如果有些哲学家对方法论唯名论者说，在没有回答'是什么'的问题之前就无法精确解答'是怎样'的问题，那么，他若要回答的话，他就表明，他宁要他的方法所能达到的那种一般精确度，也不要他们的方法所能达到的那种狂妄的含糊"。② 反本质主义者已经不再追问"什么是真理"或者"真理是什么"，而关心"真理的话语是怎么被生产出来的"；已经不关心什么可以超越历史、亘古不变，而开始关心，

---

① ［英］卡尔·波普尔：《开放社会及其敌人》（第一卷），陆衡等译. 中国社会科学出版社，1999年版，第66页。
② ［英］卡尔·波普尔：《开放社会及其敌人》（第一卷），陆衡等译. 中国社会科学出版社，1999年版，第68页。

什么样的社会和历史语境会产生什么样的话语和思潮。

波普尔所谓的"狂妄的含糊"即指事物的不可与其命名分割的内在的特征、定义和属性,也就是利奥塔批判的"宏大叙事",德里达想要解构的"逻各斯中心主义"以及罗蒂试图取消的"现象本质二元对立"。与他们一起加入这股反本质主义批判浪潮的还有尼采、海德格尔、萨特、福柯等。他们或者宣布上帝已死从而抛弃具有本质意义的上帝;或者提倡去蔽,以"存在"替代长期以来由"存在者"遮蔽着的存在本身;或者强调人的现实存在的优先性,声称"存在先于本质";或者通过知识考古和谱系学的方式去寻找历史的断裂和偶然,否定本质主义的历史观。不管他们各自的切入点和阐述的重点有多么不同,有一点是相同的:他们都主张消解本质,取消总体性、同一性、普遍性、本源性等的质的规定性,肯定异质性、多元性、个体性和复杂性。

这股反本质主义的思潮被认为主要由后现代哲学推动,而反本质主义也由此成为后现代主义以及接过后现代主义衣钵的后殖民主义的重要特征。

约翰·麦高文认为,后现代主义最重要的特征"是它彻底的反原旨性——它要避免一切本体的、认识的或伦理的绝对主义。它同时也坚定地表明改革现存西方社会制度的激进态度"[①]。所谓的反原旨性就是反本质主义。而后殖民主义,不管学界对后现代主义和后殖民主义之间的关系有多少争议,后现代解构欧洲文化逻各斯中心主义和宏大叙事与后殖民拆解帝国中心话语在理论旨趣上是一致的,而二者的哲学源头都指向反本质主义。

在后殖民理论的奠基之作《东方学》一书中,萨义德明确表示自己是一个"反本质主义者",他说"像'东方'和'西方'这样的词没有与其相对应的作为自然事实而存在的稳定本质"[②]。他详细阐释了东方学对东方的本质化过程:"东方学首先对东方进行类型化、妖魔化、概括化建构,然后把这一关于东方的建构物永恒化、普遍化、非历史化,

---

[①] 徐贲:《走向后现代与后殖民》,中国社会科学出版社,1996年版,第170页。
[②] [美]爱德华·W.萨义德:《东方学》,王宇根译,生活·读书·新知三联书店,1999年版,第426页。

这样，一个本质化的东方就被制造出来了。"① 斯皮瓦克也并不认为有所谓的"印度特征"的存在，"'印度'对我这样的人来说，并不是一个能够形成某种民族属性的真的地方，因为它一直是一个人为的构成物。'印度特征'不是某种存在的实物"②。后殖民主义所有关注的焦点问题，从历史反写、殖民地人民的主体身份、边缘人和庶民的声音到语言的重置，归结为一点，都可以看作是对帝国主义本质化东方的抵抗和反拨，也就是说，都是反本质主义的体现。而象征、寓言和互文等文学创作手段，在后殖民作家的精心构思和巧妙运用之下，成为他们后殖民反写的一种策略，从艺术形式的角度参与了对帝国主义话语的拆解和西方中心主义的反抗。

帝国主义的二元对立逻辑将世界看成是二元对立的，从而以殖民的方式在帝国的世界里建立了一种处于控制和被控制的对立关系。西方主义的话语通过将西方定义为中心，西方之外的地方定义为他者，依靠科学和社会学的修辞来描述社会，从而支持了西方价值观的普适性这一意识形态。在文学创作领域，情况同样如此。

象征主义崇拜直觉，反对理性，而产生和发展于西方特定历史社会环境的科学理性被尊奉为唯一能把握真理的绝对理性。"理性成为衡量文化先进与落后之间的标志，而它之所以能成为标志，首先是因为它是普遍的、放之四海而皆准的。"③这种对绝对理性的推崇根源自本质主义，同样也就表现为将感官世界和理念世界、现实世界和本体世界、现世界和彼世界、现象世界和本质世界对立起来的二元划分模式。而象征主义者的任务就是否定和取消这种模式，通过肯定个体的生存领悟，重新确认人的直觉在认识世界、探寻真实方面的决定性意义。这种新的思维方式与传统的本质主义二元思维模式背道而驰，也正是在这个意义上，象征得以成为后殖民写作有效的策略之一。

寓言的核心本质在于言此意彼，在于言意的分离。这一点尤为德国

---

① 杨耕：《为马克思辩护——对马克思哲学的一种新解读》，中国人民大学出版社，2010年版，第404页。

② 转引自盛宁：《"后殖民"文化批评与第三世界的声音》，载《美国研究》，1998年第3期。

③ 王晴佳：《后殖民主义与中国历史学》，载刘东：《中国学术》（第三辑），商务印书馆，2000年版，第264页。

思想家本雅明所看重，他将寓言的基本特点归纳为含混和多义性，放大了寓言自身言意分离的特征，强调言意的分离所带来的破碎、断裂和含混的后果，从而认为寓言本身是物质与精神、内容与形式等范畴破裂、分离的标志。弗雷德里克·詹姆逊（Fredric Jameson）在此基础上更进一步，认为"寓言精神具有极度的断续性，充满了分裂和异质，带有与梦幻一样的多种解释，而不是对符号的单一的表述"[①]。詹姆逊看中了寓言所蕴藏的多义性、含混性、异质性的精神，以此对抗西方传统历史主义的实体性、整一性、中心性和完整性。在后殖民写作中，运用寓言书写因此比现实主义更加有效。

无论是在西方还是在中国，"互文"这个术语都蕴含了文本互释的思想。互文性理论认为，任何一个单独的文本都不是自足的，都是通过吸收和转化其他文本才产生意义的。文学写作的互文运用属于狭义的互文性的概念，将互文性的发生范围限定在文本与文本之间，指的是一个文本与可以论证存在于此文本中的其他文本之间的关系。互文性最突出的特征是强调文本本身的断裂性和不确定性，以此打破文本中单一的权力支配状况，在文本与文本之间形成一种相互指涉、相互交叉、相互重叠和相互转换的互文性描述，从而在具体的文本内部形成多元文化、多元话语相互交织的局面。

从象征、寓言到互文，所有这些文学创作的技巧之所以被认为是后殖民写作的重要策略，其原因就在于尽管它们各自的侧重点不同，但它们都是建基于反本质主义这样一种哲学思想基础之上的文学理论影响之下的结果，它们都致力于在文本内部，以艺术手段的方式，解构西方中心主义的二元对立系统，破解意义的确定性、同一性、整体性、总体性等深层结构，突出意义的不确定性、开放性、多元性、非中心化等特点。它们对存在于文学书写内部的权力关系的颠覆与后殖民理论从文化的角度对抗欧洲中心主义话语的诉求是完全一致的。

---

[①] [美]弗雷德里克·詹姆森：《处于跨国资本主义时代中的第三世界文学》，载张京媛主编：《新历史主义与文学批评》，北京大学出版社，1993年版，第239页。

## 第二节 象 征

象征是一种非常古老的文艺表现手法。艾布拉姆斯认为："在讨论文学时，象征这个术语仅指用来表示某一事物或事件的词或短语，这一事物或事件本身又代表某一事物，或者超越其自身的参照范围。"[①] 韦勒克和沃伦给象征下的定义是："在文学理论上，这一术语较为确当的含义应该是：甲事物暗示了乙事物，但甲事物本身作为一种表现手段，也要求给予充分的注意。"并且认为"'象征'具有重复与持续的意义。一个'意象'可以被一次转换成一个隐喻，但如果它作为呈现与再现不断重复，那就变成了一个象征，甚至是一个象征（或者神话）系统的一部分"[②]。对于读者来说，象征内在意义的含糊性给阅读带来更多的暗示、自由和不确定的意味。中国古代诗论中所说的"比兴"和古希腊亚里士多德所指的"隐喻"都被认为可以包含在象征这种手法里。

19世纪后半期产生于法国的象征主义文学流派，将象征手法的运用作为本流派区别于其他文学流派的主要标志，并且发展出一套对象征手法的独特见解。西蒙斯认为："象征主义始于最初的人类命名每一件活生生事物时说出的最初一些单词；或者在此之前，始于天上的上帝创世时命名天地万物之际。"[③]

象征主义崇拜直觉，反对理性。他们认为人的客观世界是不可知的，而主观世界才是真实的。在卡西尔看来，人类"是如此地使自己被包围在语言的形式、艺术的想象、神话的符号及宗教的仪式之中，以致除非凭借这些人为媒介物的中介，他就不可能看见或认识任何东西"[④]。也就是说，人类所有的感觉、经验、意识和观念都被贴上了传统意义的

---

① [美] M. H. 艾布拉姆斯：《欧美文学术语辞典》，朱金鹏、朱荔译，北京大学出版社，1990年版，第362页。

② [美] 勒内·韦勒克、奥斯汀·沃伦：《文学理论》，刘象愚、邢培明、陈圣生、李哲明译，江苏教育出版社，2005年版，第214~215页。

③ [英] 西蒙斯：《印象与评论：法国作家》，载黄晋凯、张秉真、杨恒达主编：《象征主义·意象派》，中国人民大学出版社，1989年版，第96页。

④ 卡西尔：《人论》，甘阳译，上海译文出版社，1985年版，第33页。

标签，真正的现实被包裹在这层层外壳中。在象征主义者看来，表象和客观的东西都是靠不住的，而他们的兴趣就在于透视事物的外观与隐秘的真实事实之间的象征关系，探寻真实的真正含义，确定"最高真实"。而通往这个真实的"理想世界"的途径就只能借助于对有形具象的客观事物的暗示和象征。西方传统的二元世界划分法将感官世界和理念世界、现实世界和本体世界、现世界和彼世界、现象世界和本质世界对立起来，并且认为前者是不确定不恒定的，后者是恒定不变普遍有效的，象征主义者志在否定和取消这种二元划分模式。"它借助这个模式要指向的恰恰是要在新的意义上确定被这个模式所否定的感官世界，给这个世界以新的意义。为了摆脱二元思维模式的传统逻辑定势，象征主义者不相信理性，它肯定的是非理性与幻觉并企图以此方式消除前观念和成见以达到思的还原，以期获得真实的认知。"① 象征主义的理想是"使以理性逻辑、普遍原则为中心的二元思维模式转换成一种非中心的、非成见的、非理性的直觉感悟方式。这种直接感悟不承认定见，不承认普遍观念，它还原到感性个体的生存领会之中，成为个体生存的解释方式与思维方式"②。

象征主义对传统二元思维模式的全面怀疑和否定以及对真实世界重建的主张与后殖民反本质主义的特征完全吻合，与后殖民挑战殖民话语霸权、解构西方中心主义的理论诉求是一致的。因此，象征主义的手法为后殖民小说所普遍征用，并成为常见的艺术表现手法也就合情合理。

南非女作家纳丁·戈迪默1974年获得布克文学奖的作品《自然资源保护者》(*The Conservationist*)是她的第六部长篇小说。与她之前的所有作品一样，《自然资源保护者》仍然以非洲为故事背景，表现种族隔离制度下南非的白人、土著黑人的生活和斗争。

小说的主人公梅林是个开采煤矿售卖生铁的资本家，他出于一时兴起购买了约翰内斯堡郊外的一个小农庄，并试图把它当成与情人的幽会地点和周末度假的去处。但是他对农庄的所有权只不过是获益于南非其时一些带有种族倾向的法律规章。从根本上来说，是种族的特权使得他

---

① 余虹：《在西方文明的转折点——论象征主义思潮》，载《外国文学评论》，1989年第1期。
② 余虹：《在西方文明的转折点——论象征主义思潮》，载《外国文学评论》，1989年第1期。

那样的白人能够拥有更多的土地，使得他们购买农庄成为可能，并且还能保证如果经营不善，损失可以从所得税中减免。在他看来，农场的所有权是他的天赋外加辛苦努力的结果，天经地义，丝毫没有任何值得怀疑之处。他因此沉溺于土地与自己之间的这种稳固的从属关系之中，充分地享受着对农场的控制权，享受着农场的美丽景致，兴致浓厚地品味着万物生长的喜悦。直到有一天，他的农场里发现了一具不知名的黑人的尸体。警察声称由于人手不足，他们没有兴趣调查死因，因此将这具尸体草草地就地掩埋。这具沉默的尸体开始让梅林感到一丝不快，成为他挥之不去的噩梦。这个黑人尸体的阴影一直笼罩着整篇小说，像一个有待解开的谜题。在小说末尾，庄园被水淹没的时候黑人的尸体再次出现，他的黑人兄弟姐妹为他举办了葬礼。梅林也因此得以发现自己需要重新面对种族和阶级之间的紧张关系，因为原来受到白人特权制度保护的那种体制越来越不稳定了。

《自然资源保护者》是戈迪默的小说作品中非常独特的一部。评论家普遍认为，戈迪默是萨特所定义的那种"介入的作家"："'介入'作家知道揭露就是改变，知道人们只有在计划引起改变时才能有所揭露。他放弃了不偏不倚地描绘社会和人的状况这一不可能的梦想。"[①] 她的写作因此与南非的民主与反民主斗争的政治进程息息相关。而在《自然资源保护者》中，南非其时的政治环境只是作为小说的大背景出现的，并没有直接描写政治斗争的内容。另外，《自然资源保护者》的创作手法也非常特别。戈迪默的现实主义创作手法贯穿着她整个创作生涯，从早期的代表作《说谎的日子》《贵客》一直到后期的《伯格的女儿》《我儿子的故事》等，这种社会现实主义的创作手法甚至成为和同时期其他作家相区别的标志之一。但是，《自然资源保护者》所采用的艺术手法则非常特别：情节简单，叙事没有连续性，也没有传统小说叙述故事所采用的开端、高潮、结尾的模式，只是一些事件的集合，而且时空颠倒，很难分清哪件事在先哪件事在后。主人公的内心与外界、现实、回忆交叉重叠，多种叙述视角不停转换，从白人主人公到黑人工头，再到情人或者儿子，叙述切换之间没有任何提示和过渡。意识流的运用在小

---

① 《萨特文论选》，施康强选译，人民文学出版社，1991年版，第102页。

说中占了很大篇幅，如梅林在想象中分别跟情人、儿子、前妻、雅各布斯的对话，所有这些说话的对象都没有称谓，直接以"你"开头，占据整整一页的这种想象中的对话在文中比比皆是，而最令人印象深刻的是小说密集的错综复杂的象征体系。

首先，题目的象征意义非常明显，conservationist 的动词 conserve 在英语中的意思是保存、维持。梅林周围的一切都在或明或暗地经历着改变，尽管他感受到了这种改变并且也隐隐感到一丝失落和悲伤，但是他基本上对这些变化无动于衷，而是竭力试图保持现在的生活方式。他对农场的保护（修缮建筑物、清理防火带、给农场围一圈栅栏）与其说是出于保护生态环境的考虑，不如说是在宣示对农场的所有权。农场因此代表了他想要保持的南非现有的政治体制：一小部分白人凌驾于绝大多数黑人之上的种族隔离制度。

而黑人尸体在小说中的出现和最后的结局也具有浓厚的象征意义。被谋杀的黑人被就地匆匆掩埋，没有墓碑和墓穴，象征着所有黑人无根的流动性，没有故土。而对于梅林来说，他在潜意识里将已经掩埋的黑人视作"闯入者"（intruder），跟他一起拥有这片土地，挑战着他对这片土地的所有权。在小说末尾，庄园被水淹没的时候黑人的尸体再次出现，他的黑人兄弟姐妹也成功地为他争取到一个体面的葬礼，一副棺木和一片可以安息的土地。"农场的土地接受了这具不知姓名的黑人遗体。他没有家人在场但是他的黑人姐妹们在为他哭泣，他没有子孙在场但是黑人的子孙在照料着他的遗体。他们最后将他的遗体安放好，让他得以安息。他又重新回归了土地，获得了土地的所有权，他们的土地，而他是他们中的一员。"① 黑人的遗体得以在这片土地上安葬象征着他们才是土地的真正主人，南非的土地是属于黑人的。

小说的主人公白人农场主梅林也可以看作是处于联合国制裁下的南非的缩影，在同声谴责种族隔离的国际社会显得越来越孤立。他将自己幻想成大自然的守护者，培育着上帝的土地。他关注农场的一草一木，为一片开花的干草地感动进而产生敬畏之情。即便只是在农场散散步、感受一下脚下的土地都是令他满意的。他声称保护珍稀物种，禁止黑人

---

① Nadine Gordimer, *The Conservationist*. New York: The Viking Press, 1975, p. 267.

孩子玩珍珠鸟蛋。但是除了自然资源保护者这个身份之外，他还是一个靠采矿出售生铁谋利的资本家，他每天都要驾驶他的奔驰车在农庄和城市之间奔波，但是对周围的自然风光、黑人的贫困、工业生产排放的垃圾，他都视而不见，采矿对生态环境的破坏也从来不在他的考虑范围之内。作为白人，梅林富有，有权势，但他却感到越来越孤独。不仅他的朋友逐渐放弃了与他的交往，就连他身边最亲近的人也在渐渐远离他：前妻与他离婚去了自由之邦美国，儿子也长大了即将离开他投奔母亲，情人因为致力于推翻种族隔离制度的斗争而被迫离开南非流亡海外。他替自己做的打算是死去之后埋葬在这个农场，梦想着在鸟语花香中长眠，梦想着他所维护的种族隔离制度永远持续下去。他的子孙后代将继承土地的所有权，在这里繁衍生息。他的如意算盘招来情人的嘲笑："你从地契办事处得到的那份地契文件的合法性不会再延续到下一代了。只有当我们把土地归还给他们，正如当初从他们手里夺取的时候一样，这份地契才有价值可言。黑人会撕碎这份地契的。没人会记得你葬在何处。"① 情人准确地预测了梅林和他代表的白人阶级所信奉的种族歧视和种族偏见的观念和制度最终将走向末路的命运。

另外，小说开始的时候，梅林打算种植从欧洲进口的栗子树，重塑本地的自然风光。栗子树象征着欧洲人对南非的征服，栗子树的水土不服也象征着欧洲人征服南非的失败。小说以洪灾结束，象征着改变，象征着原来的土体所有权制度被冲垮。

1988 年，澳大利亚作家彼得·凯里获得当年布克文学奖的小说《奥斯卡与露辛达》讲述了主人公奥斯卡与露辛达之间离奇的爱情故事。牧师奥斯卡在去往澳大利亚传教的航船上巧遇从伦敦回国的澳大利亚姑娘露辛达，对赌博的狂热令二者结识。之后他们在悉尼的赌场再次相遇，奥斯卡因为赌博丢了神职生活无着，露辛达慷慨救助，将他安置在自己的玻璃厂。两人心里都爱恋着对方却又不愿意流露真情。奥斯卡建议露辛达建造一座玻璃教堂，送给深爱着她的哈希特牧师。露辛达表示同意并以自己的全部财产作为赌注，如果奥斯卡能将玻璃教堂顺利送达，他就将获得露辛达的全部财产。为了保证奥斯卡能将玻璃教堂安全

---

① Nadine Gordimer, *The Conservationist*. New York: The Viking Press, 1975, p. 177.

送达，露辛达还特意为他雇佣了一支探险队。奥斯卡由此踏上护送玻璃教堂穿越澳大利亚大陆之旅。

奥斯卡和露辛达因为赌博而相识，又因为赌博而进入彼此的生活，玻璃教堂是他们最大的赌注也是最后的赌注，玻璃教堂也是小说想要表达的全部的象征意义之所在。

1851年开办的伦敦第一届世界博览会的展馆是由英国园艺师帕克斯顿设计的，大部分为铁结构，外墙和屋面均为玻璃，整个建筑通体透明，宽敞明亮，记者兼作家道格拉斯·杰罗尔将它命名为水晶宫。水晶宫这座代表现代化大规模工业生产技术的建筑原来只是世博会展示展品的场馆，不料却成为此届世博会最成功的作品和展品，成为世博会的标志，英国人为自己能开创世界建筑奇迹感到无比荣耀和自豪，因此在世博会结束以后，水晶宫被移至伦敦南部的西得汉姆，以更大的规模重新建造，并在此后的82年时间里成为伦敦的娱乐中心。在小说中，露辛达将母亲留给她的巨额遗产用来创办玻璃制品厂，也是因为她相信水晶宫及其代表的现代工业文明进步和解放的力量。"玻璃教堂从下游而上，它的墙犹如闪光的冰块，如文明一样精妙、高雅。"①

作为帝国主义文化殖民的重要形式，宗教对殖民地的占领和统治是以直接作用于殖民地人们的精神世界，从根本上改变他们的人生价值观而得以完成的。统治者对于宗教隐性殖民的作用也非常认同，在给北美殖民先驱汉弗莱·吉尔伯特的特许状中，伊丽莎白女王指出："去发现、探测、寻找和考察那些遥远的、异教的、蛮荒的并且未被任何其他基督教君主或人民占有的土地、国家和领地。把基督的真理传播到那些地方。"宗教因此被赋予了教化蛮荒的神圣职责，推动着帝国主义的海外扩张。

所以说，玻璃教堂其实是英国工业文明和基督教文明结合的象征。"一场有悖宗教的恶梦，无知、庸俗和臃肿的纪念碑——拱形的屋顶，摩尔风格的围屏，都铎式的三角墙，日本式'效应'。它还是头大怪兽——有一百英尺宽。"② 作为首批来澳传播基督文明的牧师奥斯卡，

---

① ［澳］彼得·凯里：《奥斯卡与露辛达》，曲卫国译，上海译文出版社，2012年版，第489页。
② ［澳］彼得·凯里：《奥斯卡与露辛达》，曲卫国译，上海译文出版社，2012年版，第411页。

他护送玻璃教堂之旅也因此象征着大英帝国的殖民远征之旅。

露辛达为奥斯卡雇佣的探险队队长杰弗里斯是典型的帝国殖民远征者的形象。这个野心勃勃的探险者原本不过是办公室里的一个小职员，不过在他内心却一直翻腾着探险、测量和绘制地图的热望。露辛达雇佣他作为保护奥斯卡护送玻璃教堂的探险队队长为他提供了实现理想的绝好机会。"他会写出这个殖民地从没有读到过的日记；每个山峰、山口的高度都会被精确地测量；连绵起伏的山脊会被优美地描述出来。他的文章有钢一样的筋骨，而他的描述则像紫罗兰的花瓣一样娇嫩。"① 杰弗里斯对探险的渴望与帝国主义对殖民地的垂涎毫无二致。在护送玻璃教堂的过程中，为了测量山的高度，他任意砍伐树木、大肆屠杀无辜的土著人。帝国远征从来都是与对土著人的杀戮和毁灭联系在一起的，"大英帝国的远征英雄、后成为好望角殖民地总督的哈里·史密斯爵士曾这样说过：'向野蛮人开战不能按照既定的原则，必须按照常识行事才行。'这里所谓的'常识'，其实往往就是对土著居民生活的蔑视、冷漠和暴力"②。在"远征英雄"杰弗里斯看来，西方文明对殖民地的入侵和占有是不可抵挡的大势所趋，就好像"每块玻璃都会穿过从没有、一次也没有见过玻璃的乡村。这些玻璃板将开创新的历史进程，将撕开遮蔽地面的白色粉尘覆盖物，揭示出下面的地图。地图上有山川、河流、地名、他出生地波罗姆雷的街道，把它们与澳大利亚原始的河流连接在一起。"③ 探险队队长杰弗里斯野蛮屠杀土著人的行径激起了奥斯卡的愤怒，在同伴的帮助下，奥斯卡用利斧砍死了杰弗里斯。

土著人对象征着西方文明的玻璃的到来充满了戒备和怀疑。纳库人"发现玻璃很锋利……能割破树，能割伤部落人的皮肤"④。白人想翻越在纳库人看来神圣的道森山，纳库人希望他们不要那么做。白人开枪打死了一个纳库人，在武力的震慑之下，另一个纳库人奥戴尔贝利带着他们翻越了大山，以为白人来到海边就万事大吉，没想到白人对另外一个

---

① [澳] 彼得·凯里：《奥斯卡与露辛达》，曲卫国译，上海译文出版社，2012年版，第408页。
② [英] 艾勒克·博埃默：《殖民与后殖民文学》，盛宁、韩敏中译，辽宁教育出版社，1998年版，第21页。
③ [澳] 彼得·凯里：《奥斯卡与露辛达》，曲卫国译，上海译文出版社，2012年版，第438页。
④ [澳] 彼得·凯里：《奥斯卡与露辛达》，曲卫国译，上海译文出版社，2012年版，第467页。

部族的人发起了进攻，并且打死了很多土著人。悔恨交加的奥戴尔贝利找到了这个部族的人，把自己的遭遇告诉了他们，用随身携带的一块玻璃割破了自己的血管，划破了胸口和臂膀，最后失血过多而死。玻璃所象征的西方文明强大的破坏力在此得到最大程度的呈现。土著人对玻璃的恐惧体现在他们编的一首歌谣中："玻璃能切割。这我们从来没见过。现在它进入我们的生活。它是陌生人的圣物。玻璃能切割。玻璃能割袋鼠。玻璃能割袋狸。玻璃能割树和草。快走吧，陌生人。快到肯贝恩杰利。好心的神灵，放了我们，走吧，走吧。"①

玻璃教堂最终到达目的地时已经破碎不堪，奥斯卡在神情恍惚之下与一个寡妇结婚，醒悟之后他怀着对露辛达的内疚走进玻璃教堂忏悔，而玻璃教堂却沉入了水底，奥斯卡溺水而亡。作为牧师的奥斯卡好赌，经不起女色诱惑，还犯了杀人之罪，这些都与他所宣扬的基督教文化背道而驰，足以见出基督教文化的虚伪与腐败。最终玻璃教堂的沉没、奥斯卡的溺亡象征着西方工业文明和基督教文化在澳洲大陆的没落和衰亡。

## 第三节　寓言与互文

作为一种文学作品类型，寓言从产生到现在已经有许多年的历史，是许多文学形式和流派都乐意采用的一种创作技巧，各种文学类型，只要它们在讲述一系列连贯事情的同时还表示了另外一系列相关的意思，就都可以视作寓言。艾布拉姆斯将寓言定义为"一种记叙文体，通过人物、情节，有时还包括场景的描写，构成完整的'字面'，也就是第一层意义，同时借此喻彼表现另一层相关的人物、意念和事件"②。著名的马克思主义理论家詹姆逊认为："所谓寓言性就是说表面的故事总是含有另外一个隐秘的意义，希腊文的 allos（allegory）就意味着'另外'，因此故事并不是它表面所呈现的那样，其真正的意义是需要解释

---

① ［澳］彼得·凯里：《奥斯卡与露辛达》，曲卫国译，上海译文出版社，2012 年版，第 468 页。
② ［美］M. H. 艾布拉姆斯：《欧美文学术语词典》，北京大学出版社，2009 年版，第 7 页。

的。寓言的意思就是从思想观念的角度重新讲或再写一个故事。"① 如果将第一层或者表层的意义理解作"言"的话，那么另一层隐藏的意义就是"意"了，因此，寓言的核心本质就在于言此意彼，在于言意的分离。

在西方文学史上，对寓言的认识也经历了一个曲折的过程。从柏拉图开始，一直到文学大师歌德及英国浪漫主义诗歌理论的杰出代表柯勒律治，他们对寓言都抱有轻视和贬损的态度。为寓言正名的重任最后落在法兰克福学派的重要理论家本雅明身上。本雅明认为："'寓言'艺术使意义产生于当主题设计本文之外的东西时……是物质与精神、内容与形式等范畴破裂、分离的标志。"② 本雅明放大了寓言自身言意分离的特征，强调言意的分离所带来的破碎、断裂和含混的后果，从而与一切整体性、连续性和完整性划清界限。"寓言的基本特点是含混和多义性……含混始终是意义的清晰和统一的对立面。"③ 本雅明对寓言的论述给了詹姆逊极大的启发并对其做了大胆的引申："寓言精神具有极度的断续性，充满了分裂和异质，带有与梦幻一样的多种解释，而不是对符号的单一的表述。"④ 詹姆逊借助"寓言的精神"来对抗以实体、存在、中心、完整和确定为特征的历史主义，据此建构自己的历史寓言化理论。因此，在他看来，"所有第三世界的本文均带有寓言性和特殊性：我们应该把这些本文当作民族寓言来阅读，特别当它们的形式是从占主导地位的西方表达形式的机制——例如小说——上发展起来的"⑤。那些以寓言的形式来书写的第三世界的文本，既是以西方文学传统为基础的，同时又是对西方文学传统的反拨。

南非独特的现实和历史语境决定了当代南非文学的主流一直是以反映南非社会现实生活为主的社会现实主义。然而在库切看来，源于英国

---

① 《后现代主义与文化理论——弗·杰姆逊教授讲演录》，唐小兵译，陕西师范大学出版社，1986年版，第118页。
② 王一川：《历史化与寓言——杰姆逊美学理论评析》，载《当代电影》，1996年第2期。
③ [德] 本雅明：《德国悲剧的起源》，陈永国译，文化艺术出版社，2001年版，第145页。
④ [美] 弗雷德里克·詹姆森：《处于跨国资本主义时代中的第三世界文学》，载张京媛：《新历史主义与文学批评》，北京大学出版社，1993年版，第239页。
⑤ [美] 弗雷德里克·詹姆森：《处于跨国资本主义时代中的第三世界文学》，载张京媛：《新历史主义与文学批评》，北京大学出版社，1993年版，第234~235页。

文学传统的社会现实主义并不是表现南非现实的唯一手段,"不是说现实主义对 19 世纪 50 年代的现实是充分的,但是对 20 世纪 70 年代的现实不再充分,不是那种方式,我们仅能说从一代到另一代的改革是必须的。到 20 世纪 60 年代那种反映时代的小说传统至少在南非事实上是陈腐的,这些是控制英国小说的传统。存在着一种普遍的不满和对新形式的探寻"①。库切希望通过自己的文学实践,摸索出一条创新之路,构建南非本土的文学属性。另外,寓言写作是库切与南非文学审查制度抗衡的一种方式。"因为信息的加密使得解码更困难,寓言可以被看作是一种隐藏(最终目的是为了播撒)越界的、'异端'的观点。……因此库切的作品没有受到南非文字审查制度的非难。"② 从 20 世纪 60 年代到 80 年代,南非一直运行着世界上最完整的被称作"出版控制条例"的审查制度,南非许多著名作家,包括纳丁·戈迪默和安德烈·布林克等的作品都被禁过。所以,寓言书写成为库切所热衷采用的一种最为有效的表现方式和策略,既能表达他对传统欧洲现实主义文学的反叛,又能成功躲过南非严苛的文字审查制度,隐秘地传达他的抗争和批判。

库切的《迈克尔.K 的生活和时代》被许多评论家认为与卡夫卡的作品有着许多相似之处。著名学者多米尼克·海德(Dominic Head)曾说:"从表面上看,迈克尔.K 的名字明显是参考了卡夫卡《诉讼》里面的约瑟夫.K 的名字,再结合其他方面的暗示,它显然表现出了一种和卡夫卡共有的异化主题。"③ 卡夫卡的第一部小说《诉讼》中的主人公银行高级职员约瑟夫.K 在 30 岁生日那天突遭逮捕,不知身犯何罪却要定期接受"审讯";自由不受限制,却又随时感受到被限制;用尽所有方法极力证明自己无罪的努力均告失败之后,被杀死在采石场。卡夫卡最后一部长篇小说《城堡》中的土地测量员 K 在一个夜晚踏雪来到神秘、强大的城堡面前,倾尽全力想要进入城堡而最终未能实现。而库切的迈克尔.K 也在竭尽一切可能逃离象征现代社会的"营地"对他的拘禁和看管。本雅明写于 1934 年的论文《弗朗兹·卡夫卡》对卡夫卡的

---

① Scott Joanna, "Voice and Trajectory: An Interview with J. M. Coetzee" in *Salmagundi Spring*, 1997.
② Dominic Head, *J. M. Coetzee*. Cambridge: Cambridge University Press, 1997, p. 22.
③ Dominic Head, *J. M. Coetzee*. Cambridge: Cambridge University Press, 1997, p. 95.

寓言写作赞誉有加:"任何解释都不能穷尽他的寓言;相反,他采取一切可以想到的措施抵制对他的作品的阐释。"①

《迈克尔.K的生活和时代》始终没有交代故事的具体背景,绝大多数的地点和人物也都没有明确的名称,这些在传统现实主义作品中都必须真实交代的要素被做了虚化和模糊化的处理,缺乏明显的南非的生活和地理空间反而让作品具有了更为普遍性的意义和现实指涉。一方面是因为这些事件从未真实发生过,所以不会与任何历史事件相牵涉;另一方面,因为它没有发生过,它也可能发生在任何地点、任何时间。小说主人公的名字一会叫作迈克尔,一会叫作迈克尔斯,名字成为一种符号,迈克尔.K的经历和反抗因此也就具有了普遍意义和代表性,因为,"讲述关于一个人和个人经验的故事时最终包含了对整个集体本身的经验的艰难叙述"②。在小说中,迈克尔.K肤色不明、天生兔唇又有些轻微智障、谋生能力差。他没有父亲,母亲也很快去世,无依无靠,没有任何固定的社会关系,周围尽是比他强大得多的势力,他的存在显得微不足道。就是这样一个微不足道的小人物,以自己特有的方式和策略,逃离战争年代以或冷酷或"博爱"的面目出现的强权制度和规训,渴望为自己争取乱世中的一块自由的天地。库切以寓言的形式描写了一个大时代中的小人物的小历史,一个小人物在大时代以自己特有的方式对自己生存方式的选择,以沉默和逃离抵抗强权的历史。这样的寓言写作遭到戈迪默等同行的批评,认为小人物迈克尔.K以沉默和逃离作为抵抗的策略表明库切"从所有政治和革命解决方案中撤退"③。事实上,如果考虑到寓言本身的复义性和含混性的特征,库切的寓言写作其实既有具体的现实针对性,又有抽象的言说,既是对南非当下复杂的社会现状的真实描摹,又包含着对人类普遍的生存境遇以及环境与个人之间关系的形而上的思索,再加上寓言本身对西方现实主义传统的反叛,因此寓言写作对库切,或者对后殖民写作来说,就具有了更为丰富的内涵。

---

① [德]瓦尔特·本雅明:《本雅明文选》,陈永国、马海良编,中国社会科学出版社,1999年版,第245页。
② [美]弗雷德里克·詹姆森:《处于跨国资本主义时代中的第三世界文学》,载张京媛:《新历史主义与文学批评》,北京大学出版社,1993年版,第251页。
③ Nadine Gordimer, "The Idea of Gardening: Life and Times of Michael K by J. M. Coetzee" in Sue Kossew, ed. *Critical Essays on J. M. Coetzee*. G. K. Hall & Company, 1998, pp. 143−144.

## 第五章
## 文学实践

互文作为一种修辞方法，在中国古代诗文中早已存在。在西方，互文作为一种理论方法，是在 20 世纪 60 年代由法国后结构主义批评家克里斯蒂娃提出来的。中西方的"互文"术语都蕴含了文本互释的思想。中文的"互文"虽然是一个修辞学概念，但也包含帮助理解话语表达的方法论意义；西文的"互文"强调任何一个单独的文本都不是自足的，都是通过吸收和转化其他文本才产生意义的。互文性的定义有广义和狭义之分。广义的互文性概念以罗兰·巴特（Roland Barthes）和茱莉亚·克里斯蒂娃（Julia Kristeva）为代表，认为任何文本与赋予该文本意义的各种语言、知识代码和文化表意实践之间都有一种相互指涉的关系。狭义的互文性定义以热拉尔·热奈特（Gerard Genette）为代表，他将互文性的发生范围限定在文本与文本之间，指的是一个文本与可以论证存在于此文本中的其他文本之间的关系。本书的分析是建立在热奈特的狭义互文性概念之上的。

互文性是一种价值自由的批评实践，它摧毁了人们所固守的线性历史观，吸取了解构主义和后现代主义的破坏逻各斯中心主义的传统，破解了西方中心主义的二元对立系统，突出意义的不确定性、开放性、多元性、非中心化等特点。"所谓的'互文性革命'指的是结构主义批评家在放弃历史主义和进化论模式之后，主动应用互文性理论，来看待和定位人文、社会乃至自然科学各学科之间关系的批评实践。"[①] 互文性被视为对历史主义和线性历史观的反拨的特征为后殖民文学文本所看重，并被应用到具体的创作实践中。

荷兰学者杜威·佛克马（Douwe Fokkema）在《后现代主义文本的语义结构和句法结构》一文中，详细总结了后现代主义的文本结构，包括累赘、参照、交叉、循环、加倍、增殖、排比等。在后殖民写作的具体实践中，互文性的运用主要是采取同一文本中两个故事相互交叉的形式。

纳丁·戈迪默 1974 年的布克文学奖获奖作品《自然资源保护者》，除了白人农场主梅林的故事这个总文本之外，还有一个与之平行的副文本，即祖鲁人的神话传说，二者形成和睦共处的互文性关系。祖鲁人是

---

① 陈永国：《互文性》，载《外国文学》，2003 年第 1 期。

# 逆写的文学：
## 布克文学奖的后殖民小说研究

南非境内单一的最大的黑色种族集团，戈迪默在小说中引入的祖鲁神话传说来自传教士亨利·卡拉威（Reverend Henry Callaway）出版于1870年的《阿玛祖鲁的宗教制度》（*The Religious System of the Amazulu*）一书。戈迪默在小说中总共引用祖鲁神话故事达十处，以斜体字的形式，独立于前后章节。例如第一个和第二个神话的引用："我祈求更多的玉米，这样就会有更多的人来到你的村庄，那样就热闹了，他们就会赞美你。"① "我也祈求更多的子孙后代，那样这个村庄的人口就多起来了，你就永远不会后继无人。"② 祖鲁人的祖先寄予族人衣食无忧和后继有人的美好愿望在戈迪默的文本中却并未能实现，小说一开始出现的就是一群"赤脚和光屁股"的、"运动衫太短，连肚子也遮不住的"黑人孩子，尽管饥肠辘辘，却只能眼睁睁看着一窝蛋而碰都不能碰。现实与祖先的期待完全背道而驰。祖鲁人的神话传说的引入，提供了另外一种解读原文本的方法。两个文本相互指涉，将神话传说与现实语境并呈；同时，两个文本又相互参照，彼此牵连，使得两个故事、两种看世界的角度既对立又补充地交织在一起。既然写作活动内部的原文本与潜文本都能如此和谐共处，白人文化与黑人文化的和谐共存也是可以实现的。南非作家吉利安·贝克（Jillian Becker）曾经说过："她（戈迪默）的作品中有巨大的政治内容，这并不是简单地因为她处理的是当代的现实，一种种族隔离的现实，更是因为她长久以来一直为一个问题所困扰，那就是，南非的各个种族是否能够共同生存，怎样才能共同生存。"③ 戈迪默通过将小说的虚构文本和祖鲁人的神话传说融为一体，使得小说虚构的现实与神话传说形成环环相扣、意义交错、多元共生的局面，借此说明：黑非洲的文化是白人南非文化不可或缺的一部分。黑人和白人的文化、传统应该和谐共处，创造一个共同的统一的文化传统，使得这个国家能从种族隔离的体制中解放出来。

在戈迪默看来，任何一种文化遗产都有它积极的一面，只要它的起源是真实的，就能在过去与将来之间架设一道有力的桥梁，在人们的心里建立牢固的心理基础。白人和黑人之间应该理解他们历史的互相关联

---

① Nadine Gordimer, *The Conservationist*. New York: The Viking Press, 1975, p. 41.
② Nadine Gordimer, *The Conservationist*. New York: The Viking Press, 1975, p. 61.
③ Jillian Becker, "Nadine Gordimer's Politics" in *Commentary*, Feb, 1992.

性，共同致力于建设公共规范和彼此尊重的政治制度。戈迪默表达的观点其实是一种文化多元主义：彼此宽容对待对方的文化和习俗，不是消除个性和差异，而是谋求共享空间的重新获得，相信普遍人性的存在。多元文化主义思潮产生的历史背景是第二次世界大战后亚非拉国家反对殖民主义和帝国主义的斗争，以及20世纪五六十年代美国的民权运动。在风起云涌的殖民地民族解放运动的冲击下，西方殖民主义势力历时数百年构建的殖民主义体系土崩瓦解，西方国家内部的种族、民族矛盾也进入了高涨期。原殖民地的黑人谋求民族独立地位的政治运动和国内黑人以及少数族裔谋求平等民权的斗争里应外合，迫使西方国家调整原来的政治制度和治国理念，美国于1964—1968年通过了一系列联邦法律，保障黑人和其他少数民族享受平等的政治和公民权利。而多民族国家加拿大于1971年推出"多元文化主义政策"，加拿大总理特鲁多（Pierre Trudeau）在演说中提出：我们不主张同化，我们不主张消除文化差异，我们希望每个人都能在一个团结统一的加拿大国家中和平共处。政府鼓励加拿大各民族在保持本族文化的前提下彼此共享文化特色和价值观，使我们的社会更加丰富多彩。加拿大的做法在西方国家激起强烈反响，瑞典和澳大利亚就先后效仿。[①] 戈迪默本人在欧洲和北美洲有过广泛的游历，而且多次受邀去美国等北美国家演讲，因此有理由相信，她在创作《自然资源保护者》时，当时的国际形势和西方国家在解决民族问题上的行动和实践为她思考解决南非的种族问题提供了参考。她的文本实践其实是在呼吁持一种开放的意愿，放弃中心的心态，平等地看待不同文化的价值，建设一个多元文化的南非，实现各种族和平共处。戈迪默在作品中嵌入祖鲁人的神话传说意在肯定黑人的信仰、起源和历史，肯定他们对土地的所有权，以此解构南非种族隔离体系。遗憾的是，在当时的历史语境中，对黑非洲历史遗产的书写尚未提上南非当权者的议事日程。戈迪默在《自然资源保护者》中提出的尚是一个敏感的问题，其结果是虽然获得布克文学奖却在南非被禁。监察官认为，戈迪默引入了一种对历史的矛盾的解读方式，这种做法破坏了南非官方拟定的正式的历史。通过一个模糊不清容易引起歧义的，甚至有讽刺意味的

---

① 参见李丽红：《中西文化政治论丛》（第四辑），天津人民出版社，2004年版。

标题，故意与继承权联系在一起，充当根本不存在的黑人历史和文化的传声筒。虽然如此，戈迪默在《自然资源保护者》中寄予的理想却并不是空想。在她获得布克文学奖 20 年之后的 1994 年，南非举行第一次全民大选，民主平等的新南非诞生了，原来只能在戈迪默的小说中以互文的形式和谐共处的黑人文化和白人文化，终于成为现实。

# 结　论

　　作为一种立足于第三世界，反对西方霸权和欧洲中心主义的集合性话语方式，后殖民主义理论关注的是殖民主义结束以后，原来的被殖民国家依然在文化及相关的社会领域处于宗主国的隐形殖民控制之下。尽管在政治上获得了独立，但是这些国家并未摆脱宗主国在文化意识和知识形态方面的殖民状态，帝国主义的侵略形式已经从武装干涉和军事占领转化为作用更大、效果更好、影响更深的意识形态和文化价值观的渗透。因此，后殖民理论致力于从文化的角度，分析和批判原殖民地和宗主国之间不平等的文化话语权力关系：一种新的形式的殖民主义——文化殖民主义。就像萨义德所说的："我希望（也许是不切实际的），从文化方面描述帝国风风雨雨的历史能够揭示历史，阻止历史重演。"[①] 并建议"我们最好从文化的角度来理解这些问题"[②]。

　　文学是文化的一种重要美学形式，文学文本常常被赋予实现政治理想与批判的功效。后殖民文学当然也不例外。萨义德就认为："故事是殖民探险者和小说家讲述遥远国度的核心内容；它也成为殖民地人们用来确认自己的身份和自己历史存在的方式。"[③] 在《文化与帝国主义》一书中，他就主要以小说作为分析对象，揭露了宗主国文学与殖民权力话语之间的共生关系。可以说，文学文本既激发了后殖民主义批评理论的产生和实践，为其提供灵感和丰富的材料；同时，文学文本又成为后殖民批评理论验证其理论正确性的场所。文学与文化之间的关系是一种

---

　　① ［美］爱德华·W.赛义德：《赛义德自选集》，谢少波、韩刚等译. 中国社会科学出版社，1999年版，第177页。
　　② ［美］爱德华·W.赛义德：《赛义德自选集》，谢少波、韩刚等译. 中国社会科学出版社，1999年版，第245页。
　　③ ［美］爱德华·W.萨义德：《文化与帝国主义》，李琨译，生活·读书·新知三联书店，2003年版，第3页。

隐喻的关系，这种关系在后殖民文学和立足于文化研究的后殖民理论之间表现得尤其明显。以小说为代表的后殖民文学作为一种独特的文化政治途径，直接参与了后殖民主义以抵抗西方文化殖民和文化霸权为目标的话语重构。这些后殖民小说深植于本土传统叙事，再现了殖民地人民在面对自己民族的历史、在语言使用、在谋求文化身份认同以及生活在边缘状态等方面的错综复杂的体验，表现出独特的审美内涵和历史意识。尤其可贵之处在于，它们积极探索以西方为中心的一元中心书写模式之外的其他模式：以个人回忆录的形式反写历史从而呈现历史的官方叙述之外的另外一种面貌，跨越宗主国/殖民地、殖民者/被殖民者的主奴划分界限以寻求民族和个人身份的确立，在标准英语中大量植入本土元素以取消中央英语（English）的霸权地位，揭露殖民文化霸权对"弱者"及其话语的压制和剥离以给予弱者自我言说的机会。后殖民小说的这些尝试不仅使得多元文学和多元文化的构建成为共识，为文学和文化的发展提供了新的可能性；同时也展示了丰富多彩的本土特性，配合着政治解放和经济独立，从文化的角度启动了民族独立的进程。

不过，有一个疑问在本书即将结束的时候开始浮现出来：如果说后殖民小说以文学和文化的形式参与解构欧洲中心主义文化霸权话语的话，那么，来自宗主国的布克文学奖为什么要不惜人力物力设重金推举那些志在对抗和颠覆布克奖和它背后的资本主义和帝国主义话语的作品？难道它提供数额巨大的物质奖励就是为了让这些后殖民小说来解构自己？

布克文学奖设立之初宣称其目的在于提高文学作品的销量，而历年的评奖过程和结果也证实了布克文学奖在推销书籍方面体现出的立竿见影的效果。尼尔森图书调查公司称之为"布克效应"（Booker Effect）。它们的数据显示，2011年的获奖作品《终结的感觉》在获奖之前的一周只卖出2535本，而在获奖之后的一周则卖出14534本。就算只是进入短名单的作品，其销量也会扶摇直上。2011年的短名单作品之一《最后的一百天》在7月底只卖出64册，9月初短名单出炉之后很快增长到2601册。而在这些大卖的小说中，就包括本书所分析的13本后殖民小说，这在布克文学奖获奖的46部小说中是一个不小的比例。而如果将这个概念扩大为广义的后殖民概念，那么这个数字将会成倍增加。

因此，得出这样的结论也就合情合理：后殖民小说已经成为布克文学奖特意打造的一个区别于科幻、言情、罪案之外的重要小说类型，使之具有连续性和市场号召力。

萨义德说："东方几乎是被欧洲人凭空创造出来的地方，自古以来就代表着罗曼史、异国情调、美丽的风景、难忘的回忆、非凡的经历。"① 如果说这些对东方的殖民想象曾经满足了英国国内读者的猎奇心理，那么对于今天的读者来说，他们希望获得对殖民地国家更真实、更直接的认识和了解，来自后殖民地国家的作家的创作正好为他们提供了这样的机会。由布克文学奖一手打造的后殖民小说经过多年的市场检验已经成为成功的文学类型的一种，很大程度上满足着西方读者对他者的想象和预期，也为书商带来了丰厚的利润，后殖民小说市场化了，"后殖民性"商品化了。杨乃乔是这样界定"后殖民性"的："所谓后殖民性在于以一种文化的猎奇与艺术的表现力图为西方人铸造一个神秘的'东方神话'及'东方寓言'而提供可能性，这或多或少地都具有后殖民性倾向。"② 由此看来，"后殖民性"成为来自东方的后殖民作家和宗主国的文学奖评审之间秘而不宣的默契，将其重新还原为异域和异族的标签，成为后殖民小说在书市上得以提升书籍销售量的卖点。在资本运作下，后殖民文化和文学嵌入了后现代发达资本主义多元文化结构，表面上打破了原来的雅俗界限，变成了西方多元主张的正面例证，实际上被整合进了消费主义主导的大众文化。巴特·穆尔－吉尔伯特曾经提醒，"已经出现的后殖民文化组成就可能很容易面临被中心同化为一个更大、更正式的多元文化主义"③。如果承认多元文化主义是跨国资本为了在不同的地区和文化立足，并使其市场本土化而采用的一种策略，那么多元文化主义本身就不过只是殖民话语在发达资本主义全球化时期的延续。后殖民小说的市场化使"后殖民"一词从对西方中心主义的拒斥转化成了对后者的遮蔽，在书市上售卖的以后殖民自居或被标以后殖

---

① ［美］爱德华·W. 萨义德：《东方学》，王宇根译，生活·读书·新知三联书店，1999年版，第1页。

② 杨乃乔：《后现代性、后殖民性与民族性》，载《东方丛刊》，1998年第1期。

③ ［英］巴特·穆尔－吉尔伯特：《后殖民理论——语境、实践、政治》，陈仲丹译，南京大学出版社，2001年版，第256页。

民标签的文学作品，因此成为新时代殖民话语的共谋者。

如果这真是问题的答案，显然也已经溢出了本书的研究范围。不过也许倒是为今后的研究指明了方向、框定了范围。后殖民主义最受诟病的理论局限在于其侧重文本批判的文化主义倾向，忽略或者放弃了政治、经济层面的分析，把现实社会中的种种问题统统转化、约减成文化问题。假设在今后的研究中既能近距离地细读文学文本，又能将文本生产、流通和消费等相关的物质和历史因素纳入研究范围，是不是在很大程度上既能避免后殖民主义文化决定论的视角限制，从而得出更加令人信服的研究成果以指导实践；又能洗清那些认为后殖民主义在提倡多元文化主义的同时掩盖了东西方实际关系的不平等，为跨国资本所追求的区域化、分离化提供某种意识形态合法性，从而沦为其在全球进行新一轮圈钱匡地运动的帮凶等诸如此类的罪名？

# 参考文献

## 一、英文文献

### (一) 布克奖英文作品(按获奖时间先后排序)

Nadine Gordimer. *The Conservationist*, New York: The Viking Press, 1975.

J. M. Coetzee. *Life and Times of Michael K*. Penguin Books, 1985.

Peter Carey. *Oscar and Lucinda*. University of Queensland Press, 1988.

Peter Carey. *True History of the Kelly Gang*. London: Faber & Faber, 2001.

J. M. Coetzee. *Disgrace*. Londong: Penguin Books, 2005.

### (二) 其他参考文献(按作者姓氏字母排序)

Abrams M. H.. *A Glossary of Literary Terms*. Beijing: Foreign Language Teaching and Research Press, 2004.

Allen Walter. *The English Novel: A Short Critical History*. London: Dutton, 1954.

Arnold Krupat. *The Voice in the Margin: Native American Literature and the Canon*. Berkeley and Los Angeles: University of California Press, 1989.

Arthur John. *Race, Equality, and the Burdens of History*.

New York: Cambridge University Press, 2007.

Ashcroft Bill, Gareth Griffiths and Helen Tiffin. *The Empire Writes Back*. London and New York: Taylor & Francis, 2002.

Ashcroft Bill, Gareth Griffiths and Helen Tiffin. *Post-colonial Studies: The Key Concepts*. London: Routledge, 2007.

Back Les, John Solomos. *Theories of Race and Racism: A Reader*. London: Routledge, 2000.

Baker Jr. Houston A. *Blues, Ideology, and Afro-American Literature: A Vernacular Theory*. Chicago and London: The University of Chicago Press, 1984.

Baker Jr. Houston A. *Modernism and the Harlem Renaissance*. Chicago: The University of Chicago Press, 1987.

Baker Jr. Houston A. *The Journey Back: Issues in Black Literature and Criticism*. Chicago and London: The University of Chicago Press, 1980.

Baker Jr. Houston A. *Singers of Daybreak: Studies in Black American Literature*. Washington: Howard University Press, 1983.

Barnard Alan, Jonathan Spencer, eds. *The Routledge Encyclopedia of Social and Cultural Anthropology*. London and New York: Routledge, 1996.

Barry Peter. *Beginning Theory: An Introduction to Literary and Cultural Theory*. Manchester and New York: Manchester University Press, 1995.

Bath Fredrik. *Ethnic Groups and Boundaries*. Long Grove, Illinois, United States: Waveland Press, 1969.

Bhabha Homi. *The Location of Culture*. New York: Routledeg, 1994.

Bhabha, Homi. *Nation and Narration*. New York: Routledge, 1990.

Booth Wayne C. *The Rhetoric of Fiction*. Middlesex: Penguin Books, 1983.

Bulmer Martin, John Solomos, eds. *Racism*. New York: Oxford University Press, 1999.

Butler David, Gareth Butler. *Twentieth-Century British Political Facts: 1900—2000*. London: Macmillan Publishers Limited, 2000.

Chrisman Laura. *Postcolonial Contraventions: Cultural Readings of Race, Imperialism and Transnationalism*. Manchester: Manchester University Press, 2003.

Crystal David. *The Cambridge Encyclopedia of Language*. Cambridge: Cambridge University Press, 1997.

DeVos George, Lola Romanucci-Ross, eds. *Ethnic Identity: Cultural Continuities and Change*. Palo Alto: Mayfield Publishing Company, 1975.

Eagleton Terry. *Literary Theory: An Introduction*. Beijing: Foreign Language Teaching and Research Press, 2004.

Faris Wendy B.. *Ordinary Enchantments: Magical Realism and the Remystification of Narrative*. Nashville: Vanderbilt University Press, 2004.

Fiscer-Tine Harald, Susanne Gehrmann, eds. *Empires and Boundaries: Rethinking Race, Class, and Gender in Colonial Settings*. New York: Routledge, 2009.

Fleishman Avrom. *The English Historical Novel: from Walter Scott to Virginia Woolf*. Blatimore: John Hopkins University Press, 1972.

Gates Jr. Henry Louis ed. *Race, Writing and Difference*. Chicago: Chicago University Press, 1985.

Gates Jr. Henry Louis. *Figures in Black: Words, Signs and the "Racial" Self*. New York: Oxford University Press, 1987.

Gates Jr. Henry Louis. *Loose Canons: Notes on the Culture Wars*. New York: Oxford University Press, 1992.

Gates Jr. Henry Louis. *The Signifying Monkey: A Theory of African-American Literary Criticism*. New York: Oxford University

Press, 1988.

Gilmour Robin. *The Novel in the Victorian Age: A Modern Introduction*. London: Edward Arnold, 1986.

Gilroy Paul. *The Black Atlantic: Modernity and Double Consciousness*. Cambridge: Harvard University Press, 1993.

Glazer Nathan, Daniel P. Moynihan, eds. *Ethnicity Theory and Experience*. Cambridge, Massachusetts: Harvard University Press, 1975.

Görtschacher Wolfgang, ed. *Fiction and Literary Prizes in Great Britain*. Vienna, Austria: Praesens, 2006.

Hawley John Charles, ed. *Encyclopedia of Postcolonial Studies*. Santa Barbara California: Greenwood Publishing Group, 2001.

Hutcheon Linda. *A Poetics of Postmodernism, History, Theory, Fiction*. New York and London: Routledge, 1988.

JanMohamed Abdu. *Manichean Aesthetics: the Politics of Literature in Colonial Africa*. Amherst: University of Massachusetts Press, 1983.

Joppke Christian. *Immigration and the Nation-State: The United States, Germany and Great Britain*. New York: Oxford University Press, 1999.

Krupat Arnold. *Ethnocriticism*. Berkeley: University of California Press, 1992.

Levinson David. *Ethnic Relations: a Cross-Cultural Encyclopedia*. Santa Barbara, California: ABC-CLIL, Inc, 1994.

Linnekin Jocelyn, Lin Poyer. *Cultural Identity and Ethnicity in the Pacific*. Hawaii: University of Hawaii Press, 1990.

Lubbock Percy. *The Craft of Fiction*. Minneapolis, Minnisota: Filiquarian Publishing LLC, 2007.

Mackenzie John M. *Orientalism History, Theory and the Arts*. Manchester: Manchester University Press, 1995.

Marcus George E., Michael M. Fischer. *Anthropology as*

*Cultural Critique*. Chicago: The University of Chicago Press, 1986.

Marshall P. J.. *The Cambridge Illustrated History of the British Empire*. Cambridge: Cambridge University Press, 1996.

McArthur Tom, Roshan McArthur. *Oxford Concise Companion to the English Language*. Oxford: Oxford University Press, 1998.

McArthur Tom, ed. *The Oxford Companion to the English Language*. Oxford and New York: Oxford University Press, 1992.

Montserrat Guibernau and John Rex, eds. *The Ethnicity Reader: Nationalism, Multiculturalism and Migration*. Cambridge: Polity Press, 1997.

Munns Jessica and Gita Rajan, eds. *A Cultural Studies Reader: History, Theory, Practice*. London and New York: Longman Group Ltd, 1995.

Nandy Ashesh. *The Intimate Enemy: Loss and Recovery of Self Under Colonialism*. New York: Oxford University Press, 1983.

Pal Adesh, ed. *Decolonisation A Search for Alternatives*. New Delhi: Creative Books, 2001.

Palumbo-liu David. *The Ethnic Canon: Histories, Institutions and Interventions*. Minneapolis, Minesota: University of Minesota Press, 1995.

Phillipson Robert. *Linguistic Imperialism*. London: Oxford University Press, 1992.

Schaefer Richard T., ed. *Encyclopedia of Race, Ethnicity, and Society*. Thousand Oaks, California: SAGE Publications, 2008.

Sheth Falguni A. *Toward a Political Philosophy of Race*. Albany: State University of New York Press, 2009.

Smith Anthony D.. *Ethno-Symbolism and Nationalism: A Cultural Approach*. Milton Park, Abingdon, Oxon: Routledge, 2009.

Sollors Werner. *Beyond Ethnicity: Consent and Descent in American Culture*. New York: Oxford University University, 1986.

Sollors Werner, ed. *The Invention of Ethnicity*. New York:

Oxford University University, 1989.

Spivak Gayatri Chakravorty. *In other world: Essays in Cultural Politics*. New York: Routledge, 1988.

Spivak Gayatri Chakravorty. *The Post-colonial Critic: Interviews, Strategies, Dialogues*. New York: Routledge, 1990.

Stuckey Sterling. *Slave Culture: Nationalist Theory and the Foundations of Black America*. New York: Oxford University Press, 1987.

Stuckey Sterling. *Going Through the Storm: The Influence of African American Art in History*. New York: Oxford University Press, 1994.

Sundquist Eric J.. *To Wake the Nations: Race in the Making of American Literature*. Cambridge: Harvard University Press, 1993.

Talib Ismail S.. *The Language of Postcolonial Literatures: An introduction*. New York: Routledge, 2002.

Thiong'o Ngugiwa. *Moving the Centre: The Struggle for Cultural Freedom*. Suffolk, United Kingdom: James Currey Publishers, 1993.

Todd Richard. *Consuming Fictions: The Booker Prize and Fiction in Britain Today*. London: Bloomsbury, 1996.

Tom McArthur, ed. *The Oxford Companion to the English Language*. New York: Oxford University Press, 1992.

Wilson Jr. Charles E. *Race and Racism in Literature*. London: Greenwood, 2005.

Wilson, N. *African American Literary Theory*. New York: New York University Press, 2010.

Winston Napier, ed. *African American Literary Theory: A Reader*. New York: New York University Press, 2000.

Young Robert J. C.. *White Mythologies: Writing History and the West*. New York: Routledge, 2004.

王逢振,王晓路,张中载. 文化研究选读. 北京:外语教学与研究出版社，2007.

王晓路，石坚，肖薇. 当代西方文化批评读本. 成都：四川大学出版社，2004.

## 二、中文文献

### （一）布克奖译著

［南非］J. M. 库切. 迈克尔. K 的生活和时代. 邹海伦，译. 杭州：浙江文艺出版社，2004.

［南非］J. M. 库切. 耻. 张冲，译. 南京：译林出版社，2010.

［澳］彼得·凯里. 奥斯卡与露辛达. 曲卫国，译. 上海：上海译文出版社，2012.

［澳］彼得·凯里. 凯利帮真史. 李尧，译. 北京：人民文学出版社，2004.

### （二）专著

［英］A. 布洛克，等. 枫丹娜现代思潮辞典. 中国社会科学院文献情报中心，译，孙越生，编审. 北京：社会科学文献出版社，1988.

［美］C. 恩伯，M. 恩伯. 文化的变异. 杜杉杉，译. 沈阳：辽宁人民出版社，1988.

［美］J. M. 布劳特. 殖民者的世界模式——地理传播主义和欧洲中心主义史观. 谭荣根，译. 北京：社会科学文献出版社，2002.

［美］Jonathan Culler. 文学理论入门. 李平，译. 南京：译林出版社，2008.

［美］阿兰·邓迪斯. 民俗解析. 户晓辉，编译. 桂林：广西师范大学出版社，2005.

［美］阿兰·邓迪斯. 西方神话学论文选. 朝戈金，等译. 上海：上海文艺出版社，1994.

［印］阿马蒂亚·森. 身份与暴力——命运的幻象. 李风华，陈昌

升，袁德良，译. 北京：中国人民大学出版社，2009.

［英］阿雷恩·鲍尔德温. 文化研究导论. 陶东风，译. 北京：高等教育出版社，2004.

［英］埃德蒙·利奇. 文化与交流. 卢德平，译. 广州：中山大学出版社，1991.

［英］埃里克·J. 夏普. 比较宗教学史. 吕大吉，何光沪，徐大建，译. 上海：上海人民出版社，1988.

［美］艾布拉姆斯. 欧美文学术语辞典. 朱金鹏，朱荔，译. 北京：北京大学出版社，1990.

［以色列］艾森斯塔特. 反思现代性. 旷新年，王爱松，译. 北京：生活·读书·新知三联书店，2006.

［英］艾勒克·博埃默. 殖民与后殖民文学. 盛宁，韩敏中，译. 沈阳：辽宁教育出版社，1998.

［美］爱德华·C. 斯图尔特，密尔顿·J. 贝内特. 美国文化模式——跨文化视野中的分析. 卫景宜，译. 天津：百花文艺出版社，2000.

［美］爱德华·W. 萨义德. 东方学. 王宇根，译. 北京：生活·读书·新知三联书店，1999（2007年重印）.

［美］爱德华·W. 萨义德. 赛义德自选集. 谢少波，等译. 北京：中国社会科学出版社，1999.

［美］爱德华·W. 萨义德. 文化与帝国主义. 李琨，译. 北京：生活·读书·新知三联书店，2003.

［美］爱德华·W. 萨义德. 知识分子论. 单德兴，译. 北京：生活·读书·新知三联书店，2002（2007年重印）.

［美］爱德华·萨丕尔. 语言论. 陆卓元，译. 北京：商务印书馆，1985.

［英］爱德华·泰勒. 原始文化. 连树声，译. 上海：上海文艺出版社，1992.

［美］安妮特·T. 鲁宾斯坦. 从莎士比亚到奥斯丁：英国文学的伟大传统之一. 陈安全，高逾，曾丽明，译. 上海：上海译文出版社，1987.

［英］安德鲁·本尼特，尼古拉·罗伊尔. 关键词：文学、批评与理论导论. 汪正龙，李永新，译. 桂林：广西师范大学出版社，2007.

［英］安东尼·吉登斯. 民族——国家与暴力. 胡宗泽，赵力涛，译. 北京：生活·读书·新知三联书店，1998.

［英］安东尼·吉登斯. 现代性与自我认同. 赵旭东，方文，译. 北京：生活·读书·新知三联书店，1998.

［英］安东尼·史密斯. 全球化时代的民族和民族主义. 龚维斌，良警宇，译. 北京：中央编译出版社，2002.

［英］安东尼·吉登斯. 社会学（第五版）. 李康，译. 北京：北京大学出版社，2009.

［美］奥特拜因. 比较文化分析：文化人类学概论. 郑州：河南人民出版社，1990.

［美］奥尔格·伊格尔斯. 二十世纪的历史学：从科学的客观性到后现代的挑战. 何兆武，译. 济南：山东大学出版社，2006.

［苏］巴赫金. 小说理论. 王春仁，译. 石家庄：河北教育出版社，1998.

［英］巴特·穆尔—吉尔伯特. 后殖民理论——语境、实践、政治. 陈仲丹，译. 南京：南京大学出版社，2001.

［英］巴特·穆尔—吉尔伯特，等. 后殖民批评. 杨乃乔，毛荣运，刘须明，译. 北京：北京大学出版社，2001.

［美］保罗·康纳顿. 社会如何记忆. 纳日碧力戈，译. 上海：上海人民出版社，2000.

［德］本雅明. 德国悲剧的起源. 陈永国，译. 北京：文化艺术出版社，2001.

［美］本尼迪克特·安德森. 想象的共同体——民族主义的起源与散布. 吴叡人，译. 上海：上海人民出版社，2011.

［澳］比尔·阿希克洛夫特，嘉雷斯·格里菲斯，凯伦·蒂芬. 逆写帝国：后殖民文学的理论与实践. 刘自荃，译. 台北：骆驼出版社，1998.

［英］比尔·考克瑟，林顿·罗宾斯，罗伯特·里奇. 当代英国政治（第4版）. 孔新峰，蒋鲲，译. 北京：北京大学出版社，2009.

［英］彼得·威德森. 现代西方文学观念简史（Literature）. 钱竞，张欣，译. 北京：北京大学出版社，2006.

［美］伯纳德·贝尔. 非洲裔美国黑人小说及其传统. 刘婕，等译. 成都：四川人民出版社，2000.

［美］博克. 多元文化与社会进步. 余兴安，彭振云，童奇志，译. 沈阳：辽宁人民出版社，1988.

不列颠百科全书编辑部，编译. 不列颠百科全书国际中文版. 北京：中国大百科全书出版社，1999.

［美］布斯. 小说修辞学. 华明，胡晓苏，周宪，译. 北京：北京大学出版社，1987.

陈国强，石奕龙. 简明文化人类学词典. 杭州：浙江人民出版社，1990.

陈勤建. 文艺民俗学导论. 上海：上海文艺出版社，1991.

陈义华. 后殖民知识界的起义——庶民学派研究. 北京：中央编译出版社，2009.

程锡麟，王晓路. 当代美国小说理论. 北京：外语教学与研究出版社，2001.

［美］戴维·波普诺. 社会学（第十版）. 李强，等译. 北京：中国人民大学出版社，1999.

［美］戴维·格伦斯基. 社会分层. 王俊，等译. 北京：华夏出版社，2006.

［美］戴维·拉姆. 非洲人. 张理初，沈志彦，译. 上海：上海译文出版社，1990.

［美］戴维·斯沃茨. 文化和权力：布尔迪厄的社会学. 陶东风，译. 上海：上海译文出版社，2006.

［英］戴维·洛奇. 小说的艺术. 王峻岩，等译. 北京：作家出版社，1998.

［美］丹尼尔·贝尔. 意识形态的终结. 张国清，译. 南京：江苏人民出版社，2001.

［美］丹尼尔·贝尔. 资本主义文化矛盾. 赵一凡，蒲隆，任晓晋，译. 北京：生活·读书·新知三联书店，1989.

［美］杜赞奇. 从民族国家拯救历史. 王宪明, 等译. 北京: 社会科学文献出版社, 2003.

［德］恩斯特·卡西尔. 国家的神话. 范进, 杨君游, 柯锦华, 译. 北京: 华夏出版社, 1990.

［德］恩斯特·卡西尔. 人文科学的逻辑. 关子尹, 译. 上海: 上海译文出版社, 2004.

［德］恩斯特·图根德哈特. 自我中心性与神秘主义——一项人类学研究. 郑辟瑞, 译. 上海: 上海译文出版社, 2007.

［德］恩格斯. 家庭、私有制和国家的起源. 中共中央马克思、恩格斯、列宁、斯大林著作编译局, 译. 北京: 人民出版社, 1999.

［德］恩斯特·卡西尔. 语言与神话. 于晓, 等译. 北京: 生活·读书·新知三联书店, 1988.

［德］恩斯特·卡西尔. 神话思维. 黄龙保, 周振, 选译. 北京: 中国社会科学出版社, 1992.

［荷］范·戴克. 精英话语与种族歧视. 齐月娜, 陈强, 译. 北京: 中国人民大学出版社, 2011.

［美］费雷德里克·詹姆逊. 快感: 文化与政治. 王逢振, 等译. 北京: 中国社会科学出版社, 1998.

［美］费雷德里克·詹姆逊. 语言的牢笼、马克思主义与形式. 钱佼汝, 李自修, 译. 南昌: 百花洲文艺出版社, 1995.

［瑞士］费尔迪南·德·索绪尔. 普通语言学教程. 高名凯, 译. 北京: 商务印书馆, 1999.

［美］费雷德里克·詹姆逊. 政治无意识. 王逢振, 等译. 北京: 中国社会科学出版社, 1999.

［荷］佛克马, E. 蚁布思. 文学研究与文化参与. 俞国强, 译. 北京: 北京大学出版社, 1996.

［法］弗朗索瓦·于连. 迂回与进入. 杜小真, 译. 北京: 生活·读书·新知三联书店, 2003.

［法］弗朗兹·法农. 黑皮肤, 白面具. 万冰, 译. 南京: 译林出版社, 2005.

［法］弗朗兹·法农. 全世界受苦的人. 万冰, 译. 南京: 译林出

版社，2005.

[美]弗雷德里克·杰姆逊，三好将夫. 全球化的文化. 马丁，译. 南京：南京大学出版社，2002.

[英]福斯特. 小说面面观. 冯涛，译. 北京：人民文学出版社，2009.

甘阳. 古今中西之争. 北京：生活·读书·新知三联书店，2006.

[印]高善必. 印度古代文化与文明史纲. 王树英，等译. 北京：商务印书馆，1998.

[德]格罗塞. 艺术的起源. 葛慕晖，译. 北京：商务印书馆，1984.

龚翰熊. 欧洲小说史. 成都：四川大学出版社，1997.

[美]哈维兰. 当代人类学. 王铭铭，等译. 上海：上海人民出版社，1987.

[美]海登·怀特. 元史学：十九世纪欧洲的历史想象. 陈新，译. 南京：译林出版社，2004.

[美]海登·怀特. 后现代历史叙事学. 陈永国，张万娟，译. 北京：中国社会科学出版社，2003.

[德]汉斯·比德曼. 世界文化象征辞典. 刘玉红，等译. 桂林：漓江出版社，1999.

何新. 诸神的起源. 北京：生活·读书·新知三联书店，1986.

[德]黑格尔. 精神现象学（上卷）. 贺麟，王玖兴，译. 北京：商务印书馆，1979.

[德]黑格尔. 历史哲学. 王造时，译. 北京：生活·读书·新知三联书店，1956.

[德]黑格尔. 小逻辑. 贺麟，译. 北京：商务印书馆，2003.

[德]黑格尔. 法哲学原理. 范扬，张企泰，译. 北京：商务印书馆，1961.

侯维瑞，李维屏. 英国小说史（上、下）. 南京：译林出版社，2005.

[美]华勒斯坦，等. 开放社会科学. 刘锋，译. 北京：生活·读书·新知三联书店，1997.

［美］怀特．文化的科学——人类与文明研究．沈原，黄克克，黄玲伊，译．济南：山东人民出版社，1988．

黄晋凯，张秉真，杨恒达．象征主义·意象派．北京：中国人民大学出版社，1989．

黄平，罗红光，许宝强．当代西方社会学·人类学新辞典．长春：吉林人民出版社，2003．

蒋承勇．英国小说发展史．杭州：浙江大学出版社，2006．

［英］杰奈尔·拉波特，乔安娜·奥弗林．社会文化人类学的关键概念．鲍雯妍，张亚辉，等译．北京：华夏出版社，2005．

［英］卡尔·波普尔．开放社会及其敌人（第一卷）．陆衡，等译．北京：中国社会科学出版社，1999．

［德］卡西尔．人论．甘阳，译．上海：上海译文出版社，1985．

［英］凯伦·阿姆斯特朗．神话简史．胡亚豳，译．重庆：重庆出版社，2005．

［德］康德．道德形而上学原理．苗力田，译．上海：上海人民出版社，1986．

［法］克洛德·列维－斯特劳斯．种族与历史，种族与文化．于秀英，译．北京：中国人民大学出版社，2006．

［美］克利福德·格尔茨．文化的解释．韩莉，译．南京：译林出版社，1999．

［美］拉尔斐·比尔斯，等．文化人类学．骆继光，秦文山，等译．石家庄：河北教育出版社，1993．

［英］拉曼·塞尔登．文学批评理论——从柏拉图到现在．刘象愚，陈永国，等译．北京：北京大学出版社，2000．

［美］拉尔夫·柯恩．文学理论的未来．程锡麟，王晓路，林必果，伍厚恺，译．北京：中国社会科学出版社，1993．

［英］拉雷恩．意识形态与文化身份：现代性与第三世界的在场．戴从容，译．上海：上海教育出版社，2005．

乐黛云，张辉．文化传递与文学形象．北京：北京大学出版社，1999．

［美］勒内·韦勒克，奥斯汀·沃伦．文学理论．刘象愚，邢培明，

陈圣生，李哲明，译. 南京：江苏教育出版社，2005.

［英］雷蒙·威廉斯. 关键词：文化与社会的词汇. 刘建基，译. 北京：生活·读书·新知三联书店，2005.

［英］雷蒙·威廉斯. 文化与社会：1780—1950. 高晓玲，译. 长春：吉林出版集团有限责任公司，2011.

李丽红. 中西文化政治论丛（第四辑）. 天津：天津人民出版社，2004.

李维屏. 英国小说艺术史. 上海：上海外语教育出版社，2003.

［英］理查德·斯凯思. 阶级. 雷玉琼，译. 长春：吉林人民出版社，2005.

［美］利昂·塞米利安. 现代小说美学. 宋协立，译. 西安：陕西人民出版社，1987.

［英］利维斯. 伟大的传统. 袁伟，译. 北京：生活·读书·新知三联书店，2002.

廖炳惠. 关键词200：文学与批评研究的通用词汇编. 南京：江苏教育出版社，2006.

［法］列维－布留尔. 原始思维. 丁由，译. 北京：商务印书馆，1985.

［法］列维－斯特劳斯. 野性的思维. 李幼蒸，译. 北京：商务印书馆，1997.

［加］琳达·哈琴. 后现代主义诗学：历史·理论·小说. 李杨，李锋，译. 南京：南京大学出版社，2009.

刘东. 中国学术（第九辑）. 北京：商务印书馆，2002.

刘健芝，许兆麟. 另类视野：庶民研究. 北京：中央编译出版社，2005.

刘文荣. 当代英国小说史. 上海：文汇出版社，2010.

［匈］卢卡奇. 卢卡奇早期文选. 张亮，吴勇立，译. 南京：南京大学出版社，2004.

陆扬，王毅. 大众文化研究. 北京：生活·读书·新知三联书店，2001.

［美］露丝·本尼迪克特. 文化模式. 王炜，等译. 北京：生活·

读书·新知三联书店，1988.

［法］罗贝尔·埃斯卡皮. 文学社会学——罗·埃斯卡皮文论选. 于沛，选编. 杭州：浙江人民出版社，1987.

［法］罗杰·加洛蒂. 论无边的现实主义. 吴岳添，译. 天津：百花文艺出版社，1998.

［美］罗伯特·路威. 文明与野蛮. 北京：生活·读书·新知三联书店，1984.

［美］罗兰·斯特龙伯格. 西方现代思想史. 刘北成，赵国新，译. 北京：中央编译出版社，2004.

［英］罗吉·福勒. 现代西方文学批评术语词典. 袁德成，译. 成都：四川人民出版社，1987.

［英］罗伯特·J.C.扬. 后殖民主义与世界格局. 容新芳，译. 南京：译林出版社，2008.

罗钢，刘象愚. 文化研究读本. 北京：中国社会科学出版社，2000.

罗钢，刘象愚. 后殖民主义文化理论. 北京：中国社会科学出版社，1999.

罗竹风. 汉语大词典. 上海：汉语大词典出版社，1994.

吕薇. 神话何为——神圣叙事的传承与阐释. 北京：社会科学文献出版社，2001.

［德］马克斯·韦伯. 经济与社会（上卷）. 林荣远，译. 北京：商务印书馆，1997.

［德］马克斯·韦伯. 新教伦理与资本主义精神. 于晓，陈维纲，等译. 西安：陕西师范大学出版社，2005.

［美］马丁·N.麦格. 族群社会学. 祖力亚提·司马义，译. 北京：华夏出版社，2007.

［美］马文·哈里斯. 文化的起源. 黄晴，译. 北京：华夏出版社，1988.

［美］马文·哈里斯. 文化唯物主义. 张海洋，王曼萍，译. 北京：华夏出版社，1989.

［美］马歇尔·伯曼. 一切坚固的都烟消云散了——现代性体验.

徐大建,张辑,译. 北京:商务印书馆,2003.

[英]马雷特. 心理学与民俗学. 张颖凡,汪宁红,译. 济南:山东人民出版社,1988.

[英]马林诺夫斯基. 文化论. 费孝通,等译. 北京:中国民间文艺出版社,1987.

[德]马克斯·韦伯. 马克斯·韦伯社会学文集. 阎克文,译. 北京:人民出版社,2010.

马克垚. 世界文明史. 北京:北京大学出版社,2004.

[英]玛格丽特·沃特斯. 女权主义简史. 朱刚,麻晓蓉,译. 北京:外语教学与研究出版社,2008.

[英]玛丽·伊格尔顿. 女权主义文学理论. 胡敏,译. 长沙:湖南文艺出版社,1989.

[美]麦克斯·缪勒. 比较神话学. 金泽,译. 上海:上海文艺出版社,1989.

[法]米歇尔·福柯. 疯癫与文明. 刘北成,杨远婴,译. 北京:生活·读书·新知三联书店,2003.

[法]米歇尔·福柯. 古典时代疯狂史. 林志明,译. 北京:生活·读书·新知三联书店,2005.

[法]米歇尔·福柯. 规训与惩罚. 刘北成,杨远婴,译. 北京:生活·读书·新知三联书店,2003.

[法]米歇尔·福柯. 权力的眼睛——福柯访谈录. 严锋,译. 上海:上海人民出版社,1997.

[法]米歇尔·福柯. 性经验史. 佘碧平,译. 上海:上海人民出版社,2005.

[法]米歇尔·福柯. 知识考古学. 谢强,马月,译. 北京:生活·读书·新知三联书店,2003.

[捷克]米兰·昆德拉. 小说的艺术. 董强,译. 上海:上海译文出版社,2004.

[法]米·杜夫海纳. 审美经验现象学. 韩树站,译. 北京:文化艺术出版社,1996.

[德]米雷埃尔·兰德曼. 哲学人类学. 张乐天,译. 上海:上海

译文出版社，1988.

［法］莫里斯·哈布瓦赫. 论集体记忆. 毕然，郭金华，译. 上海：上海人民出版社，2002.

［法］莫里斯·梅洛—庞蒂. 知觉现象学. 姜志辉，译. 北京：商务印书馆，2001.

［美］尼古拉斯·布宁，余纪元. 西方哲学英汉对照辞典. 北京：人民出版社，2001.

［加］诺斯罗普·弗莱. 批评的剖析. 陈慧，袁宪军，吴伟仁，译. 天津：百花文艺出版社，2002.

［加］诺斯罗普·弗莱. 神力的语言. 吴持哲，译. 北京：社会科学文献出版社，2004.

［美］佩吉·麦克拉肯. 女权主义理论读本. 桂林：广西师范大学出版社，2007.

［法］皮埃尔·布迪厄. 艺术的法则：文学场的生成和结构. 刘晖，译. 北京：中央编译出版社，2001.

［法］皮埃尔·布尔迪厄. 文化资本与社会炼金术：布尔迪厄访谈录. 包亚明，译. 上海：上海人民出版社，199.

［法］皮埃尔—安德烈·塔吉耶夫. 种族主义源流. 高凌瀚，译. 北京：生活·读书·新知三联书店，2005.

［英］珀·卢伯克，爱·福斯特，爱·缪尔. 小说美学经典三种. 方土人，罗婉华，译. 上海：上海文艺出版社，1990.

［英］齐亚乌丁·萨达尔. 东方主义. 马雪峰，等译. 长春：吉林人民出版社，2005.

［美］乔纳森·弗里德曼. 文化认同与全球性过程. 郭建如，译. 北京：商务印书馆，2003.

［美］乔治·E.马尔库斯，米开尔·M.J.费彻尔. 作为文化批评的人类学——一个人文学科的实验时代. 王铭铭，蓝达居，译. 北京：生活·读书·新知三联书店，1998.

［英］乔·艾略特，等. 小说的艺术. 张玲，等译. 北京：社会科学文献出版社，1999.

［法］让—弗·利奥塔，等. 后现代主义. 赵一凡，等译. 北京：

社会科学文献出版社，1999.

任一鸣，瞿世镜. 英语后殖民文学研究. 上海：上海译文出版社，2003.

［美］塞缪尔·P. 亨廷顿. 文明的冲突与世界秩序的重建. 周琪，等译. 北京：新华出版社，1999.

佘江涛，张瑞德，罗红. 西方文学术语辞典. 郑州：黄河文艺出版社，1988.

［俄］什克洛夫斯基，等. 俄国形式主义文论选. 方珊，等译. 北京：生活·读书·新知三联书店，1989.

盛宁. 人文困惑与反思：西方后现代主义思潮批判. 北京：生活·读书·新知三联书店，1997.

史宗. 20世纪西方宗教人类学文选. 金泽，宋立道，徐大建，等译. 北京：生活·读书·新知三联书店，1995.

［英］斯图尔特·霍尔. 表征：文化表象与意指实践. 许亮，陆兴华，译. 北京：商务印书馆，2003.

孙培钧，华碧云. 印度国情与综合国力. 北京：中国城市出版社，2001.

［英］汤林森. 文化帝国主义. 冯建三，译. 上海：上海人民出版社，1999.

［英］汤姆·麦奇勒. 出版人汤姆·麦奇勒回忆录. 章祖德，等译. 北京：人民文学出版社，2008.

［英］汤因比. 文明经受着考验. 沈辉，等译. 杭州：浙江人民出版社，1988.

陶东风，和磊. 文化研究. 桂林：广西师范大学出版社，2006.

［英］特瑞·伊格尔顿. 文化的观念. 方杰，译. 南京：南京大学出版社，2003.

［美］托马斯·哈定，等. 文化与进化. 韩建军，商戈令，译. 杭州：浙江人民出版社，1987.

［德］瓦尔特·本雅明. 本雅明文选. 陈永国，马海良，编. 北京：中国社会科学出版社，1999.

汪晖，陈燕谷. 文化与公共性. 北京：生活·读书·新知三联书店，2005.

汪民安，等. 福柯的面孔. 北京：文化艺术出版社，2001.

汪民安，等. 后现代性的哲学话语——从福柯到赛义德. 杭州：浙江人民出版社，2000.

汪民安. 文化研究关键词. 南京：江苏人民出版社，2007.

王春元. 伊丽莎白女王时期的英国. 台北：书林出版有限公司，2000.

王逢振. 六十年代. 天津：天津社会科学院出版社，2000.

王铭铭. 西方与非西方：文化人类学述评选集. 北京：华夏出版社，2003.

王晓路，等. 文化批评关键词研究. 北京：北京大学出版社，2007.

王晓路. 西方马克思主义文化批评研究. 北京：北京大学出版社，2012.

王佐良，周珏良. 英国20世纪文学史. 北京：外语教学与研究出版社，2006.

［德］威廉·冯·洪堡特. 论人类语言结构的差异及其对人类精神发展的影响. 姚小平，译. 北京：商务印书馆，1999.

［美］威廉·亚当斯. 人类学的哲学之根. 黄剑波，李文建，译. 桂林：广西师范大学出版社，2006.

［美］威廉·詹姆士. 宗教经验之种种——人性之研究. 唐钺，译. 北京：商务印书馆，2002.

［美］威廉·A.哈维兰. 文化人类学（第十版）. 瞿铁鹏，张钰，译. 上海：上海社会科学院出版社，2005.

［美］韦勒克. 批评的诸种概念. 丁泓，译. 成都：四川文艺出版社，1988.

［意］维柯. 新科学. 朱光潜，译. 北京：人民文学出版社，1986.

［德］沃尔夫冈·伊瑟尔. 虚构与想像——文学人类学疆界. 陈定家，汪正龙，等译. 长春：吉林人民出版社，2003.

吴泽霖. 人类学词典. 上海：上海辞书出版社，1991.

伍蠡甫. 西方文论选（下卷）. 上海：上海译文出版社，1979.

［奥］西格蒙德·弗洛伊德. 论文学与艺术. 常宏，等译. 北京：国际文化出版公司，2001.

［奥］西格蒙德·弗洛伊德. 图腾与禁忌. 文良文化，译. 北京：中央编译出版社，2009.

［英］西格尔. 神话理论. 刘象愚，译. 北京：外语教学与研究出版社，2008.

［美］小亨利·路易·盖茨. 意指的猴子：一个非裔美国文学批评理论. 王元陆，译. 北京：北京大学出版社，2011.

［美］小约翰·B. 科布. 后现代公共政策——重塑宗教、文化、教育、性、阶级、种族、政治和经济. 李际，张晨，译. 北京：社会科学文献出版社，2003.

谢选骏. 神话与民族精神. 济南：山东文艺出版社，1986.

薛晓源，曹荣湘. 全球化与文化资本. 北京：社会科学文献出版社，2005.

杨耕. 为马克思辩护：对马克思哲学的一种新解读. 北京：中国人民大学出版社，2010.

叶舒宪. 文学与治疗. 北京：社会科学文献出版社，1999.

［美］伊恩·P. 瓦特. 小说的兴起. 高原，董红钧，译. 北京：生活·读书·新知三联书店，1992.

［美］约翰·维克雷. 神话与文学. 潘国庆，等译. 上海：上海文艺出版社，1995.

［英］约翰·B. 汤普森. 意识形态与现代文化. 高铦，译. 南京：译林出版社，2005.

［美］詹明信. 晚期资本主义的文化逻辑. 张旭东，编，陈清侨，等译. 北京：生活·读书·新知三联书店，1997.

［美］詹姆斯·克利福德，乔治·E. 马库斯. 写文化：民族志的诗学与政治学. 高丙中，吴晓黎，李霞，等译. 北京：商务印书馆，2006.

张京媛. 后殖民理论与文化批评. 北京：北京大学出版社，1999.

张京媛. 后殖民理论与文化认同. 台北：台北麦田出版公司，1996.

张京媛. 新历史主义与文学批评. 北京：北京大学出版社，1993.

张隆溪. 比较文学论文集. 北京：北京大学出版社，1982.

张隆溪. 二十世纪西方文论述评. 北京：生活·读书·新知三联书店，1986.

张隆溪. 中西文化研究十论. 上海：复旦大学出版社，2005.

张隆溪. 走出文化的封闭圈. 北京：生活·读书·新知三联书店，2004.

张旭东. 批评的踪迹：文化理论与文化批评1985—2002. 北京：生活·读书·新知三联书店，2003.

张旭东. 全球化时代的文化认同. 北京：北京大学出版社，2005.

赵一凡，等. 西方文论关键词. 北京：外语教学与研究出版社，2006.

# 附录一  布克文学奖获奖作家国籍统计

| 年度 | 作者 | 著作 | 国籍/祖籍 |
| --- | --- | --- | --- |
| 1969 | P. H. 纽比<br>(P. H. Newby) | 需要负责的事情<br>(Something to Answer For) | 英国 |
| 1970 | 伯妮丝·鲁本斯<br>(Bernice Rubens) | 获选成员<br>(The Elected Member) | 英国 |
| 1971 | 维迪亚达·苏莱普拉萨德·奈保尔<br>(Vidiadhar Surajprasad Naipaul) | 自由国度<br>(In a Free State) | 英国/特立尼达和多巴哥 |
| 1972 | 约翰·伯格<br>(John Berger) | G. | 英国 |
| 1973 | 雅各·法瑞尔<br>(James Gordon Farrell) | 克里希纳普围城记<br>(The Siege of Krishnapur) | 英国 |
| 1974 | 纳丁·戈迪默<br>(Nadine Gordimer) | 自然资源保护者<br>(The Conservationist) | 南非 |
| 1974 | 斯坦利·米德尔顿<br>(Stanley Middleton) | 假日<br>(Holiday) | 英国 |
| 1975 | 露丝·杰哈布瓦拉<br>(Ruth Prawer Jhabvala) | 热与尘<br>(Heat and Dust) | 英国/西德 |
| 1976 | 戴维·斯托里<br>(David Storey) | 萨维尔<br>(Saville) | 英国 |
| 1977 | 保罗·斯科特<br>(Paul Mark Scott) | 继续停留<br>(Staying On) | 英国 |
| 1978 | 艾丽丝·默多克<br>(Iris Murdoch) | 大海,大海<br>(The Sea, the Sea) | 英国/爱尔兰 |
| 1979 | 佩内洛普·菲茨杰拉德<br>(Penelope Fitzgerald) | 海岸外<br>(Offshore) | 英国 |

## 布克文学奖获奖作家国籍统计

续表

| 年度 | 作者 | 著作 | 国籍/祖籍 |
|---|---|---|---|
| 1980 | 威廉·戈尔丁<br>(William Golding) | 启蒙之旅<br>(*Rites of Passage*) | 英国 |
| 1981 | 萨尔曼·拉什迪<br>(Salman Rushdie) | 午夜之子<br>(*Midnight's Children*) | 英国/印度 |
| 1982 | 托马斯·肯尼利<br>(Thomas Keneally) | 辛德勒方舟<br>(*Schindler's Ark*) | 澳大利亚 |
| 1983 | 约翰·马克斯韦尔·库切<br>(John Maxwell Coetzee) | 迈克尔.K 的生活和时代<br>(*Life & Times of Michael K*) | 南非 |
| 1984 | 安妮塔·布鲁克娜<br>(Anita Brookner) | 杜兰葛山庄<br>(*Hotel du Lac*) | 英国 |
| 1985 | 克里·休姆<br>(Keri Hulme) | 骨人<br>(*The Bone People*) | 新西兰 |
| 1986 | 金斯利·埃米斯<br>(Kingsley Amis) | 老恶魔<br>(*The Old Devils*) | 英国 |
| 1987 | 佩内洛普·赖芙丽<br>(Penelope Lively) | 月虎<br>(*Moon Tiger*) | 英国 |
| 1988 | 彼得·凯里<br>(Peter Carey) | 奥斯卡与露辛达<br>(*Oscar and Lucinda*) | 澳大利亚 |
| 1989 | 石黑一雄<br>(Kazuo Ishiguro) | 长日留痕<br>(*The Remains of the Day*) | 英国/日本 |
| 1990 | 拜厄特<br>(A. S. Byatt) | 占有<br>(*Possession：A Romance*) | 英国 |
| 1991 | 本·奥克瑞<br>(Ben Okri) | 饥饿的路<br>(*The Famished Road*) | 尼日利亚 |
| 1992 | 迈克尔·翁达杰<br>(Michael Ondaatje) | 英国病人<br>(*The English Patient*) | 加拿大/斯里兰卡 |
| 1992 | 巴瑞·恩兹华斯<br>(Barry Unsworth) | 神圣的饥饿<br>(*Sacred Hunger*) | 英国 |
| 1993 | 罗迪·道尔<br>(Roddy Doyle) | 童年往事<br>(*Paddy Clarke Ha Ha Ha*) | 爱尔兰 |

# 逆写的文学：
## 布克文学奖的后殖民小说研究

续表

| 年度 | 作者 | 著作 | 国籍/祖籍 |
|---|---|---|---|
| 1994 | 詹姆斯·科尔曼 (James Kelman) | 晚了，太晚了 (*How Late It Was, How Late*) | 英国 |
| 1995 | 帕特·巴克 (Pat Barker) | 鬼途 (*The Ghost Road*) | 英国 |
| 1996 | 格雷厄姆·斯威夫特 (Graham Swift) | 遗言 (*Last Orders*) | 英国 |
| 1997 | 阿兰达蒂·洛伊 (Arundhati Roy) | 微物之神 (*The God of Small Things*) | 印度 |
| 1998 | 伊恩·麦克尤恩 (Ian McEwan) | 阿姆斯特丹 (*Amsterdam*) | 英国 |
| 1999 | 约翰·马克斯韦尔·库切 (John Maxwell Coetzee) | 耻 (*Disgrace*) | 南非 |
| 2000 | 玛格丽特·阿特伍德 (Margaret Atwood) | 盲刺客 (*The Blind Assassin*) | 加拿大 |
| 2001 | 彼得·凯里 (Peter Carey) | 凯利帮真史 (*True History of the Kelly Gang*) | 澳大利亚 |
| 2002 | 扬·马特尔 (Yann Martel) | 少年派的奇幻漂流 (*Life of Pi*) | 加拿大 |
| 2003 | DBC.皮埃尔 (DBC Pierre) | 弗农小上帝 (*Vernon God Little*) | 澳大利亚/墨西哥 |
| 2004 | 阿兰·霍灵赫斯特 (Alan Hollinghurst) | 美丽线条 (*The Line of Beauty*) | 英国 |
| 2005 | 约翰·班维尔 (John Banville) | 大海 (*The Sea*) | 爱尔兰 |
| 2006 | 基兰·德塞 (Kiran Desai) | 失落 (*The Inheritance of Loss*) | 印度 |
| 2007 | 安妮·恩莱特 (Anne Enright) | 聚会 (*The Gathering*) | 爱尔兰 |
| 2008 | 阿拉文德·阿迪加 (Aravind Adiga) | 白老虎 (*The White Tiger*) | 印度 |
| 2009 | 希拉里·曼特尔 (Hilary Mantel) | 狼厅 (*Wolf Hall*) | 英国 |

续表

| 年度 | 作者 | 著作 | 国籍/祖籍 |
|---|---|---|---|
| 2010 | 霍华德·雅格布森<br>(Howard Jacobson) | 芬克勒问题<br>(*The Finkler Question*) | 英国 |
| 2011 | 朱利安·巴恩斯<br>(Julian Barnes) | 回忆的余烬<br>(*The Sense of an Ending*) | 英国 |
| 2012 | 希拉里·曼特尔<br>(Hilary Mantel) | 死尸示众<br>(*Bring Up The Bodies*) | 英国 |

# 附录二　历年布克文学奖获奖作品概览

| 时间 | 获奖者 | 获奖作品 | 出版社 | 评委会主席 | 评委 |
|---|---|---|---|---|---|
| 1969 | P. H. Newby | *Something to Answer For* | Faber & Faber | W. L. Webb | Dame Rebecca West<br>Stephen Spender<br>Frank Kermode<br>David Farrer |
| 1970 | Bernice Rubens | *The Elected Member* | Eyre & Spottiswoode | David Holloway | Dame Rebecca West Lady Antonia Fraser<br>Ross Higgins<br>Richard Hoggart |
| 1971 | V. S. Naipaul | *In a Free State* | Deutsch | John Gross | Saul Bellow<br>John Fowles<br>Lady Antonia Fraser<br>Philip Toynbee |
| 1972 | John Berger | *G.* | Weidenfeld & Nicolson | Cyril Connolly | Dr. George Steiner<br>Elizabeth Bowen |
| 1973 | J. G. Farrell | *The Siege of Krishnapur* | Weidenfeld & Nicolson | Karl Miller | Angela Carter<br>Terence Kilmartin<br>Peter Porter<br>Libby Purves |
| 1974 | Nadine Gordimer | *The Conservationist* | Jonathan Cape | Ion Trewin | A. S. Byatt<br>Elizabeth Jane Howard |
| 1974 | Stanley Middleton | *Holiday* | Hutchinson | Ion Trewin | A. S. Byatt<br>Elizabeth Jane Howard |
| 1975 | RuthPrawer Jhabvala | *Heat and Dust* | John Murray | Angus Wilson | Peter Ackroyd<br>Susan Hill<br>Roy Fuller |
| 1976 | David Storey | *Saville* | Jonathan Cape | Walter Allen | Mary Wilson<br>Francis King |
| 1977 | Paul Scott | *Staying On* | William Heinemann | Philip Larkin | Beryl Bainbridge<br>Brendon Gill<br>David Hughes<br>Robin Ray |

续表

| 时间 | 获奖者 | 获奖作品 | 出版社 | 评委会主席 | 评委 |
|---|---|---|---|---|---|
| 1978 | Iris Murdoch | *The Sea, the Sea* | Chatto & Windus | Sir Alfred Ayer | Derwent May<br>P. H. Newby<br>Angela Huth<br>Clare Boylan |
| 1979 | Penelope Fitzgerald | *Offshore* | Collins | Lord (Asa) Briggs | Benny Green<br>Michael Ratcliffe<br>Hilary Spurling<br>Paul Theroux |
| 1980 | William Golding | *Rites of Passage* | Faber & Faber | Professor David Daiches | Ronald Blythe<br>Margaret Forster<br>Claire Tomalin<br>Brian Wenham |
| 1981 | Salman Rushdie | *Midnight's Children* | Jonathan Cape | Professor Malcolm Bradbury | Brian Aldiss<br>Joan Bakewell<br>Samuel Hynes<br>Hermoine Lee |
| 1982 | Thomas Keneally | *Schindler's Ark* | Hodder & Stoughton | Professor John Carey | Paul Bailey<br>Frank Delaney<br>Janet Morgan<br>Lorna Sage |
| 1983 | J. M. Coetzee | *Life & Times of Michael K* | Secker & Warburg | Fay Weldon | Angela Carter<br>Terence Kilmartin<br>Peter Porter<br>Libby Purves |
| 1984 | Anita Brookner | *Hotel du Lac* | Jonathan Cape | Professor Richard Cobb | Anthony Curtis<br>Polly Devlin<br>John Fuller<br>Ted Rowlands |
| 1985 | Keri Hulme | *The Bone People* | Hodder & Stoughton | Norman St. John-Stevas | Nina Bawden<br>J. W. Lambert<br>Joanna Lumley<br>Marina Warner |
| 1986 | Kingsley Amis | *The Old Devils* | Hutchinson | Anthony Thwaite | Edna Healey<br>Isabel Quigley<br>Gillian Reynolds<br>Bernice Rubens |
| 1987 | Penelope Lively | *Moon Tiger* | Deutsch | P. D. James | Lady Selina Hastings<br>Allan Massie<br>Trevor McDonald<br>John B. Thompson |
| 1988 | Peter Carey | *Oscar and Lucinda* | Faber & Faber | The Rt Hon Michael Foot | Sebastian Faulks<br>Philip French<br>Blake Morrison<br>Rose Tremain |

# 逆写的文学：
## 布克文学奖的后殖民小说研究

续表

| 时间 | 获奖者 | 获奖作品 | 出版社 | 评委会主席 | 评委 |
|---|---|---|---|---|---|
| 1989 | Kazuo Ishiguro | *The Remains of the Day* | Faber & Faber | David Lodge | Maggie Gee<br>Helen McNeil<br>David Profumo<br>Edmund White |
| 1990 | A. S. Byatt | *Possession: A Romance* | Chatto & Windus | Sir Denis Forman | Susannah Clapp<br>A Walton Litz<br>Hilary Mantel<br>Kate Saunders |
| 1991 | Ben Okri | *The Famished Road* | Jonathan Cape | Jeremy Treglown | Penelope Fitzgerald<br>Jonathan Keates<br>Nicholas Mosley<br>Ann Schlee |
| 1992 | Michael Ondaatje | *The English Patient* | Bloomsbury | Victoria Glendinning | John Coldstream<br>Valentine Cunningham<br>Dr. Harriet Harvey Wood<br>Mark Lawson |
| 1992 | Barry Unsworth | *Sacred Hunger* | Hamish Hamilton | Victoria Glendinning | John Coldstream<br>Valentine Cunningham<br>Dr. Harriet Harvey Wood<br>Mark Lawson |
| 1993 | Roddy Doyle | *Paddy Clarke Ha Ha Ha* | Secker & Warburg | Lord Gowrie | Professor Gillian Beer<br>Anne Chisholm<br>Nicholas Clee<br>Olivier Todd |
| 1994 | James Kelman | *How Late It Was, How late* | Secker & Warburg | Professor John Bayley | Rabbi Julia Neuberger<br>Dr. Alastair Niven<br>Alan Taylor<br>James Wood |
| 1995 | Pat Barker | *The Ghost Road* | Viking | George Walden MP | Kate Kellaway<br>Peter Kemp<br>Adam Mars-Jones<br>Ruth Rendell |
| 1996 | Graham Swift | *Last Orders* | Picador | Carmen Callil | Jonathan Coe<br>Ian Jack<br>A. L. Kennedy<br>A. N. Wilson |
| 1997 | Arundhati Roy | *The God of Small Things* | Flamingo | Professor Gillian Beer | Rachel Billington<br>Jason Cowley<br>Jan Dalley<br>Professor Dan Jacobson |
| 1998 | Ian McEwan | *Amsterdam* | Jonathan Cape | Douglas Hurd | Professor Valentine Cunningham<br>Penelope Fitzgerald<br>Miriam Gross<br>Nigella Lawson |
| 1999 | J. M. Coetzee | *Disgrace* | Secker & Warburg | Gerald Kaufman | Shena Mackay<br>John Sutherland<br>Boyd Tonkin<br>Natasha Walter |

续表

| 时间 | 获奖者 | 获奖作品 | 出版社 | 评委会主席 | 评委 |
|---|---|---|---|---|---|
| 2000 | Margaret Atwood | The Blind Assassin | Bloomsbury | Simon Jenkins | Professor Roy Foster<br>Mariella Frostrup<br>Caroline Gascoigne<br>Rose Tremain |
| 2001 | Peter Carey | True History of the Kelly Gang | Faber & Faber | Kenneth Baker | Philip Hensher<br>Michèle Roberts<br>Kate Summerscale<br>Professor Rory Watson |
| 2002 | Yann Martel | The Life of Pi | Canongate | Lisa Jardine | David Baddiel<br>Russell Celyn Jones<br>Salley Vickers<br>Erica Wagner |
| 2003 | DBC. Pierre | Vernon God Little | Faber & Faber | John Carey | A. C. Grayling<br>Francine Stock<br>Rebecca Stephens MBE<br>D. J. Taylor |
| 2004 | Anne Enright | The Line of Beauty | Picador | Chris Smith | Tibor Fischer<br>Robert Macfarlane<br>Rowan Pelling<br>Fiammetta Rocco |
| 2005 | John Banville | The Sea | Picador | John Sutherland | Lindsay Duguid<br>Rick Gekoski<br>Josephine<br>Hart David Sexton |
| 2006 | Kiran Desai | The Inheritance of Loss | Hamish Hamilton | Hermione Lee | Simon Armitage<br>Candia McWilliam<br>Antony Quinn<br>Fiona Shaw |
| 2007 | Anne Enright | The Gathering | Jonathan Cape | Howard Davies | Wendy Cope<br>Giles Foden<br>Ruth Scurr<br>Imogen Stubbs |
| 2008 | Aravind Adiga | The White Tiger | Atlantic | Michael Portillo | Alex Clark<br>Louise Doughty<br>James Heneage<br>Hardeep Singh Kohli |
| 2009 | Hilary Mantel | Wolf Hall | Fourth Estate | James Naughtie | Lucasta Miller<br>John Mullan<br>Sue Perkins<br>Michael Prodger |
| 2010 | Howard Jacobson | The Finkler Question | Bloomsbury | Sir Andrew Motion | Rosie Blau<br>Deborah Bull<br>Tom Sutcliffe<br>Frances Wilson |

续表

| 时间 | 获奖者 | 获奖作品 | 出版社 | 评委会主席 | 评委 |
|---|---|---|---|---|---|
| 2011 | Julian Barnes | *The Sense of an Ending* | Jonathan Cape | Dame Stella Rimington | Matthew d'Ancona<br>Susan Hill<br>Chris Mullin MP<br>Gaby Wood |
| 2012 | Hilary Mantel | *Bring up the Bodies* | Fourth Estate | Sir Peter Stothard | Dinah Birch<br>Amanda Foreman<br>Dan Stevens<br>Bharat Tandon |